唐朝的春风大雅

栗子◎著

漓江出版社

自序

心悦君兮君不知

我们都知道，《红楼梦》是一部现实主义小说，作者大多数时候都是用现实的笔法稳稳道来。只有在第五回时，突然就出现了一个充满隐喻的警幻仙境，满篇写的都是我们看不懂的话，我们从这里开始恍惚起来。我现在明白，这就是梦真正开始的时候了。

读唐诗，就是我做的一个梦。这个梦从很久以前就开始了。在梦里，我回到唐朝，遇见很多诗人，他们也曾经像我一样做梦。

唐诗不是一个概念，就像月亮也不是具体的月亮一样。只有我们走在月光下的时候，才知道，山月有多寂寞，水月有多清冷，才知道月亮是有灵魂的；只有走进唐诗深处，我们才知道，唐诗是经由至少2300多位诗人之手，用5万多首诗砌成的“万里长城”。在这座“长城”上，砌着中华民族亘古有之的灿烂辉煌的文化；行走在这座“长城”上，我们最感性地知道了什么是唐朝的春风大雅，什么是诗人的秋水文章，还有人生的真相。

要想成为一个诗人，必须有天赋的灵性和后天的努力。其中，天赋比努力更重要。从天赋看，一个天生愚钝麻木的人肯定不能成为诗人，一个太严谨的、小心翼翼的人也成不了诗人，诗人必须敏感多情，不合时宜，容易冲动，有点天真，甚至中看不中用；从后天看，他们一定读书破万卷，有坎坷的红尘故事，热爱写作，会调遣文字，能吃苦，有梦想，并且对自己的才华有自信。明末清初诗人徐增的《而庵诗话》里说："诗总不离乎才也。有天才，有地才，有人才。吾于天才得李太白，于地才得杜子美，于人才得王摩诘。太白以气韵胜，子美以格律胜，摩诘以理趣胜。太白千秋逸调，子美一代规模，摩诘精大雄氏之学，篇章字句，皆合圣教。"李白、杜甫、王维是唐朝长安大道上最雍容的衣冠，是唐朝天空里最明亮的星辰，高不可及，是神一样的存在。在他们身旁，还有很多诗人，他们不是天才，他们只是比我们有"入乎其中，出乎其外"的灵性，他们的眼睛和心灵都深不可测。他们一边热情地生活着，一边冷静地旁观着，也把生活过成了诗。片段组成整体。我们所见的诗人，都是唐诗这棵大树上高高低低不同的叶子，片片闪闪发光。在唐朝这场诗歌大赛上，诗人们用不同的声音歌唱，以多种景象同时展现，令人目不暇接，叹为观止。诗只是诗人的书写的形式，形式并不是最重要的，重要的是他们都有梦想。

为唐诗和诗人点赞是没有意义的，因为谁都知道有多好。我们只是感受诗，崇拜诗人。能说出来的话其实都是可说可不说的，所谓"无语凝噎"，就是心里有一千句一万句，流下的，只是两行眼泪，或者是"相见无杂言，但道桑麻长"而已。读诗就是和诗人心与心之间的交流。诗人有万般静水流深的心思，写到纸上时，已经是水面上的涟漪；到了我们心里，又隔了心和心这么远的距离，还有一千年的时光。所以，我想，我们只是感受诗的过程，而不是解读。一定要解释的时候，那也是硬说出来的话——老子不是为了买路，本来是不欲立言的。

唐・韩幹・清溪饮马图

诗可以怨，这是圣人说的，我也可以在这里小小地怨一下。

在写这本书的过程里，我努力回到唐朝，这种回归十分艰难。我试图把我走过的每一条街道想象成唐朝的一条街道，这几乎不可能。我想把每天的月亮都看成唐朝的月亮，这也几乎不可能。更难的是，我要尽量远离现代人粗糙的语言方式，用一种风雅的、巧妙的语言讲述唐诗的故事，而我也找不到那种质而约、温而婉的语言。我是想说，在这个时代读唐诗很难，特别是对我这样学识和才情平平的俗人而言，我和诗人的距离就像梦里梦外一样遥远。

在这段时间里，我还发现，我没有比诗人再像诗人的时候了，这是我一生不可多得的情感体验。遇见杜甫时，我和他一起流泪；遇见李白时，我和他一起疯狂；遇见王维时，我也不想把红尘深处的日子过下去了。这时候，我就是他们。他们在我眼里起初是圆形的，和生活本身一样，没有固定的方向，这是我很久以前就知道的，所以我常常找不到接近他们的入口。这时候我就想，我的写作也是圆形的、滚动的，并没有明确的方向，他们对诗歌付出的努力，建立的功业，还有他们的伟大、永恒，大家都已经看到了，而且赞美了一千多年，我现在能看到什么就写什么，看到多少就写多少，而且用的是我自己的语言。我不能遇到那个指点迷津的捕鱼人，却像那个没有悟性的武陵太守一样，一心要在现实中找到那个诗人梦里才有的桃花源，我想，我至少找到了入口。这样想，我才能写下去。我安慰自己说，大多数人的想法和我是一样的。我们不了解诗人，所以说不好。可是，太了解的人，也是很难用语言说明白的。正因为知道这一点，在知与不知的中间，所以也许更容易“旁观者清”也未可知。

读唐诗，让我自卑，因为这是一片无法穿越的丛林，一个我们永远也不可能理解的光与影的世界。王维说，“返景入深林”，我们只能从

他们筛下的返影里，拾几块华丽的碎片，在这些碎影散花中，深深地叹息和自卑，这种自卑永远有始无终。《沧浪诗话》的作者说："见过于师，仅堪传授；见与师齐，减师半德也。"看了这句话，加深了我的自卑，简直让我想焚稿。翻开唐诗，任何诗人的一首诗，甚至风里遗落的一句诗，都顶得过我的满纸笔屑。诗人都是师，我们是只配列入副册又副册、减之又减之辈。可是，当知道严羽还说"诗者，吟咏性情也"时，我长出了一口气。我想，我们读唐诗，其实也只是在吟咏自己的性情，或者就认为是在吟咏自己的性情。

我一直以为，诗的灵魂就是寂寞，虽然在唐朝，也不能从寂寞里走出来，唐诗的大雅之风，不是唱高调，不是烟火气，而是能真实地面对人间的寂寞，这是文学永恒的主题。诗更是寂寞的结晶，它浓缩了人生的各种精华，而对寂寞的体验和思考，又是诗的精华。寂寞是生命的一种本能，是我们对人生的总体反应。清静、虚无、沉寂、冷清、孤独，都是寂寞的表相。人寂寞，万物也寂寞。人在寂寞里沉潜，寂寞会让我

唐 · 孙位 · 高逸图

们心空智生，避开尘扰。只有读懂了寂寞的来龙去脉，懂得人生的本质是寂寞的，耐得住这种寂寞，然后再努力涵养宽容、忍耐和慈悲心，才会找到人生的出口。比如，读到“落叶满长安”这样的诗，我会悚然而惊。落，叶，一城落叶，不是已经落下来，而是正在落的过程，纷纷扬扬地落。没有任何节外生枝的字，就是落，比落花更肃杀地落。这个落的过程，这几个字里，有一种真实的、近距离的、朴素的情怀，有一种大寂寞，就这样打动了我。时光、我们，都在一年一年地落。这样的诗，是诗人在和天地对话。一首诗就是这样，你不知道它会产生多大的力量。读到这种诗，我常常会面无表情地坐着，让寂寞凝固，让时间不流动。我想，诗人一定省略了什么，又强调了什么。我想知道，所以我就写下我想知道的过程。我就是这样读诗的。

读唐诗，也让我得到安慰。经历了一千多年迷茫的岁月，在多少沧浪之水的濯洗后，吹过唐朝的风依然吹着今天的我们。人类的苦在于对欲望、时间、死亡的无力抗拒，佛所说的贪嗔痴就是这个意思。我们读着诗，读着诗人的心灵和人生故事，感动着，同时也在净化着，升华着，在沐浴过他们的月光下继续做梦，有时候突然就会与他们相遇，这不是个意外，这就是一个梦，它需要我们接着做，这是我们和唐朝的一份古老契约，我们和诗人在同一个梦里，同一个太虚幻境里，因为我们是他们的万世子孙。世界这么大，人心这么空落，我们常常要一个人在黑夜里孤独地行走，这时候，如果我们能想起唐朝，想到所有的影子里都有诗人的灵魂，他们那么有灵性，那么解风情，那么优雅温和，这样想，似乎空气中都布满了文化，我们就不再为现实的粗糙感到灰心，从而获得安慰，得到解脱。

现在，我终于要和唐朝、和诗人告别了，我本来应该如释重负才对，可是我却依依不舍，像“相见时难别亦难”那样。我不知道自己什么时候已经爱上了这些诗人。我知道自己没有读懂他们，可是我已经在不懂他们的时候就爱上了他们，其实这个爱的过程也是从很久很久以前就开始了，现在的过程，只是重新认识一个人，重新喜欢一个人的过程。现在，我的仰慕之情无以言表。我想，诗有多美妙，人生就有多美妙，这就是读诗的至乐。不学诗，无以言。不学诗，也不知道欣赏诗的过程有多好。诗人用文字修行，我们用欣赏他们的文字修行。我常常为生在苏轼之前的人惋惜，他们只读了中国古代文学史的前八十回，而我们却看到了完整版，知道了所有的圣人、贤人、诗人的生平、诗文、结局。这让我又常常充满感激。我们何德何能，又何等幸运，能这样免费享用这么丰厚的赠予。所以，我们读古诗，就是对这种赠予的回报，是在祭祀我们的祖先。虽然我们的灵性不及他们之万一，可是我们只要把这种虔诚和感激的心保持下去，我想一定会有更多的

五代南唐·卫贤·高士图

五代・佚名・菩萨头像

后来人接着来欣赏他们，感激他们。因为一个民族需要传统文化的滋养，因为我们是他们的苗裔，他们配享我们的万世供养。

另外，面对诗人，我又有一万分的愧疚。对我写下的二十位诗人而言，因为我没有读懂他们，我只能用一支笨笨的笔给他们画一个速写，是不是忽略了更重要的，是不是画得不太像、不太美？我想这是肯定的。此外，对于那些没有写到的诗人，我更加愧疚，我能安慰自己的办法，就是尽量不去想他们，在我翻《唐诗三百首》一类的书时，我的目光在写有他们名字和诗的那一页上不敢有稍稍的迟疑和停留，因为我怕我被他们挽留，因为我写不了很多。我想，以后我一定会回头去拜访他们的。

王安石在辞职回家的途中游览了褒禅山后，看见一座“仆碑”，他由此感慨：“以悲夫古书之不存，后世之谬其传而莫能名者，何可胜道也哉！此所以学者不可以不深思而慎取之也。”于是，他以追忆的形式写下了一篇著名的游记，表示“尽吾志也而不能至者，可以无悔矣，其孰能讥之乎”。我想说，我也已经“尽吾志”了，至于“不能至者”，“可以无悔矣”，所以恳请专家学者，“不可以不深思而慎取之也”。如果有年轻的朋友还想读点唐诗，还不想读得太厌倦，想读出一点寂寞的味道，想更感性地知道唐朝是一个伟大的时代，伟大的时代产生伟大的诗人，想确定生活中还有诗和远方，想让自己从此也有一个梦想——我想，这本书是可以读的。除此之外，我不能要求得太多了。

“山有木兮木有枝，心悦君兮君不知。”这是我要对诗人、对读者说的心里话。

此时正是深秋的一个傍晚，夕阳已经西下，这让我多少有些寂寞。我知道我的梦要醒了，我又要回到现实中，过我平淡的日子。

夕阳已经西下，我要继续赶路了。

栗子 2017. 秋

目录

CONTENTS

目录
CONTENTS

让唐朝的春风大雅，借我们一叶扁舟，划过人间的五湖烟浪，江船火独明；让诗人的秋水文章，唤我们一日清醒，重新回望梦里流年，思发在花前。

长 歌 怀 采 薇

长歌怀采薇。

我们的祖先总是一边劳作，一边唱歌，像鸟儿一样。

在山顶洞人的山坡上，他们就开始了《弹歌》中“断竹，续竹；飞土，逐肉”的牙牙学语；在《诗经》时代的田野里，他们学会了一唱三叹；在《楚辞》中，他们唱得更加婉转；在汉赋中，他们唱得典雅深奥；在乐府诗中，他们唱得自然明白。魏晋以前，诗歌一路变化而来，变的都只是形式，作者无论文野，他们唱出的歌，都含着无尽的兴观群怨的风旨，有不可言说的力量。到了魏晋时期，诗人的理想在乱世中幻灭，人性却在冥暗中悄然惊醒，他们开始精神上的自我救赎，此时出现的山水诗、玄言诗、隐士诗，缘情体物，虽然虚无，却也是真实的人间诗话。

到了南北朝时期，金瓯破裂，北朝只是一片“天苍苍，野茫茫，风

五代南唐·唐希雅·古木锦鸠图

吹草低见牛羊”的文化混沌，基本上无诗可言。而在南朝的小朝廷里，诗歌却被拥有话语权的皇家和贵族垄断了，他们重新制定标准，写诗成了一种游戏，一种社交艺术，诗歌成了颂圣的赞美诗和记录应酬、游冶、宴饮的流水账。那些养在深宫的御用诗人集体迷失，只知道雕章琢句，配合着皇家的奢靡之风，写谄媚的“应制诗”，忘记了诗人的根本，由此“风教渐落”。当时已流行五言诗，据记载，朝廷经常举行诗歌大赛，当场命题，那些笔墨迟钝的大臣会被当场罚酒，处罚虽然不痛不痒，却很失面子。所以，为求快捷稳便，他们自制了一个写诗的模板，把诗分成破题、描写和结语三部分。破题点题，写事由，中间是两联或两联以上的对偶句，用以渲染主题。最后一联或两联做结论，表达自己对当天活动的感受。如此一来，诗人成了匠人，写诗成了做填空题，在一炷香的时间里，只要对偶对得工整，结尾结得巧妙，就不算交白卷。这种“精致的淘气”一直延续至唐初。如唐太宗时期的宫廷诗人李百药的诗《奉

和初春出游应令》，破题句“鸣笳出望苑，飞盖下芝田”，写明当天的活动是皇家大张旗鼓地出游；中间两联“水光浮落照，霞彩淡轻烟。柳色迎三月，梅花隔二年”，是“望苑”外、“芝田”里初春的风景；最后落在“日斜归骑动，余兴满山川”上，表示今天的活动很圆满，自己余兴正浓，还不想回家去，是曲折的赞美，是“奉和”。这种诗里没有诗人的感情，没有流通的气韵，也不会撩动我们的感情，读完这些诗，我们也只能拣几个高雅的辞藻，几片华丽的碎片而已。

然而，中国文学的盛衰，一直和中国历史保持着同样的节奏。这种被扭曲的奉和应制诗，终于被随之到来的新时代所厌弃。初唐，随着朝野渐渐安稳，物阜民丰，从朝廷到民间，人们开始要求扶正诗歌“叙情志，敦风俗”的传统。就在朝野上下还停留在理论探索阶段时，有一位诗人已经濯足而出，而盛唐气象，由此发端。

他就是王绩。

王绩，字无功，号东皋子，是古绛州龙门县人，就是今天山西万荣县人。约于公元589年出生，公元644年卒，身跨隋唐两朝，举孝廉出身，少有大志，十一岁时即有“神童仙子”之誉。一生三仕三隐，著述颇丰。他嗜酒类刘伶，通音乐类阮籍，为人疏旷类陶渊明。承接魏晋风流的背影，在六朝金粉的黄昏里，他风姿卓立，别有怀抱。

史载，王绩生性孤傲，特立独行，最典型的做派就是嗜酒如命，誓不为五斗米折腰，却常为三升酒折腰。唐武德八年，朝廷征召前朝官员，王绩以原官待诏门下省。按照门下省旧例，日给官员良酒三升，一直不想在新朝做官的王绩，在这个官任上比较让人省心。这种一反常态的做法让人不解，于是有人问：“待诏何乐耶？”答曰：“良酝可恋耳！”原来如此。领导莞尔一笑，从此索性日供一斗，时人便戏称他为“斗酒学士”。他以酒德游于人间，常常一饮五斗不醉，有人以酒相邀，无论贵贱高低，此时皆视众生平等，欣然赴约。他一生仰瞻陶渊明，把生活过成了陶渊明二世，也把诗文写成了陶渊明二版。陶有《桃花源记》，他有《醉乡记》；陶有《五柳先生传》，他有《五斗先生传》。他这样评说自己："绝思虑，寡言语，不知天下之有仁义厚薄也。忽焉而去，倏然而来。其动也天，其静也地。故万物不能萦心焉。"在《独酌》诗中，他悲观地说："浮生知几日，无状逐空名。不如多酿酒，时向竹林倾。"在《过酒家》诗中，他醒复醉："此日长昏饮，非关养性灵。眼看人尽醉，何忍独为醒。"有了这些高端的喝酒理由，于是他越发地不加节制，一杯一杯地把自己喝成了"吸风饮露，不食五谷，其寝于于，其行徐徐"的林下君子，无论晦明寒暑，常常闻香下车，一瓢独酌，与清泉、明月、梅花同席。

虽然喝酒可以让他一时淡出红尘，饮酒诗文也可以写得这样恣肆，可是这些到底不是方正之道，真正让他青史留名的，是他的田园山水诗。

北场芸藿罢，东皋刈黍归。

相逢秋月满，更值夜萤飞。

——《秋夜喜遇王处士》

前朝遗民，大约都很纠结，心念仕途，又有一点不做贰臣的清高。王绩入唐后在门下省当差时，就因为暗藏着这种不为人知的情绪，加上常常觉得怀才不遇，不久之后，还是不顾一日斗酒的特供，辞官还乡。贞观中，他复出为太乐丞，旋即又告归，从此归隐田园，以琴棋诗酒自娱。这首诗即作于他归隐期间。

生于贵族世家的王绩，是真正的王谢堂前的燕子，五斗米已经挣够，躬耕垄亩原与生计无关，只是心情使然。然而这种新体验，却给他带来莫名的欢喜。这一天，耕作之余，在一派“秋风动禾黍，野径少人行”的大苍茫中，与一位隐居乡间的名士在山坡上的不期而遇，让这位新隐士忽生惺惺相惜的感慨，于是欣然命笔。

和宋词不同，唐诗是有标题的，这是诗的纲领。文不对题，必不是好诗。秋夜，喜遇，王处士，把题目拆开看，就知道诗人想说什么话。处士，是对有德有才的隐士的敬称。“芸藿”是种豆，“刈黍”是收割禾黍。北场东皋，芸藿刈黍，场景随田地变化，人在两处辗转，画面由此活泼。北边的土田里豆苗长势喜人，东边略高处的水田里禾黍已经在收割中，所以“带月荷锄归”时，路遇知己，收获的喜悦，相逢的意外，“更值”满月和萤火烘托助兴，情系一处，神与物游，当然是喜遇。诗中不急于言“喜”，只在题中补喜悦的心情，是“不着一字，尽得风流”的笔法。

五代·黄筌·芳溆春禽

这首田园小诗里，有陶渊明独自“登东皋以舒啸”的自在，有朋友相遇时“欲辨已忘言”的会意，一派天下太平、心地太平的岁月安稳景象。

“情景交融”四字是评诗的俗调，可是在当时，要做到情景交融何其难。这首小诗之所以横空出世，主要是因为生逢其时。在陶渊明“悠然见南山”的意会之后，在王维“深山何处钟”的融化之前，在六朝的假山假水的反衬下，这首质朴的小诗，如春花初绽，因为情景交融，已经生机勃勃地摇曳在初唐的乡野里了。

东皋薄暮望，徙倚欲何依。
树树皆秋色，山山唯落晖。
牧人驱犊返，猎马带禽归。
相顾无相识，长歌怀采薇。

——《野望》

这首诗也是诗人隐居东皋时的作品，是王绩的代表作。写出了诗人在仕与隐之间取舍进退的纠结心理。

陶渊明的南山，王维的辋川，是我们熟悉的适合隐居的地方。这里的东皋，指王绩家乡绛州龙门的一个地方，他归隐后常游东皋，自号“东皋子”。在东皋，最美的风景在秋天，最让人动心的时刻是薄暮。日之夕矣，树树秋色，山山落晖，在远近高低一片渐变的橙色光影里，牧人驱赶着牛羊归来，猎马带着猎物归来，有足的回家去，有翼的回家去。等这一切望中的野景都消失后，诗人把自己孤独地留在了原地，他的心

已经游走在首阳山上，与伯夷叔齐相伴。

这首诗是一个个移动的画面，落叶、落晖，人、牛、禽都在移动中，都在归途中。诗人把所有这些含着“归”意的景象用“归去来兮”的心情串并起来，最后自然地引出了“长歌怀采薇”的动念。然而，“采薇”也不是一件简单的事，伯夷叔齐因为不愿做周朝的贰臣，在首阳山上采薇而食，结果冻饿而死的结局；《诗经》中的女子“陟彼南山，言采其薇。未见君子，我心伤悲”的不遇，都加深了他“徙倚欲何依”的困惑。“采薇采薇”，不见君子，“曰归曰归”，吾谁与归？一番思量后，在篇末收拾心情时，诗人只是说“怀采薇”。“怀”是想，是动心，和苏轼常说的“约他年”是一样的。清代顾安的《唐律消夏录》云：“‘长歌’一言，壁立万仞矣。”其实，万仞之上，仍是一片苍茫无解。

五代·佚名·炽盛光如来像

五代南唐·周文矩·宫中图

这是一首优美的、伤感的诗。苏轼说:“人生如逆旅,我亦是行人。”在“我心曰归”的归途上,朋友会遇见朋友,陌生人会遇见陌生人,相遇或不相遇,和谁相遇,永远都是一个复杂的、充满隐喻的问题。在我们的人生里,已经遍布这种相遇与不相遇的足迹,这些足迹或者交叉,或者重合,而“相顾无相识”、错身而过的时候也是常有的。因为“相顾无相识”,所以固执地要“长歌怀采薇”,也是我说的“不约春风再约谁”的意思。其实,在“吾谁与归”的寂寞里,诗人本意是在期待着与古代君子贤人相遇,期待着与一种高尚的精神相遇,这种象征性的期待本身就带着时代的希望。

这首诗是现存唐诗中第一首格律完整的五言律诗,开五律先河,这是这首诗最重大的意义。《唐诗矩》评曰:“前写野望之景,结处方露己意。三四喻时值衰晚,此天地闭、贤人隐之象也。故末寄怀《采薇》,盖欲追踪夷齐之意,然含蓄深深,不露线索,结法深厚。得此一结,便登唐人正果,非复陈、隋小乘禅矣。”清翁方纲《石洲诗话》中也说:

“以真率疏浅之格，入初唐诸家中，如鸾凤群飞，忽逢野鹿，正是不可多得也。”古代读书人都是诗人，诗评虽是二手创作，却也常常写得让人心动神驰。其中，“登唐人正果”“不可多得也”，正是对这首诗的格律和内容的历史价值评估。

我们知道，用诗歌抒情起自民间，而固定成格律体，却完全是博学鸿儒的功劳。早在南朝齐梁年间，文史学家沈约等人即创“四声八病”之说，要求把平、上、去、入四声相互调节的方法应用于诗义，避免平头、上尾、蜂腰、鹤膝、大韵、小韵、旁纽、正纽“八病”，注重声律和对仗，时号“永明体”。这是从比较自由的古体诗走向格律严整的近体诗的一个重要过渡阶段，格律诗由此开始酝酿。

关于格律诗的规矩，学者可以写整整一本书。我为了写这本笔记，也曾补过格律这一课，却越学越糊涂。为了能说得简便清楚一些，我想起了黛玉教香菱写诗的故事，摘录如下：

黛玉道：“什么难事，也值得去学！不过是起承转合，当中承转是两副对子，平声对仄声，虚的对实的，实的对虚的，若是果有了奇句，连平仄虚实不对都使得的。”

香菱笑道：“怪道我常弄一本旧诗偷空儿看一两首，又有对的极工的，又有不对的，又听见说‘一三五不论，二四六分明’。看古人的诗上亦有顺的，亦有二四六上错了的，所以天天疑惑。如今听你一说，原来这些格调规矩竟是末事，只要词句新奇为上。”

黛玉道：“正是这个道理，词句究竟还是末事，第一立意要紧。若意趣真了，连词句不用修饰，自是好的，这叫作‘不以词害意’。”

这么复杂的问题，黛玉却说“什么难事”，只用几句话就说清楚了，难得香菱也听明白了。真是“闺阁中历历有人”！这是五律、七律通用的规矩，对于律诗的知识，我们也只要知道这些就可以了。

《野望》这首诗，从形式上看，已经很合乎律诗的要求，其中首尾两联抒情言事，中间两联写景，对仗工整，平仄和谐，经过情、景、情的往复咏叹，起承转合诸法备矣。从内容上看，自然流畅，朴素清新，意境浑厚，摆脱了宫廷诗轻靡华艳的作风，在当时的诗坛上别具一格。因此王尧衢说，《野望》“格调最清，宜取以压卷”。

“相顾无相识，长歌怀采薇。”读一首诗，相识一个人。

王绩的父亲是隋末大儒，同时精通阴阳之术，所以他从小熟读四书五经，而老庄经典也是他的床头书。这种一儒一道的双面家庭教育影响了王绩一生。他没有勇气完全放弃官场，而御风出尘又像是他不能高攀的境界，是仕还是隐，是要自由还是要名利，两相对照，他难以取舍。

唐·卢楞枷·六尊者像（锅巴嘎尊者）

他有时“东皋薄暮望，徒倚欲何依”，苦于不遇，想“采薇”去；有时“常恐霜露降，不得全其生”，身在官场，又有深重的畏祸心理。这种矛盾情绪，是他诗歌的主调。比如在曲曲折折的《古意六首》诗中，他分别以宝琴、绿竹、宝龟、岩松、桂树、彩凤自喻，说宝琴曲高和寡，“千金传一曲”，却不遇钟子期那样的知音；那些松、竹、桂“独负凌云洁”，却不接地气，生不逢时，难免“刀斧”之祸。最后，他又说自己“心悦君兮君不知”，说自己只能像凤凰那样暂时高高飞去，再耐心等待重返朝阁的良机，以遂自己经世济用的夙愿。

“若顽若愚，似矫似激”的诗人王绩，一生潦倒不通俗物，但是，像庄子一样，他“以生为附赘悬疣，以死为决疣溃痈”，对生命的来龙去脉不忧不惧，早有准备。受到陶渊明《自祭文》的启发，他写下一篇《自撰墓志铭》，夫子自道，概述了他一生的行藏，有许多风趣。其中写道：

王绩者，有父母，无朋友，自为之字曰无功焉。人或问之，箕踞不对。盖以有道于己，无功于时也。不读书，自达理，不知荣辱，不计利害，起家以禄位，历数职而进一阶，才高位下，免责而已。天子不知，公卿不识，四十五十，而无闻焉。于是退归，以酒德游于乡里，往往卖卜，时时著书，行若无所之，坐若无所据。乡人未有达其意也。

一个天生的才子诗人，一个惊世骇俗的酒仙，一个一心二用的隐士，王绩就是这三种人的合体。他在他那个时代里自我放逐，却在琴棋诗酒中与魏晋风流遥遥唱和，不管他唱得多么不成曲调，多么意气疏疏，他

都是他那个时代里最好的歌手。

王绩是被《唐诗三百首》忽略的诗人，而我这本唐诗笔记从王绩开篇，这样写，虽无气势，却充满希望。就像百川入海一样，盛唐诗歌终能成为春风大雅的江河，原是由一条条小溪汇流而成的，是由一个个诗人的文字修成的。

这个向着盛唐“野望”的才子，就是在这些小溪流里第一个蹇裳而来的人。

唐・李思训・京畿瑞雪图

天 涯 若 比 邻

城阙辅三秦，风烟望五津。

与君离别意，同是宦游人。

海内存知己，天涯若比邻。

无为在歧路，儿女共沾巾。

——《送杜少府之任蜀州》

一句“海内存知己，天涯若比邻”，让我们和王勃比邻。

王勃和杨炯、卢照邻、骆宾王并称“初唐四杰”。在这四位诗人中，

唐·阎立本·孔子弟子像（局部）

王勃冠名首位。杜甫有“王杨卢骆当时体，不废江河万古流”的赞语，是对四位诗人的终极肯定。

王勃，字子安，和王绩一样，也是古绛州龙门人。大约生于公元650年，卒于公元676年，出身于声名显赫的书宦世家。史称，他六岁能作诗，九岁能为颜师古注的《汉书》指瑕，十岁饱览六经，十二三岁就开始学《周易》《黄帝内经》《难经》这些成年人都学不懂的高冷知识。

一个神童，一代才子，就这样没有任何征兆地诞生了。

孔子“十五志于学”。而十五岁时，装备满满的王勃已经走出了著名的山西王家的高门楼，走上了干谒求仕之途。他在写给那些一品大员的序、启、书一类的赋体文章里，把四六句写得高华灵动、气韵流转，一点也不低眉顺眼，倒像是炫风雅一样。这一次，他的干谒文章直接快递给了唐高宗。那是在唐高宗麟德二年，大唐乾元殿大厦落成，十五岁的王勃作了一篇洋洋五千言的赋体颂歌《乾元殿颂》呈给大内。这篇文章写得“黄精吐瑞”“紫气征祥”，“惟天惟地，惟地惟天”地把皇帝捧上了天，并低调地表示臣“微志可存”。唐高宗读过后，得知作者竟是一个未及弱冠的少年，顿时惊得从龙椅上遽起，直呼：“奇才，奇才，我大唐奇才！”其中“我大唐奇才”一句颇有身份感。如此一来，王勃想不红都不行了。

《送杜少府之任蜀州》这首送别诗是王勃的代表作，写于诗人初到长安期间。友人杜少府要去的蜀州，就是现在的四川崇州，王勃临别赠诗，文字相送。

读一首律诗，先看起笔，再看结尾，起得好，结得好，中间即使草草，也不失为一首好诗。“城阙辅三秦”，这里的“城阙”指长安。这个当年被项羽作为战利品分封给三个将领的三秦大地，如今已归为一统，地近百里，人逾百万，城阙九重，龙光四射。站在城楼上，一眼望去，千山万水尽在眼底。“风烟望五津”，因为长安城有“襟三江而带五湖”的胸襟，所以朋友要去的岷江上的五个渡口也仿佛在望。

长安是唐朝首都，李世民曾以主人翁的态度写过“秦川雄帝宅，函谷壮皇居”的豪言壮语。在这个彰显着唐帝国最大的权威和最辉煌的荣耀的地方，历朝历代都在上演着鱼龙变化的历史大片。长安也是诗人们追梦的地方，在他们的诗作里，“长安”是仕途梦想的代名词，“长安道”是通天大道，也是名利通道。千官望长安，得意时，“长安回望绣成堆”“一日看尽长安花”；失意时，“长安不见使人愁”“落叶满长安”。卢照邻最会写帝都颂，他在长诗《长安古意》里，站在长安街头，阅尽了帝里风光：“玉辇纵横过主第，金鞭络绎向侯家。龙衔宝盖承朝日，凤吐流苏带晚霞。”全诗流畅地铺叙了帝辇之下的物华天宝，人物风流，熠熠发光的词语里有交织的幻灭和希望。王维的“九天阊阖开宫殿，万国衣冠拜冕旒”写大明宫早朝时庄严的气氛、皇帝的尊贵、万国来朝的威仪，更是明晃晃的六朝式的赞美诗。王勃有杂言诗《临高台》，其中也有“高台四望同，帝乡佳气郁葱葱。紫阁丹楼纷照耀，璧房锦殿相玲珑”这些粉饰太平的句子。可见，这是一个让人肃然起敬的地方。

五代后唐·李赞华·射骑图

《唐诗广选》评这首诗说：“终篇不着景物而气骨苍然，实首启盛、中妙境。”这首诗里的送别别有气象，离人不是倚在灞桥柳下，而是站在煌煌长安的城墙上；只在这个高处的一挥而别中，我们就已经遥遥望见“气骨苍然”的盛唐气象在招手了。

诗人说，在长安这个大都市里，陌生人比朋友多。在这里，更不容易找到自己的定位，孤独是本质上的，变化是随意的。从长安入蜀，中间风烟弥漫，隔着几千里山河，是我们必须承受的距离。三、四句是说我心里和你一样难过，因为我们都是宦游人，由秦入蜀，这是一条宦游人走的路。五、六句是进一步安抚，像指天盟誓一样，说不管你走多远，“四海之内皆兄弟也”，这是孔夫子说的，夫子周游列国，已证得四海一家，四象和合，现在只待你证我证，心证意证，斯可云证。秦蜀接地，情义比邻，如果是真朋友，就不必介意离别。最后说，歧路千里，别情千里，泪痕已经湿了我们的襟袖。诗从高处起笔，显得大气洒脱；从襟袖间收回，虽然黯然气懈，却让人越发觉得有年少青涩、情义婉转的风致。

很多人说，“无为在歧路，儿女共沾巾”，是说不要在分手的时候流泪的意思。我自读这首诗，就把“无为”理解为“无所为”，因为无所为，在歧路，所以难免沾巾。这样解，也不失为一种情怀。

在这首送别诗里，伤离的主题是温和的，虽是丈夫之别，却不是“劝君更尽一杯酒”那样的壮别，而是得了圣人“仁者送人以言”的灵犀。其中“歧路”一词，见于《列子》中“歧路亡羊”的故事。这个故事里的禅机之深，也能让人“戚然变容”：

杨子之邻人亡羊，既率其党，又请杨子之竖追之。杨子曰：“嘻！亡一羊，何追者之众？”邻人曰：“多歧路。”既反，问：“获羊乎？”曰：“亡之矣。”曰：“奚亡之？”曰：“歧路之中又有歧焉，吾不知所之，所以反也。”杨子戚然变容，不言者移时，不笑者竟日。门人怪之，请曰：“羊，贱畜，又非夫子之有，而损言笑者，何哉？”杨子不答，门人不获所命。

这是一个简单的邻居家老王找羊的故事，是在乱纷纷的红尘一角里每天都会发生的事情。我们就是其中的邻人、众人、门人，因为丢失一只羊而烦恼，因为在“歧路之中又有歧”的路上没有方向地找一只根本找不到的羊而终日忙忙碌碌。最终，羊“不知所之”，我们也“不获所命”。而最“损言笑者”，就是我们这种“不获所命”的迟钝。在这个故事里，我们都是孔子说的“中人以下，未足以语上”的人，只有一个智者“戚然变容”，悲悯莫名。

送送多穷路，遑遑独问津。

悲凉千里道，凄断百年身。

心事同漂泊，生涯共苦辛。

无论去与住，俱是梦中人。

——《别薛华》

这也是一首送别诗，只是不知是“留别”还是“送别”。留别诗，是自己要走时写的告别诗。送别诗，是送远行的人启程时写的诗。

如果说上一首诗是丈夫挥泪，那这一首就是倩女离魂。上一首是“儿女共沾巾”，这一首是“俱是梦中人”。起笔是“送送”，送了又送，结句是把自己和友人放在同一个沼泽里，如“涸辙之鲋，相濡以沫”一样，中间再说上一路体贴的话，这是王勃安慰人的方式。这种感同身受的方式，比起宝黛之间说的“你只知道你的心，不知道我的心”的委屈来，最让人明白和感动。

起笔写送，长路无穷无尽，孔子都无处问津，并非独独我辈。人在千里道上，俯仰百年身世，所以“悲凉”“凄断”得不可说。这里“悲”后加一“凉”字与“凄”后加一“断”字相对，“凉”和“断”就像成了动词。这样解，就觉得“凉”和“断”里，都暗藏着一个时间的渐变。心在千里道上渐渐苍凉，梦在百年身里渐渐断离，同一种“心事”“生涯”，同一种“漂泊”“苦辛”，人生一场大梦，而我们都是邯郸道上、槐安国里的梦中人，恍惚一世而已，“无论去与住”，均是来去无凭。尽管来去无凭，我们幸而又都是对方梦里牵挂的人。

律诗惜言，一字千金，字字都有用处，没有一定的文字自信，叠字是不敢随便用的。这首诗里“送送”“遑遑”两组字叠对，却起到了“痴情女情重愈斟情”的作用，步步紧逼，直指人心。特别是“送送”二字，完全是性灵中语。唐诗用词不能像宋词那样奢侈，其婉约处，只在这些细节中可见。

这首诗里也没有风景，“不出月露之形”，却“唯是风云之状”，说理不见烟火气，泪痕全在纸背。欲颦还敛，写一人之心，动千万人之心，这就是才子笔法，不服不行。

这首诗作于王勃客居巴蜀期间。因为在这之前，已经鲤鱼跳龙门的王勃因为一个偶然事件，成了挂钩之鱼。

事情是这样的。在写完那篇惊动圣听的歌颂文章后，第二年，王勃就科举及第，当了一个从七品上的文官“朝散郎”。之后，又经主考官介绍，在沛王府上做修撰，深得沛王李贤的欢心。一次，李贤与英王李哲斗鸡斗得正欢，王勃看得兴起，提笔就写了

五代南唐・徐熙・飞禽山水图

一篇戏作，题曰《檄英王鸡》。因为是才子文章，当然又传到了唐高宗手里，这回他看了题目就龙颜不悦，耐着性子看完后，大骂“歪才，歪才”，下令：立刻一逐出王府，再逐出长安。“檄文”是政府用于征召、晓谕天下的公告或声讨罪行的正经文书，何等庄重，作为朝廷官员，把无聊当有趣，用这种严肃的文体取乐已属轻薄，况且还是在两个皇子之间生事，这不是唯恐天下不乱的节奏吗！于是，弱冠之年的王勃被逐出长安，带着斗败的鸡的沮丧，“遂出褒斜之隘道，抵岷峨之绝径”，开始了他客居巴蜀的梦中人的生涯。

从这首一路降调写来的诗里，我们已经看出来，本来像一只羽毛鲜亮的鸟一样的王勃，在高高飞翔的日子里，因为雨打风吹，已经变了颜色。

从历史上看，很多才子与朝廷之间都有过最高形式的依附关系。然而，所谓“飘风不终朝，骤雨不终日”，这种“天上碧桃和露种，日边红杏倚云栽”的日子通常是不会长久的，而这种关系，在王勃短短的一生里，就更是短得让人来不及高兴。

然而，他的悲剧还没有完。

乱烟笼碧砌，飞月向南端。

寂寞离亭掩，江山此夜寒。

——《江亭夜月送别·之二》

这首诗是王勃漂泊巴蜀期间，于客中送客时所作。

在这里，诗人只将一片离情托付给了一个“寒”字。王国维说，“着此一字”，而“境界全出”。一字不成诗，所以，乱烟、飞月、离亭、夜色，都是拿来作为陪衬的，都是为了把这个“寒”字写得更有寒意，更寒得浑然无迹。在一个傍晚，诗人站在乱烟如织的江边，站在离亭的台阶上，看着友人的行船渐渐没入南面的烟波尽处，独自更觉身寒心寒，左看右看，看到的都不是刚才的风景。这和我们送人时的心情

五代·阮郜·阆苑女仙图

是一样的，刚刚还在热闹地说着话，可是一旦挥手，手里剩下的、眼前看到的，全都是冰冷的寂寞，从而体会到一种由身体的寒进入精神的寒的彻骨寒意。

“乱”烟是说乱了方寸，“飞”月的说法，似乎是初见。月何以能飞，这其实是在写“月穆穆而西移”的过程，说明诗人已经在被寂寞掩埋的江亭里坐了很久，从黄昏坐到天黑，已经寂寞了很久，寒冷了很久了。清袁枚在《随园诗话》里说：“凡作诗，写景易，言情难。何也？景从外来，目之所触，留心便得；情从心出，非有一种芬芳悱恻之怀，便不能哀感顽艳。”所以，像这种“情从心出”的句子，因为写得空灵无迹、悱恻低回，更需要我们细细体会。

长江悲已滞，万里念将归。

况属高风晚，山山黄叶飞。

——《山中》

自十九岁漂泊西南，王勃在巴山蜀水间已历三个寒暑。长江、秋风、晚烟、黄叶，本已是看惯的风景，可是这些看惯的风景，有时候看上去却不能习以为常，而他冷落的心情一经与冷落的风景相遇，看到的风景里，则全都写着“悲”字。

这首诗的意境很宽广，“长江悲已滞，万里念将归”句，上可追谢朓的“大江流日夜，客心悲未央”，下可比杜甫的“大江东流去，游子日月长”，排名在他自己的“游子倦江干”“雾色笼江际”句之前。江

唐·韩幹·照夜白图

水因望远而停滞，黄叶因近身而萦回。长江万里，家山万里，写客路何其远；落叶晚风，四面凋零，写日月何其忽。江水与木叶如果是风，“悲”“念”二字即是骨，风骨相合，不用细思量，就知道景与情互为表里，其中有比有兴。这样的诗句，即使在一脸笑容时，只在一低头间遇到，也会让“苏子愀然”。

从积极方面看，落叶辞枝，明年还可新发，而万里念归，也是大有希望的。因为树虽不能移易，叶却多有自在飞舞的时刻。

诗和词不同，词可以上片景，下片情，多说一些；而一首绝句，只有二十个字，所以功夫全在诗外。这种“悲已滞”的情绪为什么这么浓重，我们只有从飞飞卷卷的落叶里去慢慢思量了。

唐・李思训・九成避暑图

这首诗的特别处，还在于像个倒装句似的，虽然句句都是景中有情，但不是先景后情，而是前两句抒情多，后两句写景多。结尾处，高风从树林，或者更神秘的地方吹来，黄叶从万山飞来，而我们寂寞的心，也与诗人的心一样，在这片开放的、无解的苍茫中无语怨东风了。

同时，如果把“悲已滞”“念将归”“高风晚”“黄叶飞”这些词语组合起来，在我看来，怎么看都像是含着自悼的隐喻。悲滞、念归，是不是在说一切悲伤和念想都已止步、都将归去？秋风、落叶，是不是在暗指“葛生蒙棘”的来世家园？这样写，是不是就叫“诗谶”？

对于一个二十岁的人来说，死亡应该是一个遥远的日子；可是对王勃来说，这个日子已经不遥远了。

公元 671 年秋冬，王勃从蜀地返回长安参加官吏选拔考试，路经河南时，也许是为稻粱谋，也许只是为打发这段难熬的时间，他请一个朋友为他谋了一个参军的职位。可是就在这个“临时工”的任上，他竟然犯下了死罪。他先是私藏了一个犯罪的官奴，而后官府追捕，他又怕走漏风声连累自己，竟然临时起意杀了他，由此下了死囚大牢。我想，这场谋杀一定不是他亲自手刃，而是雇凶杀人吧。所幸的是，恰遇皇帝大赦天下，死罪是免了，但仕途也从此终结。更严重的是，他的父亲也受到株连，从陕西凤翔州官任上被远远地贬到了今天的越南任县令，这对年轻的王勃更是致命一击。王勃尽管恃才傲物，却是个大孝子。在《上百里昌言疏》中，他自言罪不可赎：“如勃尚何言哉！辱亲可谓深矣。诚宜灰身粉骨，以谢君父。”“嗟乎！此勃之罪也，无所逃于天地之间矣。”公元675年秋，出狱后的王勃，在经过一番心理调整后，随即买舟南下省父，于第二年春夏之际见到了生活窘困的父亲。父子相聚想必自有一番悲欣和相互的抚慰，也会让王勃重新燃起生活的希望。可是，就在他告别父亲返回的途中，竟在南海上忽遇大风暴，以致船沉人亡。而王勃时年仅二十六岁。

就这样，“长江悲已滞，万里念将归”。一代才子，一轮初唐诗坛上早晨八九点钟的太阳，就这样毫无征兆地陨落了。

槛外长江空自流

真正让王勃名垂千古的，是他的《滕王阁序》。

《滕王阁序》的写作过程，就是王勃的一场表演秀。

滕王阁是江南名楼，“瑰玮绝特”，位于江西省南昌市赣江边上，是唐高祖之子、滕王李元婴在任洪州都督时修建的。二十年后，有位叫阎伯屿的人在此地做“洪州牧”，就是洪州的州官。一日，“时维九月，序属三秋”，阎公宴请群僚于阁上。史传，阎公如此破费地举办这次作文大赛，本来是想为他的东床快婿“游其声誉”，用现在的话说，就是“圈粉”。自家的文章几日前早已作好，只待这日当众再作一遍即可，于情于理，不怕众人不点赞。因为“牧”养小民，有何难哉。

这个故事，如果顺接下去，应该就是《红楼梦》中“大观园试才题对额”一节。在《红楼梦》里，那几个跟着贾政父子一起游大观园的清客都是何等样的江湖人物，他们最会看着贾政的脸色作诗。从一进大观园起，他们心里就明镜似的，知道今天不是来试他们的才的，这个被政老爷骂了一路“轻薄东西”“管窥蠡测”，甚至要“扠出去”的“蠢物”宝二爷才是今天要包装的明星，于是个个都只是随口应对，不怕屡屡“落了俗套”，而且不失时机地发出“二世兄天分高，才情远，不似我们读腐了书的”这样真诚的感叹。如此一来，才得宾主一日尽欢。

可是，滕王阁上上演的这幕哑剧却让人哭笑不得。当时，谁也没想到，正“舍簪笏于百龄，奉晨昏于万里”，准备放下一世功名，走过万里长路去越南地界省父的王勃恰好路经此地，“千里逢迎”，又因为颇有时名，所以也应邀赴宴。面对“胜友如云”“高朋满座”的盛况，年轻、表现欲强，也希望游得声誉的王勃当着许多大人物的面，一时忘了“童子何知”的论资排辈的潜规则，在人家客气地让他即席写篇文章时，不知道像别人那样“延让”“延让”，也不顾“公大怒，拂衣而起”的无语，旁若无人，提笔就写，只在一炷香的工夫里，就下笔千言，一字不易，第一个交卷。

于是，一篇千古锦绣文章，由此应运而生。

在这篇用骈体文写的序文里，王勃先是有主有宾地交代了写作的时间、地点、人物、缘起，接着用对偶、用典的笔法，铺叙了滕王阁周围的沙洲岛屿、山岭原野、河泽舟舸、宫殿屋舍，赞美了陶渊明、谢灵运这样的林下人物，表达了对历史上“时运不齐，命途多舛”的文臣武将一生事功卓著而名不称焉的悲慨，随后是“抚凌云而自惜”的自恋，落笔在“非谢家之宝树，接孟氏之芳邻”的温良恭俭让里。全文对偶行文，两两关照，语虽一路散花，却不失自然风流，而且进笔退笔均有理有据。其中三、四、六、七句杂合，长句能长，短句能短，长语如呼风唤雨，短语如断雁鸣空，抑扬顿挫，轻拢慢捻，笔笔乘风，字字和乐，直如唱出一篇纸上的《广陵散》。

我们知道，写文章讲究文气，气畅则文畅，气竭则文滞。好文章全

凭内里有一团气韵调和而成。这种气韵，有时候循环往复，有时候一气贯通。王勃的这篇现场作文，没有时间像贾岛那样“僧敲月下门”还是“僧推月下门”地推敲，而是一鼓作气写成。他一路神行，在六朝的金粉世界里披沙拣金，在他前世今生的性灵里游刃有余，在眼前的风物人情里观照宇宙人生，既写出了“落霞与孤鹜齐飞，秋水共长天一色。渔舟唱晚，响穷彭蠡之滨；雁阵惊寒，声断衡阳之浦”的明媚山河，也写出了“天高地迥，觉宇宙之无穷；兴尽悲来，识盈虚之有数”的沧浪诗话。而一个弱冠之人说出“老当益壮，宁移白首之心；穷且益坚，不坠青云之志”“北海虽赊，扶摇可接；东隅已逝，桑榆非晚”的道德经，更足以为千年以来的老年人、失路人励志。这样的浩然之气，这种体物知情的本事，不是天才，凭我们怎么经过见过，谁又能如此通透，如此下笔？读这样的文章，不免让人感慨良多。我们已经知道，天地固有其道，人世固有其迷，人之不遇固有其常，命运总是在不知不觉中折磨人，悲剧也总是在不知不觉中重复，这是人间不可移易的悲苦。诗人在悲中喜，在悲中壮，随心拨转文字，一路矜才使气写到底，不是李白，谁又堪同此杯酒？我常想，如果天假以年，以王勃的个性、格局与笔墨功夫，他会不会也能老当益壮？如果天假以年，让他再多活三十年，他会不会也是半个盛唐？

嗟乎！“勃，三尺微命，一介书生。”

从文体上看，这篇序也是一篇完美的骈体文。骈体文一直名声不好，因为这篇序，有必要为高深的骈体文做个通俗的说明。

我们知道，以四言为主的“诗经”体，因为一句只有四言，容量有限，很难表达缠绵悱恻的情感，所以常常需要一段一段重复，似乎唯有一唱三叹才能尽情尽兴。在《诗经》之后，有了“楚辞”这种文体，以六言句式为多。因为多了两个字，吟诵起来就觉得曲曲折折的，特别是用“兮”这个细声细气的字在句子里做停顿转折，比如“日月忽其不淹兮，春与秋其代序。惟草木之零落兮，恐美人之迟暮”，读起来就像唱

五代·佚名·星相仕女图卷

歌一样，低回不尽。可是这种句式变化少，篇幅一长，就会让人觉得单调。于是，在《楚辞》之后，又产生了“汉赋”。赋体在语句上以四、六言为主，间有三、五、七言。到了魏晋南北朝时期，赋发展成了“骈体文”——因为这种文体总是句式两两相对，就像两匹马并驾齐驱一样，所以被后世形象地称为骈体文，“骈”者，两马并驾也。骈体文是贵族文学，讲究对偶、平仄、用典，是很高端的文体。早期还是骈散兼行。六朝至唐初时，由于风气使然，原有的典雅变调成了奢靡的藻饰，就像把金玉、灵禽、奇兽、香花、异草这些好东西通通堆在一起，好东西也会成了多余的东西一样，把许多好词语放在一起，读起来就像看花十里，也终有审美疲劳的时候。不过，由于骈体文“四字密而不促，六字格而非缓”的措辞方式，写好了，也有让人动心处。如这篇序里的“闾阎扑地，钟鸣鼎食之家；舸舰迷津，青雀黄龙之舳”“关山难越，谁悲失路之人？萍水相逢，尽是他乡之客”，或如庾信《哀江南赋》中的“钓台移柳，非玉关之可望；华亭鹤唳，岂河桥之可闻”“将军一去，大树飘零；壮士不还，寒风萧瑟”这样质而约的句子，无论写景抒情，都是天生好言语，而且工工整整，读来一起一落的，很有节奏感。我想，如果简单理解，从形式上看，也可以把骈体文看作书法里的颜体字，颜体端俨中不失婉丽，适合作牌匾上的大字，骈体文工稳典雅的对句和不受限制的篇幅，也适合写长篇大论的、很有气势的文章。

王勃深得骈体文的要旨，他就像一个自信的演员，披挂着骈体文的盛装出场，却表演得自然风流。这是这篇序文风姿卓立的根本。

在序的末尾，有这样的话：“敢竭鄙怀，恭疏短引；一言均赋，四韵俱成。”意思是说，我今天只是冒昧地尽我微薄的心意，恭敬地作了这篇短引。在座诸位都在依韵作诗，我也写成了四韵八句。

由此看来，这篇喧宾夺主的长序，原是为这首《滕王阁》诗作的序。

滕王高阁临江渚，佩玉鸣鸾罢歌舞。
画栋朝飞南浦云，珠帘暮卷西山雨。
闲云潭影日悠悠，物换星移几度秋。
阁中帝子今何在？槛外长江空自流。

——《滕王阁》

这首诗附在《滕王阁序》后面，余音也足够绕梁三日。

诗中说，世事变迁，荣华无常，如今的滕王阁已是前朝楼台，阁中帝子也已是人间过客。烟云过后，只剩下槛外江水，终日无语东流。

诗一起笔，就将滕王阁上的歌舞写罢，是一声还没有开始就滑向尾声的急管繁弦。因为诗人从一开始“临江渚”时，就知道会是“空自流”的结果，所以中间南浦的云、西山的雨，以及画栋珠帘、斗转星移也不过是一眼看过的风景，他无心写那些往日“歌舞”，是因为那些曾经的风流和今天并没有什么两样。这些他在序里已经写得很周全了，在诗中，

唐·阎立本·萧翼赚兰亭图（辽宁省博物馆藏·北宋摹本）

他只需要有一个结论、一种态度而已。

《滕王阁序》被韩愈赞为“读之可以忘忧”的好文章，可这首诗却写得一片凄凉萧瑟，写在同一个空间和时间里的序和诗，好像完全不在同一个精神平台上。依我想，也许诗里的情绪才是诗人当天最真实的情绪。一个刚刚犯下了弥天大罪，又伤了人伦大统的年轻人，在文章中列举文臣武将的坎坷不遇，讲绝境自救的大道理，三次说到事奉父亲的事。这一切，并不是在老先生们面前有意卖弄自己的见识和孝心，而是暗含着种种向天下人解释的成分，其中的惊恐、悔悟、羞惭是分明可见的。

所以，激情在序文里挥洒过后，在诗里再写下的，就是山河有异，就是百转千回。由此我们知道，诗人的万千始终，都已经舞罢歌歇；才子的一世功名，终究是槛外流水，流三千里而不知去向。会心处不在多，一个“罢”字里，已将古今世相一字收回；一个“空”字外，有人已经化烟化灰。

王勃一生做了很多有益的事情，他以二十六岁的夭寿，为后世留下了大量诗文，为使唐诗由宫廷走向市井，由文字游戏走上风雅的正道，他孜孜不倦地努力着，仅一篇《滕王阁序》，虽以骈体文言情载道，也一扫六朝的庸脂俗粉，足以让千年以来的读书人叹为观止。可是，他一生也做了两件坏事。套用《尚书》中“天作孽，犹可违，自作孽，不可活”的话，如果说斗鸡文是“天”作孽，是唐高宗这个“天子”小题大做的一场文字狱，尚可逃避的话，那么那场莫名其妙、众说纷纭的人命案，就全是王勃自作自受，虽一死难赎。

有位诗人说，诗人就是个轻浮的、长翅膀的、神圣的东西，没有灵感则一事无成。

王勃就是这样的诗人。

“呜呼！胜地不常，盛筵难再；兰亭已矣，梓泽丘墟。”

行文至此，夫复何言！只以王勃自己的话，为才子悼！

念天地之悠悠

到了陈子昂生活的时代，那种“忽君人之大道，好雕虫之小艺”“竞一韵之奇，争一字之巧”的六朝文字，已经到了满城风雨近黄昏的时刻。于是，与还在魏晋的桃花溪里逆流而上、摸着石头过河的王绩和王勃不同，陈子昂此时的复古主张更加明确。他在著名的《修竹篇序》里，慨叹“文章道弊，五百年矣，汉魏风骨，晋宋莫传”，反对“彩丽竞繁，而兴寄都绝”的齐梁诗风，赞赏“可使建安作者相视而笑”的阮籍、嵇康式的“正始之音”，并且用他“音情顿挫，光英朗练”的诗笔，古调新弹。

韩愈说：“国朝盛文章，子昂始高蹈。”杜甫在拜谒陈子昂故居时，也感慨道：“有才继骚雅，哲匠不比肩。”感动不用多，有这两个人物点赞，陈子昂在唐诗发展中的地位已经可想而知。

复古的主要路径之一，就是恢复古诗中的怀古主题。而对于陈子昂，我们最熟悉的就是这首怀古诗《登幽州台歌》。

前不见古人，后不见来者。
念天地之悠悠，独怆然而涕下。
——《登幽州台歌》

公元697年，农历丁酉年，是武则天神功元年。这一年，对朝廷和陈子昂来说，都是不平静的一年。当时，北方的契丹族反叛朝廷，一路杀来，直逼幽州。武则天委派建安王武攸宜率军征讨，时年二十七岁的陈子昂正在武攸宜的幕府中担任参谋，也随同出征，驻军在幽州。幽州在今天的北京，属“战国时期七雄”之一燕国的地界。在幽州，有一个著名的楼台，名曰幽州台，或黄金台、蓟丘。这是一个千年古台，筑台的人是战国时期的燕昭王。当年，齐国乘燕国内乱之际，不断蚕食燕国国土，新继位的燕昭王发愤图强，决定收复失地。为了表示言而有信，他在此地筑台，将千两黄金置于台上，大力招延天下贤才。果然“重赏之下，必有勇夫”，天下贤人纷纷影从，勤王辅国，后来燕国终于大破齐国，一洗前耻。

幽州台是一个有故事的地方，陈子昂是一个有故事的人。他当时在武攸宜军中做参谋，是抱着图绘凌烟阁的壮志来的，但是身为皇亲国戚的武攸宜做事轻率，又无用兵经验，指挥不利，以致前军陷没，军心大乱。陈子昂两次直言进谏，并且“乞分麾下万人以为前驱”，愿亲自出战沙场，为国立功。但是武将军以其“素是书生，谢而不纳”，并一怒之下把他的官职由参谋贬为“军曹”，即中士。于是，在某一天，郁郁不得志的诗人“负剑空叹息，苍茫登古城”，独自来到幽州台上，用不平常的态度，写下了这首不平常的诗。

诗人是靠情感来写诗的，情感时盛时衰，出入无定，所以诗也写得来去无定。这首诗一眼看上去，就和我们熟悉的循规蹈矩的五七言诗大相径庭，全诗只有四句长短不一、也不合辙押韵的话，归不到当时任何一种诗体里，一看就知道是慷慨任气之作。

从内容上看，这也是一首无主题的诗作，我们不知道诗人想说什么，能说明白什么。全诗无始无终，无枝无叶，就像一幅泼墨画，大面积留白。我们只能隐约看到在遥远的历史和不可知的未来的一个切面上，有一个仿佛来自太古的初民，形销骨立，混沌未开，好像第一眼看到这个

唐・韩幹・牧马图

世界似的，茫然不知所措地站在那里。而我们心里，也完全被一种莫名的孤独感震慑住，全身气血流注，却欲哭无泪，不知道说什么才好。

庄子说：天地与我并存，万物与我为一。在这首空空荡荡的诗里，只有充盈宇宙的天地人三才合而为一，看似空无，又暗含着天高地厚、天长地久、人生苦短、命如朝露这些自有生民以来就有的关于天地人的怨苦情绪。诗人正是想引导我们做这样的思考：我从何处来，欲往何处去。我不知道前人，前人不知道有我；我不知道后人，后人又怎知我心。生前不见，身后又不见，不知道前生，不知道来世，不知道有我无我，不知道我是蝴蝶，还是蝴蝶是我。这是最幼稚的问题，也是最复杂的问题，一直在挑战着人类的智商情商，永远也无解，不是通常情况下思考的问题。诗人是在一种大的挫折来临时站在这个高台上的，他无力打通空间与时间、梦想与现实的通道，只能困极而呼天，向天地求助，只能与天地做着形而上的交流。这是一场天地人的风云际会，其中所含的无尽的“风骨”与“兴寄”，只有“风萧萧兮易水寒，壮士一去兮不复还”“大风起兮云飞扬，威加海内兮归故乡，安得猛士兮守四方”这样的弦歌可与之平坐论道。

这首诗有源头。屈原的《远游》诗中有这样几句：“惟天地之无穷兮，哀人生之长勤。往者余弗及兮，来者吾不闻。”《远游》是一首长诗，写诗人因为报国无门，于是怀着一颗痛苦的心去国远游，来到天上，在云光霞影里与天神同游的梦幻过程。这也是几个包含着天地人感应深旨的句子，可是因为掩映在全诗复杂的意象中，反不显这几句了，不容易被人记住。陈子昂直接化用了屈原的诗句，因为没有上下文对接，四个句子就像惊雷闪电一般劈空而来，戛然而止，不由分说，因此更有力量，更明白人心。屈原因为一腔爱国忠心化为零雨，浮游八极只为上下求索；陈子昂眼中不见古之君子，不见懂得他登临意的后来人，在混沌不开的天地间唯余一哭，心里想的却是“长太息以掩涕兮”“路漫漫其修远兮，吾将上下而求索”的三闾大夫。诗中不见台，不见燕昭王，不见屈原，却独独选择站在这个高台上不肯离去，这是几层重要的话，本来是诗人能说明白的话，却被有意隐藏在文字背面，在这种曲笔里，有“和泪试严妆”的忠恕与含蓄。

菩提本无物，明镜亦非台，有的只是“象外之象”“景外之景”。这首诗里，虽然所有的字词句都一起在向虚处用力，而我们从中得到的，却是一种原始的洪荒之力。

南登碣石馆，遥望黄金台。

丘陵尽乔木，昭王安在哉。

霸图今已矣，驱马复归来。

——《燕昭王》

这首《燕昭王》诗是陈子昂《蓟丘览古赠卢居士藏用》七首中的一首。

在幽州驻防时，幽州台一定是陈子昂日暮时分常常歇马吟啸的地方。他在这里能与燕昭王神合，在这里能回到那个遥远的英雄时代，在这里他借古人杯酒，浇心中块垒，写燕赵悲歌。

这一次，诗人平静地登上了幽州台，在南面的碣石馆看过铭刻着燕昭王招贤纳士故事的碑刻后，再遥遥望向燕昭王当年修建的黄金台。台馆还是旧台馆，黄金台也依然在望，只是一代君王的宏图霸业如今已然消歇，只有丘陵间的衰草荒烟在重复诉说着这个远去的传说。“昭王安在哉？”这是一声空谷之音，只有问的声音，没有回答的声音，这个声音一波一波地传向空旷的远天远地，越来越密集，越来越仓皇。世无礼贤之主，徒有千里良马。诗人单人独马行来行去，唯余一声“霸图今已

矣”的长叹。

北登蓟丘望，求古轩辕台。

应龙已不见，牧马空黄埃。

尚想广成子，遗迹白云隈。

——《轩辕台》

这也是七首中的一首，是同时期的诗作。

诗人再次登上蓟丘，远望轩辕黄帝陵，借《庄子》中黄帝问道于童子的故事，讲“治理天下不必生事，而是应该像牧马一样，只要去其害马则可”的道理，说在眼下血腥的战场尘埃里，再也见不到当年的田园牧歌。广成子是道家有名的仙人，他的“至道”，就是“无视无听，抱神心以静”。诗人羡慕广成子，也想做“入无穷之间，游无极之野，与日月齐光，与天地为常”的隐士，守其一，处其和。

这几首古风共同的特点就是短小精悍，直奔主题。诗人本来是用可以挥洒自如、可长可短的古风写诗的，写来却惜字如金，将史事、国事、家事这些最复杂的事情，将天、地、人这些最严肃的哲学命题，以最省约的笔墨道来，越让人觉得言犹未尽，欲罢不能。天地常是悠悠，时间常是来去，古今常是相似，人常是孤独，我们不能进入天地的境界，就像天地不为我们停留一样，读这样的诗，只觉得放大了我们的渺小，也放大了我们的悲伤。

其实，乐观些想，人生天地间，我们虽然不能“与天地比寿，与日

唐·卢楞伽·六尊者像（拔纳拔西尊者）

月同光”，但也不必常常“独怆然而涕下”。清代学者王夫之说：“自然者天地，主持者人。”天无私覆，地无私载，天地无终极，人力不可以倒转时空，也不能够与天地共始终，但在我们一世短途中，总有一些片段是可以自己“主持”的。能让我们思考这么深奥的事理，从这个意义上说，幽州台已经不是普通的楼台，而是我们偶尔想与宇宙对话时最高的平台，在这里，“手可摘星辰”。

岁 华 尽 摇 落

兰若生春夏，芊蔚何青青！
幽独空林色，朱蕤冒紫茎。
迟迟白日晚，袅袅秋风生。
岁华尽摇落，芳意竟何成！

——《感遇·其二》

因为一首《登幽州台歌》足以取来为陈子昂压卷，以至于我们都忘了陈子昂还有别的诗。其实，作为开盛唐诗风的第一代愚公，史称“雅

有相如、子云之风骨”的陈子昂风姿多样，感慨百端，自有变化人心的地方，绝不是张若虚那样凭一首《春江花月夜》孤篇压全唐的诗人。再说，我从来都不相信一首诗可以“孤篇压全唐”。那可是“全唐”啊！王维、李白、杜甫、白居易，哪一个孤篇压得住？李白“绣口一吐，就是半个盛唐”就已经很夸张。想想，李白半个，杜甫再半个，别人还怎么分？我们知道，在唐朝随便挑出一个诗人，都让我们觉得那么多才子挤在一个朝代简直就是奢侈，太过“靡费”了。既生瑜，何生亮？如果能匀给我们现代几个，岂不是更好？

陈子昂曾自言自语地说，如果不能乘时立功、青史留名，某“甘愿隐居乡间，与青山白云为伴”。事实上，陈子昂确实一生仕途不顺，所以有很多时间与青山白云为伴。为此，他写有很多感遇、咏怀诗，这些诗或寄情山水，或古调新弹，或拔足槛外，画风与在幽州军中所写的峭拔的怀古诗完全不同，像八十回后的《红楼梦》——换了作者似的。

这首诗是他著名的三十八首《感遇》诗中的第二首。

春夏之间，兰若花叶宛然，然而一阵风过后，再看时，已是春去秋来。由春入夏，由夏入秋。草木生长于春时，凋零于秋天，花红叶绿茎紫，各自相依，各有寂寞。花“幽独”，看花人独独看到的也是“幽独”。

诗人托物起兴，自比兰若，花在春风中“迟迟”自开，在秋风中“袅袅”自落，人在岁月中空空老去。“迟迟”“袅袅”二字，最是清秀。“空”一写此花独秀，一写林下空静；“冒”一写花簇纷披，一比诗人空有相如之才，最终以“岁华尽摇落，芳意竟何成”点明才士不遇的主题。“何青青”是初见时的惊艳，“竟何成”是最寻常的结局。看花看到花落，我们不只在“幽独”二字上枉凝眉，也突然有了一些岁月空老的自怜自警。

读第一句，便觉得如见故人，原来在摇摇若风的兰若的淡香中，我们再度与屈原的魂魄相遇。善鸟香草以配忠贞，是中国诗歌的传统。诗经中“桃之夭夭，灼灼其华。之子于归，宜其室家”的名句就首开桃花人面相映红的风调。而在文化混沌未开的楚国，屈原为了避祸，更是学会了用“香草美人”这种特殊的语言作诗。从花草中看到君子美人，从“岁华尽摇落”中看到“恐美人之迟暮”，从自然中看到精神，乘物以游心——这种香草与美人君子的两两和谐，已经成为几千年来中国式的抒情风格。陈子昂善用这种传统的比兴手法装点君子怀抱，也是一种巧妙的复古方式。

杜甫说：“千古立忠义，感遇有遗篇。”比起唐初诗坛上那些“采丽竞繁”之作，这首哀而不伤的小诗，就像空林里独自开合的一丛兰若，远远地向人展现妩媚之姿，远远地向盛唐凝眸。

故乡杳无际，日暮且孤征。
川原迷旧国，道路入边城。
野戍荒烟断，深山古木平。
如何此时恨，噭噭夜猿鸣。

——《晚次乐乡县》

这首诗是诗人早期之作，写在他离开故乡赴京赶考的路上。离开故乡蜀国，一日行至荆州地界时，已是傍晚，车马停在一个叫“乐乡”的边远小城里，诗人客路思乡，淡笔写愁，写得美丽而雅致。

故乡已远，日已暮，人在路上。长路行来，山川原野在变化中越来越陌生、越来越不像故里山水。日落时，人马终于进城了。回望来路，城外戍楼上的缕缕荒烟已混入暮色，刚刚走出的山林，现在远远看上去

平平的、低低的。“如何此时恨”一句是只问不答，而末句转以猿声作结，由看再转到听，是因为此时城上已三更，风景已暗，只有猿声惊扰着客心。诗人在伤感中收笔，在一夜猿声中，思乡到天明。

“野戍荒烟断，深山古木平”这两句是说：入城前所见的野外戍楼上的缕缕荒烟，已在视野中消失；深山上参差不齐的林木，看上去也是模糊一片。“平”是走过之后，回望时才会有的感觉。刚从那座山里走出来，诗人对山中的崎岖坎坷自有体会，可是走出山林，再回望时，因为离得远了，山看上去竟然像是一座平坝。写山“平”，只能是所历所见后才能有的灵感，就像“大漠孤烟直”一样，一个“直”字，绝不是坐在书案前能推敲出来的。陈子昂一生行役，一路上看见的风景，经过他的诗笔，都成了写景的佳句。如“风泉夜声杂，月露宵光冷”，写得直如魏晋时的山中秋夜，既清寒幽咽，又澄明朗阔。“朔风吹海树，萧条边已秋”，写深秋时，凛冽的北风摇撼着海边的苍木，呈现出一片苍劲萧瑟、风云浩荡的景象，是开掘唐代边塞诗的第一抔土。这些记行诗不是简单的道路图、风景画，在这些气势飞动、意象迷离的风景里，

五代・刘道士・湖山清晓图

既有古典诗词浅深浓淡的意境，也有后现代画的大笔写意，有行路人实在的感伤。

遥遥去巫峡，望望下章台。
巴国山川尽，荆门烟雾开。
城分苍野外，树断白云隈。
今日狂歌客，谁知入楚来。
——《度荆门望楚》

这首诗是陈子昂在初次出川应试途中，行至楚地时所作。弱冠之年的诗人，对初次见到的楚地风光自有新鲜的感受，写来别有洞天。

行路之人，在看到前朝遗迹时，顿起怀古之思，这是本诗的起笔。

诗人从故乡梓州出川，船在三峡中顺流而下，此日回望巫峡，已遥遥远哉。往前看，春秋时楚国离宫章华台已在望中。开篇先写“章台”，可见这个台上有寄意。三、四句的意思，在我看来与一、二句相同。巫峡远，当然巴蜀山川已尽；章台既在望，说明已经进入楚地，当然号称“荆楚西门”的“荆门”已开。四句都在说行船中看见的风景，是题目中“度荆门”的过程。纪晓岚说，诗中连用巫峡、章台、巴国、荆门四个地名而不觉堆垛、板结，全是因为境界有虚有实，风景有远有近。五、六句是一组风景，这种风景，用初唐诗中常见的动词“分”和“断”区分开。船驶出了三峡的急流险滩、重岩叠嶂已成身后事，眼前只觉得豁然开朗，客船泊在荆州城外，城邑远离苍野，所以说是“分”（“分”通常是说从一个地方到了另一个地方）。远望中，是“白云隈”，“隈”原指山水曲深处，在这里，只见远树“断”于白云中，是说远树接天，树淹没在天际，表示碧野深广无际，有“行到水穷处，坐看云起时”的意象。

尾联中的“狂歌客”，是在说春秋时期楚国的高调隐士陆通的故事。此人平时躬耕自食，佯狂避世。孔夫子周游列国到了楚国时，他迎着孔子下榻的大门唱曰：“凤兮凤兮，何如德之衰也！”劝孔子“往者不可

五代·佚名·神骏图

谏，来者犹可追”。这几句话出自一个狂人之口，其实是很有文化的。凤凰是楚人的图腾，把孔子比作凤凰，可见他明白孔子是何许人也，而他能了解天下大势，知往者知来者，自然是姜太公那样高端的隐士，只是在待价而沽罢了。诗人在此处以楚狂客自比，是说自己也有待时而飞的意思。起笔写章台，因为章台里曾经有屈原，所以他望之又望。末句写狂客，是让人明白，今日入楚来的狂客是携了屈原的魂魄而来的。

“遥遥去巫峡，望望下章台”，“去”字和“下”字都是写船快、水急。因为故乡在“遥遥”中，屈原故里在“望望”中，所以觉得船太快，是不想走的意思。结语是亮点，写出了初出茅庐的少年才子高调入世的态度。前文山川形胜已经门户大开，于是诗人狂歌而来也必在情绪推动之中。至此，“一团元气成文”。

与上一首离别故乡的诗相比，这首诗没有伤感，更加开阔大气，更有盛唐气象。

陈子昂生活在武则天时代。史说，他自幼聪颖过人，却不喜读书，专爱扮酷，像个少侠一样游走乡里，任侠使气；后来因为意气用事，出剑伤人，受到惩戒，才明白“终是不读书之过”，从此折节书案，不几年就学了一肚子圣贤文章。二十一岁起陈子昂参加科考，两次落榜，二十四岁考中进士，官至右拾遗。为官期间，他有过两次从军边塞的经历。因为身怀经纬之才，兼有一腔慷慨激情，忧国忧民忧人生，故常常直言诤谏，几次被贬，归去又来。三十八岁时陈子昂解官回乡，最终被小人诬陷下狱，以致冤死狱中，年仅四十一岁。

陈子昂写有三十八首《感遇》诗，风追阮籍，为世人叹赏。在《感遇》第三十五首中，诗人自报家门：“本为贵公子，平生实爱才。感时思报国，拔剑起蒿莱。”读陈子昂的诗，侠士的任侠使气、忠臣的补天怀抱、诗人的多愁善感兼而有之。他用诗抒情言志，情热时，“念天地之悠悠”；情冷时，“秋风为之袅袅”。能够从天地写到兰若，从哲学的思辨写到清新的乡愁，从炙热的官场悟到清逸的山林，既挟金石之声，

唐·阎立本·萧翼赚兰亭图（北京故宫藏·宋摹本）

又不失“玲珑兴象”，这是诗人的天机与才情的结晶。士先器识而后文艺，说的就是这样的诗人。

蜀人陈子昂已经远去。“卓立千古，横制颓波。天下翕然，质文一变”是时人对他的感性认识，从中能听到当时天下喧哗的声响。后代元好问曾作诗说：“论功若准平吴例，合著黄金铸子昂。”诗中把他与辅助越王勾践卧薪尝胆而后复国的范蠡并铸在历史的文化广场上，其中“合著黄金铸子昂”一句最有气势，“黄金”配“子昂”，同样有“金石之声”。明人高棅说陈子昂“继往开来，中流砥柱，上遏贞观之微波，下决开元之正派”，是最靠谱的评价，可以在文学发展史上记上一笔。

陈子昂的创作是诗歌迈向盛唐的关键一步，几代人的努力在陈子昂的诗里终于收因结果。从他的诗中，初唐“风雅不作”“兴寄都绝”的时俗为之一变，初唐烟雾一扫而尽，标准的盛唐的黄钟大吕即将唱响天下。

江月何年初照人

春江潮水连海平，海上明月共潮生。
滟滟随波千万里，何处春江无月明！
江流宛转绕芳甸，月照花林皆似霰；
空里流霜不觉飞，汀上白沙看不见。
江天一色无纤尘，皎皎空中孤月轮。
江畔何人初见月？江月何年初照人？
人生代代无穷已，江月年年望相似。
不知江月待何人，但见长江送流水。
白云一片去悠悠，青枫浦上不胜愁。

谁家今夜扁舟子？何处相思明月楼？
可怜楼上月徘徊，应照离人妆镜台。
玉户帘中卷不去，捣衣砧上拂还来。
此时相望不相闻，愿逐月华流照君。
鸿雁长飞光不度，鱼龙潜跃水成文。
昨夜闲潭梦落花，可怜春半不还家。
江水流春去欲尽，江潭落月复西斜。
斜月沉沉藏海雾，碣石潇湘无限路。
不知乘月几人归，落月摇情满江树。

——《春江花月夜》

这是一篇被誉为“孤篇盖全唐”的诗。

读这首诗，有两层遗憾。

诗人张若虚大约生活在公元 647 年到公元 730 年之间，字、号均不详，扬州人，与贺知章、张旭、包融并称为“吴中四士”，以“文词俊秀”名扬于上京，一生只留下了两首诗。能写出《春江花月夜》这种“孤篇横绝”的诗的人，一生不可能只写两首诗。这是第一层遗憾。

我想，如果把这首诗分成两部分，从“白云一片去悠悠”以下分成第二首，应该也是两首完整的诗，而且两首都是上品。因为从这句以下，诗从宇宙人生的哲学观照，直接跌入楼头思妇、离情别绪这个最平常不过的人生小景象里，沾染上了洗不尽的六朝脂粉，格局明显偏小。这是第二层遗憾。

不知道有没有人这样评过这首诗，我想，这是我自读这首诗以来就有的感受，所以想写下来。

诗人名曰“若虚”，诗也虚虚说去，若即若离，通篇用乐府旧题写来，

五代南唐·董源·潇湘图（局部）

虽然字雕句磨，却不用一句句译来，因为是天生好言语，所以一看就明白。不仅如此，读这首诗之前，我们应该焚香沐浴，净口净手，读的时候，要择一户桃花窗前，或中秋月下，在心情最澄明的时候，或坐或行，浅吟低唱。如果再能用蝇头小楷一笔一笔抄于古典的八行纸上，时时品赏，那就更胜一筹。这样的诗，如果用我们现在的白话文解读，再用我们这种沾染了不知多少红尘污渍的心思来解读，我以为都是不敬。

“春江潮水连海平，海上明月共潮生”，迤迤逦逦的，像洛神出水一样，一轮映照千古的明月，就这样走进了人间春色，惊艳了文字。“江天一色无纤尘，皎皎空中孤月轮。江畔何人初见月？江月何年初照人？人生代代无穷已，江月年年望相似。不知江月待何人，但见长江送流水。”如果说，诗也有灵魂，这几句，就是这首诗悠悠荡荡的魂魄，读这几句诗，

让我们魂不附体，合十而祝。诗人说，不知道是哪一次星辰碰撞，天上就有了月亮；不知道是哪一次机缘巧合，地上就有了人类。我们知道的历史，恍恍惚惚已经到了石器时代，在元谋人的河水边，在仰韶人的树林里，在山顶洞人的山坡上，是谁第一个看见了月亮，月亮第一次照见了谁？是一个在树上采摘的女子，是一个在林中狩猎的男人，还是在一片原始的火光中语焉不详的一男一女？是一只被月光惊醒的白兔，还是一树刚刚开放的桂花？又不知过了几千年几万年，又是谁用丹砂画月中桂树、玉兔，像女娲抟土造人一样，用浪漫抟出一个嫦娥，一个吴刚……

因为有这么多的不确定，因为有此一轮含着无数象征意义的明月，文明开始了。

《唐诗归》评曰，读这首诗"使人伤感，未免有情，自不能读，读不能厌"。说诗人将"春江花月夜"五字，"炼成一片奇光，分合不得，真化工手也"。

诗在我分的上半部分，一直都在"春江花月"四字上点染。从下半部分起，突然转入闺思，意在写"夜"。有人以为诗因此更加"委婉轻妙，极得趣者”。我想，如果我们把下半部分的“夜”接向苏轼的“前后赤壁赋”，在苏轼营造的月下赤壁里接着思考人生的哲学问题，这样，这首诗也许更能“五色分光，合成一片奇锦”，那就真的能孤篇盖全唐了。

五代至北宋・佚名・不空羂索观音菩萨坐像

人生哲学究竟是什么哲学？我想，其实老子已经为我们总结得很到位。人生就是“有无相生，难易相成，长短相形，高下相盈，音声相和，前后相随”二元和合的一个整体，是黑白分明又难分彼此的太极图；人生也是《红楼梦》里的风月宝鉴，一面是花好月圆，一面是骷髅朽骨。人生也是苏轼说的盈虚消长的过程。

“壬戌之秋，七月既望，苏子与客泛舟游于赤壁之下。清风徐来，水波不兴”“少焉，月出于东山之上，徘徊于斗牛之间。白露横江，水光接天。纵一苇之所如，凌万顷之茫然。浩浩乎如冯虚御风，而不知其所止；飘飘乎如遗世独立，羽化而登仙”，这是《前赤壁赋》的背板；“人影在地，仰见明月”“月白风清”“江流有声，断岸千尺；山高月小，水落石出。曾日月之几何，而江山不可复识矣”，这是《后赤壁赋》的景深。一样的夜色，一样的月光，和《春江花月夜》在同一个印板上。在这样的月下江上，苏轼说，兴来时，我“挟飞仙以遨游，抱明月而长终”；悲起时，我“哀吾生之须臾，羡长江之无穷”；意尽时，我“悄然而悲，肃然而恐”，如孤鹤横江，“划然长啸，草木震动，山鸣谷应，风起水涌”，飞鸣而过，绝一响而终。这就是人生面面。可是，苏轼思考的结论是，水月盈虚，无止无尽，却终不能此长彼消。我们以变者观之，天地都不能长久，以不变者观之，物与我皆无尽。天下万物，物各有主，不是我的我不能多得，我只做江上清风与山间明月的风月主人，以此怡我眼目，化育我一世长情……

苏轼是一个完美的文人，有着雍容的大家风范，既儒雅又风情，有文人的“些子疏狂”，又有僧佛的超脱通达。他的诗词文章中，更多的是用哲学的思维方式，向我们讲述着“世事一场大梦，人生几度秋凉”的悲剧宿命，如果用现代文学术语说，他是在构建文学的两难结构。

我们常常在思考人生，诗人也在思考。张若虚已经拈来一面早于人之初的天镜来鉴照人生，在阔大的天地间铺下人生本质的、苍凉的底色，就已经找到了人生哲学的入口，如果顺着这个思路向更深处蹚水，他会找到一个哲学意义上的“夜”色。让人遗憾的是，诗人并非笔力不到，而是思路不到。人生的悲伤岂止限于闺中的悲伤。人生的悲剧性，在于我们常常不能与世界、与人生、与自己讲和，不能坦坦荡荡地取，不能欢欢喜喜地舍，不能从来路来，再从来路归，不能死而复生……这样思考之后，再收于“不知乘月几人归，落月摇情满江树”的尾声，才是一场圆满的大悲忏。

不知乘月几人归。

我们生活在春江花月夜里，不知道这个月亮何时照见了我们，宇宙无边无际，而我们的人生节节相生，绵绵不断，代代无穷已。这个人生，明亮时如同天上的月，空幻时如同江中的影，天地生人，人仰赖天地，江水流春，江潭落月，常常四顾寂寥，唯有彼此有情，乘月色正好，执子之手，白首同归，才是人间沧桑正道。

一曲《春江花月夜》，摇动了后世多少诗人的诗魂。“白云一片去悠悠，青枫浦上不胜愁”，引出了崔颢“黄鹤一去不复返，白云千载空悠悠”的思绪；“春江潮水连海平，海上明月共潮生”，让张九龄精减

唐・刁光胤・花鸟写生图册

成了“海上生明月，天涯共此时”的精华版；无论李白的“青天明月来几时？我欲停杯一问之”有多少豪情，都脱不了“江畔何人初见月？江月何年初照人”的痕迹；苏轼说“明月几时有？把酒问青天”，也是接着张若虚的天问问下去。因为张若虚问得好，后来接的诗人，起笔才起得好，而好文章，全在起笔。

月圆月缺，是人间看不尽的风景。谁不爱月，谁不吟月，谁不盼月圆怕月缺？月光下，我们独自走着的时候，谁的心里没有一片感动？天上人间，明月无处不在。千秋明月，依然照我悲欢。读这首诗，不论我的理解对不对，我都知道这是最好的那种诗，有象征，有寄托，有令人神思恍惚的审美意境。我只是说如果按照我想的这样子写，这首诗我会更喜欢些。这是一首让人茶饭不思的诗。我选择在九月九日重阳节这天读这首诗。读的时候，有一种大的悲伤，也有一种大的喜悦，好像第一次觉得月亮这么关照我。在九月九日，在有菊花清香的窗下，这一弯上弦月，第一次离我这么近。

“江畔何人初见月？江月何年初照人”，我知道了。

虽然月还未圆，我们还在路上。

海上生明月

“风度得如九龄否？”

《旧唐书·张九龄传》记载，张九龄罢相后，只要宰相推荐高级官员，唐玄宗都会下意识地问：“风度得如九龄否？”

能把一个人的“风度”定为选官的标准，这应该是怎样一个人，这种“九龄风度”应该是怎样一种风度？

“风度”是个很好的词，从“风”从“度”。“风”本来是因空气流动而引起的一种自然现象。三千汉字，古人独独取一个“风”字来评说人，这个“风”字则像它本身的形态一样无处不在，无所不包，既可形而上，也可形而下。形而上到神，可引申到诗三百中的不琢不磨的“国风”；形而下到物，则陈继儒的《小窗幽记》中写的一副长联最为经典：“沧海日、赤城霞、峨眉雪、巫峡云、洞庭月、彭蠡烟、潇湘雨、武夷峰、庐山瀑布，合宇宙奇观，绘吾斋壁；少陵诗、摩诘画、左传文、司马史、薛涛笺、右军帖、南华经、相如赋、屈子离骚，收古今绝艺，置我山窗。”

“度”最原始的意思是古人以手取法，丈量尺寸，引申义就是分寸。“风度”合意，就是对一个人言谈举止、相貌仪态、进退之礼兼而有之的一种评价，比说“相如才”“潘安貌”更全面。一个有风度的人，应该就是那种很有气场的、兼有二十四番花信风的、让人一眼看上去就欲罢不能的人吧。而“轻缣素练，实济时用”的宰相诗人张九龄，应该是合乎这种风度的最高范式了。

说到底，“九龄风度”还是不可捉摸的一个词。如果删繁就简的话，在读了张九龄的诗后，我觉得用“风光霁月”这个词来揣摩“九龄风度”，或也庶几可得。

海上生明月，天涯共此时。
情人怨遥夜，竟夕起相思。
灭烛怜光满，披衣觉露滋。
不堪盈手赠，还寝梦佳期。
——《望月怀远》

“海上生明月，天涯共此时。”

现代人总是说，好话说三遍。遇到这样的诗，先什么话都不要说，先把一、二句读三遍，然后，闭目冥想，会想到什么。我想，黛玉如果

唐・卢楞枷・六尊者像（嘎纳嘎哈拔喇镊襟尊者）

读到，会说：“我先就哭死了。”宝玉会说：“我做和尚去。”这并不是戏笔，我真的是想说，这样的诗，就是让人想发最极端的感慨的那种诗。我在写作时，总是要求自己，有话好好说，有话慢慢说，可是一遇到这样的诗，就会很激动。

我们并不熟悉张九龄，可是几乎没有人不知道这首诗。这首诗就是《春江花月夜》的缩写版。

“明月几时有”“海上生明月”“江畔何人初见月，江月何年初照人”“隔千里兮共明月”，这样的诗，是我们忽然看见月亮时，最先能想起来的诗。这种“天生好言语”，在诗人，是“清风明月不用一钱买”；在我们，是感动千年。诗题是“望月怀远”，第一句就破了题。通常写诗，最好的句子都留到最后，是我说的“一笔收”的功夫，可这首诗却是“一笔起”，一开坛就写成了绝唱，就像江淹的《别赋》一样，起笔就是“黯然销魂者，唯别而已矣”，一语道破天机。这种写法很危险，因为再往下写，再怎么见功夫，都会有头重脚轻的嫌疑。起句已将“望”写成圆满，点明是在海上望月，这个孤月、冷月、苍茫月、浩荡月，是天上人间寻常月，诗人却用“海上”“天涯”这些不寻常的缘起点石成金，再往下的三联全都集中笔墨在“怀”字上点染，是托。因为托得好，一直到结句，并不让人觉得气懈。金圣叹常说“此处是大家手笔”，让人觉得像是当头一棒似的。这首诗就是大家手笔，不用当头一棒，“愚顽怕读文章”的我们也已经颇解风情。

有情人在月下怨，月下思，月下怜，相思不成眠，先睡下，再起来，披衣还冷，伸手空接，烛光不是两人共剪的西窗烛，起坐梦醒都不是平常日。这样一个长夜，这样“不堪盈手赠”的相思幽怨，都是月亮惹的祸。这样的相思成灾，历千年而修旧如旧。

竟夕不眠，都在月圆之夜；霜露之思，都是因为有牵念。一轮天涯月，愁人独夜看，是因为所思所念的人都是生命中不可或缺的人。“披衣觉露滋”，是因为有凄怆之心，并不全是天冷，是杜审言“雾濯清辉苦，风飘素影寒。罗衣一此鉴，顿使别离难”的离人不禁秋寒，不是李白“举杯邀明月，对影成三人”的先醉了再说。这种月下思念，最是“劳民悄兮”，最不可思不可言。

宰相诗人张九龄写这首诗时，正贬官在荆州长史任上，因思念家人

唐·梁令瓒·五星二十八宿神形图

而作。虽别有怨怀，却怨悱而不怒，只谈风月，不谈国事，“清浑不著，又不佻薄”，笔笔有姿态，是典型的君子之思，由此可见“九龄风度”中以忠恕修身的君子本色。

清迥江城月，流光万里同。
所思如梦里，相望在庭中。
皎洁青苔露，萧条黄叶风。
含情不得语，频使桂华同。

——《秋夕望月》

此时，月在庭中。

四时风景，唯有春花秋月不能等闲看，春风春雨中最怕花开花落，秋月秋霜中最惊离人心。诗人独在江城，独占秋月，一望千里。“流光万里同”与“千里共婵娟”比，一个写低处，一个写高处；高处的“婵娟”理性，低处的“流光”感性，是流质的、清水一样的薄寒。“所思如梦里，相望在庭中”一联用语最浅，却伤感最深。远客囿于一庭明月中，唯恍唯惚，如在梦中，看到的是白露为霜，青苔黄叶。因为“盈盈一水间，脉脉不得语”，因为此情无计可消除，也只能想象满园的桂花树就是故乡的桂花树，想象在桂花树下与人共秋月。

诗写“望月”，所以远近高低处的景物都在望中。因为流光万里，秋风萧条，而有所思的言外之情，只在“不得语”中敛容。“不得”“频使”，这两个词是一叹一息，一弛一张，足见思亲情切。无情秋月有情看，最不忍心见秋月。也不知这样的家书能否寄到，也不知收到的人能否读懂诗心如月。

按照“诗言志”的要求，正经文人的诗中很少写闺情别怨。宰相诗人张九龄的这些闺情别怨，在唐初的诗坛上，一定别样动摇人心。行役不忘故乡亲人，江山风月兼罗美，两岸青山相对出。能写出这种诗，又可见“九龄风度”中才子多情之一斑。

晨兴步北林，萧散一开襟。
复见林上月，娟娟犹未沉。
片云自孤远，丛筱亦清深。
无事由来贵，方知物外心。

——《晨出郡舍林下》

这是在一个清晨，诗人早起行走林间，看到的是林上月。

明月未西，天际片云，难得好天气，难得好心情，不怪早起的诗人要“萧散一开襟”。这首诗，全篇只在“萧散”二字上作文章。萧散者，逸志也，是自如、自在、自得其乐。是贤人颜回“箪食瓢饮”的家常晏如，是隐士谢朓“垂竿深涧底”的朝朝暮暮，是宋儒曾巩“我亦本萧散，至此更怡然”的从容淡定，是大忙人宰相张九龄的“无事亦无营”的忽焉而至的浮生半日闲。诗以“无事由来贵，方知物外心”二句作结，可知诗人今日“无事”是因为常常“有事”，今日“方知”是因为常常不知。何以平日不知，今日方知，是因为“晨兴步北林”，因为借得了晨

风、林月、片云、竹林诸般色相，于是识得——人若解得“片云自孤远”的自在萧散，解得“复见林上月”的不知不觉，想明白忽如一日来，忽如一日尽时，此生已经向晚，则自可解得烦襟，忘却羁旅，我心不复与外事相关。

全诗淡而有味，写萧散含不欲因尘劳违其本性的愿望，写林下有不匿迹红尘的物外心，是“九龄风度”中羲皇上人的气派。

乘夕棹归舟，缘源路转幽。
月明看岭树，风静听溪流。
岚气船间入，霜华衣上浮。
猿声虽此夜，不是别家愁。
——《耒阳溪夜行》

又是一个月夜，这一次，诗人在舟中看月。

这首诗作于公元726年，诗人正在奉朝廷之命前往南岳和南海办差的旅途中。耒阳溪，指湘江支流耒水，在湖南省东南部，诗人在秋夜行舟于耒阳溪上时，对月有怀。

船行溪上，一片风平浪静。诗从“平静”中，拾取月明、岭树、溪流、岚气、霜华、猿声这些细风景。因为“月明”，岭树看得分明；因为“风静”，溪声听得分明。“看”到和“听”到的，都是舟外的实景。而岚气入船间，霜华浮衣上，则是舟中人的意会。这两句是诗中眉眼。山中雾气在舟中流转，秋月的冷光在衣上缠绵，夜静静的，水声潺潺的，所以是“夜”行。也只有夜深人静，人在木兰舟中，夜不成眠时，才能感受到一身拂衣还满的月色流光。这一切，都是冷静的白描。只在最后，在猿声里结愁结怨。于是我们猜想，虽然不见数行离人泪，不见几封旧家书，驱驱行役，衡阳归雁，原来都在诗人心头，而我们只觉得溪水由此急，夜由此长。诗人笔笔写来，字字用情，流光无滞，让人更觉乡路三千，人在仓皇中。

宋词中常见飞鸿，唐诗中常听猿声。李白常常游走于山水间，猿声是他的旅友，因此最会写猿鸣猿啼。如“五月不可触，猿鸣天上哀”“谢公宿处今尚在，渌水荡漾清猿啼”“黄鹤之飞尚不得过，猿猱欲度愁攀援”。而最有名的，就是“两岸猿声啼不住，轻舟已过万重山”。魏晋时代是隐士的时代，也是山水诗的时代。宰相诗人张九龄一生行役，有归隐的心，只愁没有归隐的时间，这首山水诗却取法乎上，学到了陶渊明“以情造境”的本事，诗写得和谐静穆，就好像陶诗“素月出东岭”就是“月明看岭树”的前生；而“片云自孤远”，则是陶诗“孤云独无依”的今世。

《旧唐书》说：“九龄文学政事，咸有所称，一时之选也。”

一轮明月，比如君子。

从张九龄的这些明月诗中，我们已经知道为什么人人共道“九龄风度”。他应该就是那种自带君子气象的原生态的人物。张九龄写过十二首《感遇》诗，人们常拿他的感遇诗和陈子昂的感遇诗相比。相比之下，我觉得陈子昂偏理性，张九龄更温婉。他的感遇，是一种清清淡淡的愁，而不是怨，更不是怒。其中“幽林归独卧”一首，写一只鸟和人的交流。鸟是飞翔的天使，诗人幽林独卧，能听懂“黄鸟于飞，集于灌木，其鸣喈喈”的鸟语，其中“持此谢高鸟，因之传远情”两句，是说他想借一羽“传远情”，他的远情要传给远方的君主，因为他自恃有忠臣心，有凌云志，有王佐之才。

幽独，清远，孤空，取四时风月，得之于心，寓之于风教。这种高

人逸志，这种忠臣行止，还有他容貌焕然、衣服恬然的样子，以及以出世间相入世的态度，我想，就是“九龄风度”的综合版。走近他，由不得你不彬彬有礼，不温柔敦厚；离开他，由不得唐玄宗不思念，不比较。

史称张九龄少有才名，弱冠中进士。因为他是韶州曲江人，即今天广东省韶关市人，所以世称“张曲江”或“文献公”。张九龄的名字出自《礼记》“梦帝与我九龄”句，字子寿，均取长寿之意。为官期间，他曾主持开辟大庾岭，开凿梅关古道，贯通了南北交通。开元二十一年

唐·佚名·树下讲经图

（公元733年）五月，张九龄任中书侍郎、同中书门下平章事，也就是做了宰相。在他为相期间，大唐王朝虽然处于极盛时期，但同时也隐藏着许多社会矛盾。为此，张九龄屡屡犯颜力谏，提出了诸多改革措施，促进了农业发展，整顿了吏治，使得朝廷面貌焕然一新。特别是他认为安禄山有“谋反之相”，曾上书唐玄宗请求杀安禄山以安天下，但是，这道洞若观火的奏章没有被玄宗采纳，以致放虎归山，终于铸成大错。后来因为遭到李林甫的忌妒，张九龄被贬为荆州长史。张九龄罢相后，大唐王朝疾速走向衰落，并最终引发“安史之乱”。

一代贤相，著名诗人，这两项桂冠重量级的组合，是张九龄成一朝风月的原因。在当时的文坛上，张九龄是无风三尺浪的人物，他的道德文章为世所重，从他的朋友圈就可得知，他是跨越初唐与盛唐的承上启下的人物，前朝宰相诗人张说是他的老师和政治引路人，他是陈子昂的入室弟子，当红的宫廷诗人宋之问、沈佺期是他的朋友，而后生晚辈中的王维、孟浩然等都是他奖掖的门生。

“清而澹”，是人们对张九龄诗歌公认的评价。他不写浓艳的景物，喜用素色调，如月光、白云、青山、淡水，喜欢远远地观照物象，在远景中体味超然的情怀。明代文学家胡震亨评论说，张九龄诗“结体简贵，选言清冷，如玉磬含风，晶盘盛露，故当于尘外置赏”。

张九龄自己说：“兴来只自得，佳处莫能传。薄暮津亭下，余花满客船。”

“余花满客船”是一幅画，也是一个人的和合气象，赏心自得，莫可言传。如此“简贵”的诗人和诗，我们也只合于尘外置赏。

更 上 一 层 楼

唐朝时，在山西省永济县西南的一片高岗上，有一座重檐、黑瓦、朱楹的三层古楼，因为常常有鹳雀栖于楼上而名曰“鹳雀楼”。

这座楼始建于北魏，立晋望秦，独立中州。前瞻，是中条山脉；下瞰，有黄河奔流而过。前朝古楼，原本就是有故事的地方，又依山临水，离城不远，自然成了时人踏青游冶、登高寻胜的第一等去处，也是骚客迁人走过路过时不能错过的风景。一般百姓到此一游，开开眼界就走了，只有诗人，像留下买路钱一样，必定要作出一首诗才肯走。因此史载，早在中唐时，写鹳雀楼的诗就已经可以装订成册了。

沈括在《梦溪笔谈》里说：“河中府鹳雀楼三层，前瞻中条，下瞰大河。唐人留诗者甚多，惟李益、王之涣、畅当三首能壮其观。”

顺着沈括的思路，我们来读这三首诗。

白日依山尽，黄河入海流。

欲穷千里目，更上一层楼。

——王之涣《登鹳雀楼》

据宋人魏庆之编的《诗人玉屑》记载，严羽说作诗有难易：“律诗难于古诗，绝句难于八句，七言律诗难于五言律诗，五言绝句难于七言绝句。”简言之，就是说，字越少越难写，其中五绝最难写。

这首五绝，二十个字，何以能家喻户晓，妇孺皆知，成了三岁孩子的启蒙读物？何以能在历代鹳雀楼诗中独步天下，绕梁千年？知道这首诗写得好，必须好，可是到底好在哪里，好到什么程度呢？我想，这也是许多人想知道的。

看了历代诗人对这首诗的点评后，我觉得就像是在说“永”字有八法一样，这首诗“骨高”“情高”“辞尽”，已然占尽了“诗法”。

“白日依山尽”，首句写“日”和“山”。“白”是说“日”色，不说“红”日，而说“白日”，可知不是在说朝阳或夕阳，而是在说明晃晃的日光，就是“如日中天”那样的日光。明亮的日光和入绵延三百里的中条山的山岚云气中，山由此一层层淡下去，直至和光同尘，天衣无缝。“黄河入海流”，“黄河”不用修饰就让人联想到“黄河之水天上来”的气势。此句一是状黄河水势浩荡，“入海流”就是“天上来”那样的形容词；一是写目力之极，黄河从上游千里而来，从诗人眼前经过，再一路向东千里而去，奔向遥远的大海，并由“海”引出一个更阔大的影像。至此，山静水活，山远水近，是一组动静、远近的对照。河是眼前实在的河，海是心中虚拟的海，看是看不见，但是海的蔚蓝、辽阔和浑涵，已在读诗人的心里潮来潮去，与黄河的风涛、浊浪和九曲连环相对，又是一组虚实对照。一、二两句看似随意绘景，其实已经埋下“兴”的草蛇灰线。

黄河入海，是百川归海，是向大海移情；天长客孤，本来还带着些诗人惯常的落落寡合的样子，但在看到青山不老、黄河一日千里的气势时，倏然“兴”起，想到山外有山，天外有天，由此一嫌楼低，一嫌目不能接向千里，其意一在感时光忽忽，一在惊一日又将虚度，于是惊起，登楼，再上层楼，目的不为望远，为的是重整胸中河山。“欲穷”是默念，“更上”是行动，思行合一，又是一组思行对照。寻常所见，妇人只知“妆楼颙望”，诗人只是“怕上层楼”，志士只叹“无人会登临意”，而“楼高莫近危栏倚”“独自莫凭栏，无限江山”，是伤过心的人善意的提醒。只有在这里，诗人只用一个“上”字，就一字推倒所有古意，又是与古今才子一比高低的气象对照。

诗里用“山”“黄河”这些空景作背景，却于空阔中无所不有，疏寂中蕴含雄浑。“山”也不是孤山，而是一脉东连太行、西望秦岭的中原名山；“水”也不是溪流，而是缔造华夏文明的黄河。山水由来是仁者、智者的道场。大山大水，那么随后而接的“欲穷千里目，更上一层楼”句便是顺水行舟，是大道理，直接奏响“天行健，君子以自强不息”“士不可以不弘毅，任重而道远”的风雅颂。“欲穷千里目，更上

唐・佚名・仕女图

一层楼”，这两句“传乎乐章、布在人口”的诗，就在这样不经意间横空出世，而诗人似乎只是在破诗题中的“登”字，并没有十分用力。对这两句诗，《唐诗训解》赞曰：“结语天成，非可意撰。”结语天成，也就是说理不落言鉴、不为说教的意思，是神来之笔。

动词是诗中的眉眼、桥梁，动词用不好，起不到画龙点睛的效果，也会断了文气。这首诗中，“依”字最轻灵，是刘长卿“夕阳依旧垒，寒磬满空林”、宋人赵蕃“绿树依平岸，平波映绿芜”的婉约的“依”；“入”字最有力，是李白“山随平野尽，江入大荒流”、陆游“三万里河东入海”的豪放的“入”。“依”和“入”一文一武搭配，最是和谐。“穷”和“上”字，更是古人说的“遇之自天，泠然希音”“越唱越响”。用这种力透纸背的字收结，有“余劲穿札”的效果。

写诗如有“八法”，于内，无非体制、格力、气象、兴趣、音节；

五代南唐·董源·溪岸图

于外，无非起结、句法、字眼……所有要素，在这首诗里都有了。一首诗有可能含有这么多的诗法，也有可能这些“法”只是我们越想越多的感受罢了。而诗人在写作时，只是“遇之自天”，随口应对，是书法中的快笔取势，像王羲之的《兰亭序》一样，是醉中笔墨。这首诗也不是在最清醒的时候推敲出来的一吟双泪流的句子，而是画中的大写意，用减笔画成，是在收敛了眼中胸中无数生灭、隐显后，最后以留白取胜的千里江山图。我想，如果王之涣写诗前，就把这一切“法”都想到，那一定会“以词害意”，也就没有这首诗了。

佛说，至圆、至顿、至简、至易是究竟大乘。无事莫非方便，越是方便就越是大乘。千年之后，这首诗之所以不再感动我们，是因为我们已经不觉得它是一首诗，而是成语、俗语，我们也不再细细体会它的诗意，只是在需要的时候拿来给自己的励志文章作结语，也正是借了这首诗的大乘方便。

史称王之涣“慷慨有大略，倜傥有异才”。唐人靳能写的《王之涣墓志铭》称：“尝或歌从军，吟出塞，曒兮极关山明月之思，萧兮得易水寒风之声，传乎乐章，布在人口。”他的“黄河远上白云间，一片孤城万仞山。羌笛何须怨杨柳，春风不度玉门关”和这首诗一样声动千古。

也只有在盛唐才会有这种用关山明月、易水剑气妆成的才子，他一生歌吟修行，终能在一日登楼时，由于时代与个人情志机缘倏合，由此成就了最完美、最简约的二十个字的和谐道场。“雄雉于飞，上下其音”，在他之后，鹳雀楼成了诗人的擂台，只是后来者一路降调写来，再也没有唱出这种腾空而起的大乘法音。

迥临飞鸟上，高出尘世间。

天势围平野，河流入断山。

——畅当《登鹳雀楼》

畅当是中唐诗人，才子进士。这首《登鹳雀楼》也是上乘之作。

与王之涣诗中恰到好处的虚实对照相比，这首诗最明显的特点就是夸张。首句写诗人从远方而来，登上了竟然在“飞鸟上”的鹳雀楼，是写登楼，也是写楼高。第二句写“高出尘世间”，还是在高字上迂回。陈子昂的《春日登金华观》诗中有“山川乱云日，楼榭入烟霄”句，这是因为金华观在高山上，所以“入烟霄”，鹳雀楼只在黄河岸边的一个高台上，何以一座三层古楼人可以“临”，而飞鸟却不得过？这是“神高”，是浪漫。“高出尘世间”含有眼低红尘、拔尘出世的空性，兼写此楼、此人的孤高。“天势围平野”是最好的一句，天低四野，楼在中央，越显出登高才能望远的本意。收笔“河流入断山”一句，是写实。黄河向从此处能看到的中条山一径流去，由此“断”了山。两山夹一水，画面虽曲而远，只是不阔，没有了“黄河入海流”的高远之势。

从用词来看，这首诗似乎还囿于初唐宫廷诗“争一字之巧”的樊篱中。首句“迥”是远远地来，已经很见吃力，“临”是宫廷诗中最常见的词，是皇帝大臣那样的人斯斯文文地走路的样子，“围”是“笼”的意思，因为“笼”字已经用俗，诗人换了个字，却也“不一亦不异”，

唐・佚名・降魔成道图

末句“断”也是常用词。

王之涣是盛唐诗人，畅当是经历过“安史之乱”的中唐诗人，他在唐代宗大历七年（公元772年）进士擢第后，仕途淹滞，有志不骋，一度隐游四方，自述“拙昧难容世，贫闲别有情”。因为别有怀抱，所以在登临赋诗时，仍在山林和庙堂、隐逸和入世之间进退两难，情志不畅，少了王之涣放眼山河、瞩目未来的激情，没有利济众生的胸怀，只是像白居易“登楼东南望，鸟灭烟苍然”一样在观照自身，吟咏性情。不过，在当时的时代背景下，能用这种“高出尘世间”的自觉与乱世相违，也已是人间君子。

鹳雀楼西百尺樯，汀洲云树共茫茫。

汉家箫鼓空流水，魏国山河半夕阳。

事去千年犹恨速，愁来一日即为长。

风烟并起思乡望，远目非春亦自伤。

——李益《同崔邠登鹳雀楼》

名列“大历十才子”的李益的登鹳雀楼诗，又是别一种风调。

古人说：“天地之理，万物之情，乾取其旋，坤取其转，四时取其循环，七宿取其周天。”这首诗，因为登楼望远，看见山回水绕，于是“风烟并起思乡望”，千年沧桑都在眉间心上凝结。诗是我们常见的那种登临怀乡之作，却尽得言辞，美在曲意，读来像遇到了秦观那种“人不见，水空流。韶华不为少年留，恨悠悠，几时休？飞絮落花时候、一登楼”的宋儒的低回。

诗题是“同崔邠登鹳雀楼”，“同”是“唱和”“酬和”的意思。崔邠也是诗人，作诗在先；李益与其唱和，得此篇。

在这首诗里，诗人再不管楼高楼低，只在鹳雀楼西，居高临下，随意看中原山河，汀洲云树，夕阳流水，看到乾坤旋转，汉家箫鼓空如流水，魏国山河半入夕阳，引出“事去千年犹恨速，愁来一日即为长”的警句。北宋词人贺铸名作《行路难·缚虎手》云：“遗音能记秋风曲，事去千年犹恨促。揽流光，系扶桑，争奈愁来，一日却为长！”将这两句用“揽流光，系扶桑”六字绾合起来，是宋儒的风流蕴藉。千年风雨，回首化烟，只觉得时光去得“速”，诗人没有闲情披阅古今，心事全系在“愁来一日即为长”上。尾联说出一日愁、终日愁的根由，原来此愁非关风月，不是伤春，只是思乡。千年一何“速”，一日一何“长”，言外之意，也是感叹光阴速速如箭，落日催心。诗人不恨流光速去，是

唐·挠庵·萄图

恨人不得速归，由此将历史、现实、个人三弦并弹，接入倦游思归之袅袅余音。

李益生经战乱，时逢藩镇割据，唐王朝已经出现日薄西山的衰败景象，诗中“空流水”“半夕阳”“风烟并起”“远目非春”句，全在感叹当日何等汉魏，如今变作流水夕阳；眼前何等春色，却如风中散烟吹过。诗人在暗悲身世的同时，也有为唐朝夕阳唱挽的伤时之情。这首诗，历代有人评点，其中清代赵臣瑗的点评是解人解语：“倏而魏，倏而汉，又倏而至于今，千年犹恨速，亦事之无可如何者也。欲住不可，欲归不能，欲不住不归又无所之，一日即为长，此真善于言愁者矣。”这么一解，觉得诗人真正是进亦忧，退亦忧，怎一个愁字了得了。

同为“大历十才子”的耿湋的《登鹳雀楼》诗，首联云“久客心常醉，高楼日渐低”，寓意大唐王朝已经渐渐低下了姿态。晚唐诗人吟咏鹳雀楼的诗更多，如司马札的《登河中鹳雀楼》诗颈尾两联“兴亡留白日，今古共红尘。鹳雀飞何处，城隅草自春”。张乔的《题河中鹳雀楼》诗句“高楼怀古动悲歌，鹳雀今无野燕过”，吴融的《登鹳雀楼》诗颔颈两联“冻开河水奔浑急，雪洗条山错落寒。始为一名抛故国，近因多难怕长安”，都是名句。时至晚唐，在宦官专权、藩镇割据、朋党内讧、裙带成风的乱局下，这些诗人或沦为风尘游子，或归隐林下，薄命如斯时，他们不仅没有了盛唐诗人“欲穷千里目，更上一层楼”的言志载道的激情，也没有了中唐诗人“久客心常醉，高楼日渐低”的自弹自唱的雅兴；他们站在鹳雀楼上，看到的是水涸山寒、野无遗燕、城春草木深的盛衰兴亡景象，不知道“长烟落日孤城闭”后，自己像鹳雀一样，将要飞向何处楼台，唱出的是既“悲”又“怕”的清苦之声。

同在一座楼上看风景、写诗，不同的人，不同的时间，写下的却是不同的时代气象和个人格局。在鹳雀楼诗里，王之涣的诗是一只领头的鹳雀，中晚唐诗人的诗是无数羽翼。山借仙名，水借龙灵，鹳雀楼借这些飞翔的诗羽高出云天，俯瞰了大唐帝国的兴衰。

花落知多少

“春眠不觉晓，处处闻啼鸟。夜来风雨声，花落知多少。”不觉才是处处觉，不知才是知多少。我们在这首诗里遇见孟浩然。

孟浩然，襄州襄阳人氏，即现在湖北襄阳人氏，盛唐诗人。他少好节义，喜振人患难，早年隐居鹿门山读书。年四十，乃游京师。不得志，复归鹿门山修道。

从性灵中来，看过一生世相，又从性灵归去，无官一身轻，优游从容，沉静内敛，这就是诗人孟浩然花开花落的一生。

人事有代谢，往来成古今。
江山留胜迹，我辈复登临。
水落鱼梁浅，天寒梦泽深。
羊公碑尚在，读罢泪沾襟。
——《与诸子登岘山》

一代过去，一代又来。江山不知，诗人自知今夕是何年。

襄阳人杰地灵，出了孟浩然这样的诗人，也曾招来过羊祜这样的凤凰。羊祜是魏晋时代的儒士，博学能文，清廉正直，多次拒绝曹爽和司马昭的征辟，后为朝廷公车征拜，曾坐镇襄阳，都督荆州诸事。在襄阳的十年里，羊祜屯田兴学，以德怀柔，深得军心民心。羊祜死后，襄阳人怀念他，在岘山立庙树碑，望其碑者莫不流泪，此碑因名“堕泪碑”。当年，羊祜暇日在岘山与众宾客曲水流觞时，曾有“自有宇宙，便有此

五代南唐·王齐翰·勘书图

山，由来贤者胜士登此远望如我与卿者，皆湮灭无闻，使人伤悲”的名言。这一日，几位才子来到襄阳城南的岘山郊游，看着羊祜庙和堕泪碑，思古贤人“尚”千载留名，伤“我辈”仍是布衣之身，渔樵于江渚之上，终将湮灭无闻，不禁慨然涕下。

读这首诗，有登幽州台的荒促感。“鱼梁”是沙洲名，在襄阳鹿门山的沔水中。“云梦泽”是古时候的大泽，诗中代指江汉平原全景。“鱼梁浅”，是因为水退洲出；“梦泽深”，是因为天寒日昏。整个江汉平原看上去像雾失楼台、月迷津渡似的，是冬日实景。诗人乘兴而来，伤感而归，不是前后、古今两处茫茫皆不见，而是看到了寒来暑往、江山代代、人才辈出、时不我待的各种仓皇。

南阳孔明高卧，已在心中草拟《出师表》，后因有三顾恩遇而出山。襄阳孟浩然在家乡隐居读书数十年，“为文三十载，闭门江汉阴”，与羊祜并称“我辈”，是何等自负，难免不起“邦有道则仕”的念头。

八月湖水平，涵虚混太清。
气蒸云梦泽，波撼岳阳城。
欲济无舟楫，端居耻圣明。
坐观垂钓者，徒有羡鱼情。
——《望洞庭湖赠张丞相》

认清时代，掩面干谒。这是一个中年人写的干谒诗。

丞相张九龄是他那个时代所有诗人的贵人，也是初到长安的孟浩然

最想拜见的人。

宰相在长安，诗偏从来长安路上看到的洞庭湖说起，是因为宰相肚里能撑船，唯有开朗涵浑、能行云播雨的洞庭湖可比。前四句写景。时在八月初秋，水天相接，云气蒸腾，滋养哺育着云梦大地。“波撼岳阳城”，其势在“撼”。一波“撼”一“城”，只写得满城动荡、四面风烟。诗人登高望远，胸怀天下，满腔热情全在一城水的通透中。好诗都是通透，都自神来。这首诗，仅凭这格外庄重大气的四句就可以为诗人压卷。一个伤感沉静的诗人，一时也有这样的大胸怀，可见写诗不在法度，而是诗中自有聊斋，书生常常不能自己驱遣文字，须得鬼神之力暗助。

五、六句上承洞庭湖烟水浩瀚、接天接地的气势，下引诗人曲衷。“欲渡无舟楫”，写自己想掠水而过却无舟楫；“端居耻圣明”，是说太平盛世，七尺男儿却无所作为，所以知耻。七、八句是把最难说出口的话留在最后说，既要保持才子身份，又要让丞相大人听明白，得其援手，

纠结中还是说了一句语焉不详的话。我觉得，这最后两句至少可以有三种解读：垂钓者若是丞相，我愿意是鱼；我若是姜太公，则愿意丞相是鱼；还有淮南子说的“临河而羡鱼，不如归家织网”的意思，是为自励。

这首诗写于诗人初到长安游冶期间。如果我们不知道这是一首写给“张丞相”的干谒诗，只知道是写给张九龄的诗，只是在写他看到的大美山河，是盛唐的主流文化，也尽可以说得过去，因为全诗就是在写一个垂钓者在岸边看风景，想心事。可是，“高处不胜寒”，宰相没朋友，

唐・佚名・渡海天王图

所以凡是写给他的诗都不是朋友间的唱酬，都是邹忌说的“客之美我者，欲有求于我也”，是“干谒”。这样读诗，也不免太世故。

唐代门阀制度森严，英雄还是要问出处的，所以，干谒权贵名流，铺垫进身的台阶，几乎是每个诗人都曾经历过的“胯下之辱”。我们不必苛求诗人都是陶渊明，陶公是因为曾经为五斗米折了腰，才知道“往者不可谏，来者犹可追”的。诗人初出茅庐，这样温柔敦厚地毛遂自荐，并非失格。世风如此，虽才子不能免俗。

对这首诗，纪晓岚总评说：“前半望洞庭湖，后半赠张相公，只以望洞庭托意，不露干乞之痕。”干谒而无卑弱相，正是“风流天下闻”的“孟夫子”的做派。

北阙休上书，南山归敝庐。
不才明主弃，多病故人疏。
白发催年老，青阳逼岁除。
永怀愁不寐，松月夜窗虚。
——《岁暮归南山》

干谒不成，科举落第，出师不利。考不上功名，找不到工作，怎么办？不如归去。

岁暮年初，孟浩然在南山的明月窗下写他的年终总结。

曾经也想“魏阙心常在，金门诏不忘”，曾经也想“执鞭慕夫子，捧檄怀毛公。感激遂弹冠，安能守固穷”，自以为“词赋亦颇工”的诗人，一场考试下来，已经志气全消，此时再也不想北门上书，只想焚稿

唐·顾闳中·韩熙载夜宴图（局部）

断痴情，然后质本洁来还洁去，好歹回到自己破落的家园。为什么？因为“不才明主弃，多病故人疏”，因为我已经是白发苍颜，有如一岁将尽，再不想与万紫千红争春。愁多时，人不寐时，好在还有松风明月相陪。

已经名满天下的、四十岁的孟浩然来长安应进士举，志在必得的他竟然落第了！

这是孟浩然一生天大的事情，也是他人生的转弯处。

四十岁的落第才子，心情苦闷，却没有像年轻的柳永“偶失龙头望”时那样大喊大叫，而是闭门思过，找自身的原因。“不才”，是过谦；“多病”，或许是真。自知于国于家无望，辗转反侧之后，提笔就写下“休上书”“归敝庐”的决定，与陶渊明的“归去来兮，田园将芜胡不归”一样，先是不容再劝，然后才告诉我们为什么只想回家。

“松月夜窗虚”，“虚”字可以大做文章。虚作景，是院落空虚，静夜空虚；虚喻人，是说岁月不待人的虚度。此外，虚也有不真实的意思。这次长安行，难道不是在求蜗角虚名，不是一场南柯虚梦吗？虚也是佛道所说的虚空。佛说，只消闭目，则万物皆空；道说，早已空空，又何须闭目。

求仕情切，宦途渺茫，鬓发已白，功名未就，诗人不可能不忧不惧。光阴"催""逼"，谁愿意白衣终老？可是天不遂人愿，终是无可奈何花落去。然而，诗人却是稳稳道来，怨而不悱，哀而不伤，是真君子的怀抱。

据说，"不才明主弃，多病故人疏"这两句"历劫不变"、想焚也焚不了的诗，曾惹恼了唐玄宗，让孟浩然躺着中枪。这个故事最早见于《新唐书》，说王维当时在朝中做"侍御"，曾约孟浩然"入内署"，两人正在叙谈间，不想唐玄宗忽然而至，孟浩然慌忙中"匿床下"。王维怕藏不住，只好据实禀报，没想到玄宗高兴地说，朕早听说过这个人，为什么要怕我，要躲我？于是，孟浩然只好出来，一拜再拜，当场念了这首诗。念到"不才明主弃，多病故人疏"时，皇帝莫名其妙生气了，说："卿不求仕，而朕未尝弃卿，奈何诬我？"面试没有通过，而且皇帝还下令放还，从此弃之不用。对此，王之望、刘辰翁、纪晓岚诸君都有评论，或说孟浩然在开元中"诗名亦高，本无宦情，语亦俨淡"，这两句诗只是落第后一时的"愤躁语""失其音气之和，果终弃于明主"；或说诗"亦尽和平，不幸而遇明皇尔"；或说这是诗人最得意之诗，处在最失意之日，故斗胆"为明皇诵之"。

尽管有史家巨笔，有名人证言，但我还是觉得这个故事像是一篇"世说新语"，是小说家言。试想，一个被李白赞为"吾爱孟夫子，风流天下闻"的倜傥才子，一个曾在"太学赋诗，一座嗟伏，无敢抗"的中年人，一个"本无宦情"，向来温和沉静的人，怎么遇事会先想到往桌子下面藏，于我尚且不能够。再者，他知道用"气蒸云梦泽，波撼岳阳城"干谒宰相，为什么不用这两句再干谒一次皇帝？除了这两句，换他哪一首诗都是好的，比如“野旷天低树，江清月近人”就很好，怎么偏就想到这一句得罪人的话呢？再说，侍御只是个小官，年轻的王维当时在朝中也很不得意，皇帝怎么会随便串办公室，会不打招呼就来找一个小小的侍御聊天？这一切，是不是很可疑？

我觉得，只有“绝不怒张，浑成如铁铸”“一生失意之诗，千古得意之作”这样的评论家言，不以成败论英雄，读来方觉得是得了“诗人风旨”，是忠厚语。至于这个故事，只能存疑了。

山暝闻猿愁，沧江急夜流。

风鸣两岸叶，月照一孤舟。

建德非吾土，维扬忆旧游。

还将两行泪，遥寄海西头。

——《宿桐庐江寄广陵旧游》

人生有八苦：生苦、老苦、病苦、死苦、爱别离苦、怨憎会苦、求不得苦、五阴炽盛苦。在人世的这诸多种苦难里，读书人唯多“求不得苦”，表现之一就是科举苦。

科举制度始自隋朝，至清光绪三十一年终，或许是世界上延续时间最长的选拔人才的制度。唐代科举主要科目是明经、进士两科。唐代流传一句俗话：“三十老明经，五十少进士。”这是说，如果三十岁才考上明经，就已经很老了，但五十岁才考上进士，还算年轻，仍被看作“少进士”，因为明经易考，进士难求。其中进士科重诗赋，这也是唐代成

唐・韩幹・圉人呈马图

为诗歌盛世的主要原因。《唐诗三百首》里，入选诗人七十七位，进士出身的有四十六人。据唐中宗神龙元年（公元705年）的数字统计，当时全国有三千多万人口，一千个人里大约有两个读书郎，每年的考生大约六万多人，每年录取的进士人数只在十几到三十人之间。

“风鸣两岸叶”，几家欢乐几家愁。在科举选官的时代，科场的悲欢离合与存续千余年的科举取士制度相始终。学子十年萤窗雪案，刺股悬梁，为的就是龙门一跃。考上的，“朝为田舍郎，暮登天子堂”。孟郊考了两次没考上，先写有“晓月难为光，愁人难为肠”的断肠句；终于在四十六岁那年进士及第后，欣喜若狂，又写下他“昔日龌龊不足夸，今朝放荡思无涯。春风得意马蹄疾，一日看尽长安花”的春风得意。前后对照，诗人的样子让人想起范进中举的细节，不禁也是一悲一喜。贾岛有“下第只空囊，如何住帝乡”“泪落故山远，病来春草长”的潦倒语，说日月无光，钱花完了，没考上，帝乡不可以久留，只能驾一叶扁舟，怀一卷断肠诗，哪里来哪里去。张继落榜后，写下了著名的《枫桥夜泊》诗：“月落乌啼霜满天，江枫渔火对愁眠。姑苏城外寒山寺，夜

半钟声到客船。”就因为没考上，月也落了，天也寒了，因为听不得周围一片乌啼鸦噪，在寒山寺外的客船上，诗人从黄昏一直坐到深夜，看别人家热闹的江枫渔火，听寺院里销魂的半夜钟声，以此掩面而逃。

科举落第，在京城过了一段“寂寂竟何待，朝朝空自归”的日子后，孟浩然告别了“知音世所稀”的王维，说自己“只应守索寞”，决定“还掩故园扉”，再回襄阳，请息交以绝游。

这首诗，是在回乡的路上，走到浙江建德桐庐江一带时写给朋友的。

晚风吹来，两岸树叶萧萧；月光之下，一叶孤舟飘摇。此时，怨是风中几片鸣叶，愁是山中几声猿啼，孤独是月下一叶扁舟，泪已洒剩两行，再也没有“气蒸云梦泽，波撼岳阳城”的气势。可是，又何必时时要有挟风带雨的气势呢？其实，诗人还是喜欢岁月静静的好，闲愁恹恹的好。在同时期的诗作中，诗人说自己“皇皇三十载，书剑两无成”，而他早已“风尘厌洛京”，只想着“扁舟泛湖海，长揖谢公卿”。可见，失意固然失意，骄傲还是骄傲。

唐・韩幹・十六神骏图（局部）

诗人这样在朋友面前晒自己的孤独，写的人孤独，读的人也孤独。孤独到了极限时，就会有禅机一转。

夕阳度西岭，群壑倏已暝。
松月生夜凉，风泉满清听。
樵人归欲尽，烟鸟栖初定。
之子期宿来，孤琴候萝径。
——《宿业师山房期丁大不至》

南宋“四灵”诗人赵师秀的《约客》诗写道：“黄梅时节家家雨，青草池塘处处蛙。有约不来过夜半，闲敲棋子落灯花。”这是等人的最

高境界。在家家雨、处处蛙的安静里，主人约客不来，夜半时分，仍是不愠不躁，而且独自“闲敲棋子落灯花”，慢慢等呗。

此时，群山倏然暗，凉风吹衣寒，在山寺外，秋风中，有一个青衫步月、风神萧散的诗人，正弹着琴，在洒满月色的藤萝小径上，等着他的朋友到来。从夕阳过岭，等到月满松林，诗人等得多有耐心。直到樵人归尽，暮鸟栖定，人还不来，那就“孤琴候萝径”，像“闲敲棋子落灯花”那样，继续等吧。

“风流天下闻”了一阵子后回到故乡、回到林下的孟浩然，此时已经没有寂寞。人若还来，我便与客共对一窗明月；人若不来，我便独自弹琴坐月听泉。伯牙遇子期，伯牙善鼓琴，子期善听琴。诗人此时弹的是伯牙琴，友人是知音，听到琴声，一定会踏月而来。

夕阳，秋风，松林，明月，清泉，樵夫，烟鸟，凉夜，琴声……有多少诗写过这样的景色，有多少人这样写诗赠友，可是这一首诗仍然卓立风前月下。诗人情怀何以如此动人？是因为这里面有他的半世回肠，有他对世人的依恋，有世人对他的怜惜。看似万相归尽，无人无物，却是有情有义，有觉有悟。

“之子期宿来，孤琴候萝径”“松月生夜凉，风泉满清听”，读孟浩然这种

唐·张伯洪·罗汉图

“点染一片空灵”、不沾人间烟火的诗，听这样的山水清音，我们往往会像云中呆雁一样，一直呆在那里，呆若参禅。还有没写完的那首诗中的“微云淡河汉，疏雨滴梧桐”句，更是不知让多少人想续写。“疏雨滴梧桐”，不是急雨、大雨，而是想下不想下的那种雨，一滴，两滴，三滴，不经意间，雨只管慢慢滴，人只管慢慢听。再想想我们，有没有这样等过、听过、安静过，有没有这样慢生活过。这就是我们与古人、与诗人的差别。

《唐贤清雅集》赞曰：“清秀彻骨，是襄阳独得处。”也许，等到我们什么时候也清秀彻骨了，才会这样风雅起来。

故人具鸡黍，邀我至田家。
绿树村边合，青山郭外斜。
开轩面场圃，把酒话桑麻。
待到重阳日，还来就菊花。
——《过故人庄》

这是孟浩然写得最热闹的一首诗。

“故人具鸡黍，邀我至田家。”诗人用这样朴素的语言起调，我们一看就明白，这是在写一场农家乐。

田家主人今日闲忙闲忙的，烹鸡煮酒，恭恭敬敬迎来了一个有文化的人，席就安在天地之间，放眼望去，只见满目荠麦青青，场院上堆垛整齐，地扫得白白的，水洒得花花的。主客相对，新酒试新茶，把酒话桑麻。农家待客原来可以这么畅亮，诗人原来可以这么尊贵啊。

只是话桑麻，再不思考人生。诗人带着这样的心情吃酒，再于微醺时写下这样一首好心情的诗，然后把诗用行书大大地写了，刷在村子的入口处，这个村子就成了桃花源，这首诗，就足以写尽田家置酒招饮的千年之欢。我如果开一个农家乐，就把这首诗手书在白墙上，再不怕门前冷落鞍马稀。

“把酒话桑麻”“还来就菊花”是诗人最生动的眉眼情态。今日已尽兴，待到九九重阳日，还要重载酒，重归来。读这首诗，如果不看作者，人人都会以为是陶渊明写的。而且一个“话”字，一个“就”字，似乎已经把陶诗的“悠然见南山”的“见”字，“守拙归园田”的“归”字比下去了，因为“话”“就”二字更有山野气、家常气，田家主人听着更贴心。

遇到这样的诗，再多说就成了语文课本上千篇一律的俗话了，而且我们一向笨头笨脑的，说什么都说不好，且看古人怎么说吧，他们总是说得风雅些。《唐诗摘钞》云：“全首俱以信口道出，笔尖几不着点墨。浅之至而深，淡之至而浓，老之至而媚。火候至此，并烹炼之迹俱化矣。”“笔尖几不着点墨”“烹炼之迹俱化”，既然不是人间笔墨，用现代人的人间语言评说就是多余，只要是识字人都明白诗人在说什么，不明白的人不可以言诗。

一篇尘外之音，一片桃源风景。原来诗人落第后回到家乡，还交往了这么多的道友，过着这样逍遥尘外的日子，还会像葛天氏之民一样，坐在农家的场院里，与农夫一起把酒话桑麻，写这样的陶体诗。这就是那个在长安道上进退两难的落榜书生吗？这就是那个在山门外的月光下弹鸣琴的、一襟烟霞的孟夫子吗？由此可见，至此，诗人已经深入浅出，终于明白过来，而且有意避开了那些沉重的话题，只是想“把酒话桑麻”而已。谁说才子的一世人生不可以这样优游地过呢？箪食瓢饮有什么不好，人不堪其忧，回也不改其乐呀。不是不能改，是不改！粗茶淡饭最养君子，颜回的日子照旧过着，而且还面带笑容。

唐·佚名·持香炉菩萨像

陶渊明不在唐朝，我只把孟浩然当成唐朝的五柳先生来欣赏，在他的文字间梦游桃花源，遇武陵郎。

孟浩然的一生是简单的，他把生活过成了一行行简约的小诗，却让我们回味了一千年。“移舟泊烟渚，日暮客愁新。野旷天低树，江清月近人”，这种一出东门就能看到的旷野景色，让他白描得这样出尘拔俗。这样的参差对照、明月诗心，就是老子说的“有无相生，难易相成，长短相形，高下相盈，音声相和，前后相随”的道心吗？

佛说：“我从来处来，还向来处去。”

从来处来，向来处去。该来时来，该去时去。来时不拒，去时不留。孟浩然的一生，就是走了这样一条来来去去的入世出世之路。

性相如一。如是我闻。

秦时明月汉时关

唐朝“以诗取仕”的科举制度，是唐代诗人多的主要原因；唐玄宗改“府兵制”为“募兵制”的招兵政策，又是在为唐代的人才分流。于是，在科举取士的华山一条道之外，一部分科场或仕途失意的诗人走上了投笔从戎的险路，这又是唐代边塞诗人多的主要原因。从初唐到盛唐，由于边患不宁，于是在唐朝的军队里出现了许多诗人的身影，他们或做掌书记，或做参谋，写倚马可待的文书，写诗。这是唐代一道特殊的风景。

吟风弄月的诗人走出书斋，眼界大开，他们写在黄沙上的阳关曲，如岑参的“君不见走马川行雪海边，平沙莽莽黄入天”，高适的“杀气三时作阵云，寒声一夜传刁斗”，王之涣的“羌笛何须怨杨柳，春风不度玉门关”，成了最能表现盛唐气象的战地歌声。中国史是一部分分合合的历史，战争连绵不断，但是边塞诗独在唐朝成一时气候，形成诗派，这可以说前无古人，后无来者。

在边塞诗人的排行榜里，王昌龄和高适、岑参、王之涣并列前四位，史称“四大边塞诗人”。

王昌龄，字少伯，河东晋阳（今山西太原）人氏，出身贫苦人家，早年以农耕为生，三十岁左右进士及第。“安史之乱”后，五十九岁的诗人竟被刺史闾丘晓莫名其妙杀害，草草了结此生。

穷人的孩子早当家，王昌龄苦学成才，十分渴望建功立业。由于早年科举不顺，时风所染，他也转身向军中求功名，早期诗作“何当报君恩，却系单于头”“封侯取一战，岂复念闺阁”就高调地表达了他想立功异域的心思。开元十三年，时年二十七岁的王昌龄怀着这种强烈的事功愿望，亲赴塞垣。在边塞的几年里，他用诗人的良心为边地写诗，把边塞诗写成了绝唱。

青海长云暗雪山，孤城遥望玉门关。

黄沙百战穿金甲，不破楼兰终不还。

——《从军行·其四》

青海、长云、雪山，是雪域的寻常风光，“暗雪山”是写乌云当头，也喻边防不稳。孤城和玉门关，不是指具体的城和关，而是泛指西北那一片历代兵家必争之地。“孤”和“遥”，都是写远。边塞遥远荒寒，沙场搏杀更是九死一生，战士百战沙场，铁甲征衣已千疮百孔，但他们已将生死置之度外，一心想学“捐躯赴国难，视死忽如归”的英雄，建功边庭，不破楼兰，不进玉门关。

大漠风尘日色昏，红旗半卷出辕门。
前军夜战洮河北，已报生擒吐谷浑。
——《从军行·其五》

洮河北岸，一场战争从黄昏开始了。大漠黄沙，昏昏日色中，红色的战旗从行辕中风卷而出。诗人不写一鼓作气声，不写杀喊声，只用这一面红色的战旗提起一片精神。一夜战争有多惨烈，全在纸背，由人去想象。“已报”是因为战斗过于顺利，速战速决，“一夜取楼兰”，似乎取楼兰只是在一枰棋的时间里完成的。杜甫说“射人先射马，擒贼先擒王”，既已生擒贼首吐谷浑，可知其余的兵马已经不战自败，可以鸣金收兵了。

红旗才“出”，前军“已报”，势如破竹，语如连弩，这是诗人幻想中的英雄之歌，有李白式的浪漫。

五代后梁·关仝·秋山晚翠图

骝马新跨白玉鞍，战罢沙场月色寒。

城头铁鼓声犹震，匣里金刀血未干。

——《出塞·其二》

这首诗，是对“前军夜战洮河北”的细节描述。

写战场上的细节，王维的《少年行·其三》写得很好。诗中写道：“一身能擘两雕弧，虏骑千重只似无。偏坐金鞍调白羽，纷纷射杀五单于。”这是在写战场上，战士身佩饰有雕画的良弓，偏坐在金鞍上，杀入千重敌阵，像孤胆英雄关云长千里走单骑一样，凭着一身忠勇，左右驰突，如入无人之境，那一支支尾部插着白色羽翎的利箭一经射出，那些骚扰边境的贼人立刻就应声倒地。诗中以“一身”勇武对“千重”之敌，状其勇冠三军；以“偏坐金鞍”、能在疾驰的马背上自如地变换各种姿势喻其敏捷矫健；以“调白羽”喻其从容不迫，临阵不乱；以“纷纷射杀”喻其箭无虚发，战功卓著。

这首诗里，诗人也是从马写起。紫骝马，白玉鞍，一状马精神，二写跨马横刀的人精神。这是出战前的军容。中间略过王维诗里的细节描写，只写“战罢”打扫战场时的情景。“战罢沙场月色寒”，刚刚喊杀震天的古战场上，此时只剩一片沉寂，只有一轮寒月挂在天上，见证着血色人间。而就在此时，在远处的城头上，又响起催征的战鼓，刚刚从战场上拼杀一场，幸而生还的战士刀上的血还未干，又要杀向城头。不知这样的战争还有多少次，不知战士是否还能回来，沾血的宝刀还能不能入匣。

在皎洁的月光下，一场血战结束了，刀头还在滴血。这样血淋淋的白描，在诗中少见，在王昌龄一向典雅的语言风格中，也是破格之笔。

可见战争有多惨烈，写战争的文字就有多血腥。而我们在读到这样的诗时，唯有悲怆、惨恻这些复杂的心情。

烽火城西百尺楼，黄昏独坐海风秋。
更吹羌笛关山月，无那金闺万里愁。
——《从军行·其一》

万里边地、百尺楼头、秋色黄昏、羌笛声里，戍卒思乡的苦涩心情，是这首诗的主旋律。羌笛横吹的曲子是汉乐府《关山月》。《乐府解题》说："关山月，伤离别也。"这是一首伤别离的曲子，是专为戍边将士作的伤心曲。

边塞日暮，在生死不定的军营里，在战争的间歇里，听到这样的乐

五代南唐·董源·夏景山口待渡图

曲，将士们顿起思乡之情。军中或有闲日，却没有闲着的心。闺中有万里闺怨，军中有万里乡愁，高楼当此夜，叹息未应闲。诗人选择这个角度写军中生活，其中有对这场战争战还是不战、对还是不对的怀疑，是弦外之音，寄意遥深。

琵琶起舞换新声，总是关山旧别情。
撩乱边愁听不尽，高高秋月照长城。
——《从军行·其二》

长城脚下，秋月独明。在大漠风露之中，在琵琶古曲的伴奏下，士卒们应声起舞。琵琶一曲即终，再接一曲，可是新曲里倾诉的依然是和往常一样的别情，再次撩乱了征夫的思绪。乡关万里，一别经年，家人

父子，无由重见，曲未终，愁还乱，听不尽，也不忍心再听下去。“高高”秋月照出长城有明有暗的剪影，就像诗人心中的明暗一样，就像盛世也有明有暗一样，无边无际。

李益的诗“回乐峰前沙似雪，受降城外月如霜。不知何处吹芦管，一夜征人尽望乡”，是借“芦管”写边声，而此处的琵琶幽怨更多，“一夜征人尽望乡”，就是因为琵琶幽怨，所以“撩乱边愁听不尽”。边愁自来沉重、绝望，经不起一声芦管、一曲琵琶的提醒。

秦时明月汉时关，万里长征人未还。

但使龙城飞将在，不教胡马度阴山。

——《出塞·其一》

“秦时明月”与“汉时关”，在千年之外；“万里长征人未还”，不能回家的军人在万里之外。起句“秦时明月汉时关”是大笔，也是神笔。月临关塞，亘古不变。秦汉已经过去千年，明月还如今天，筑关备胡千年，战火仍在此起彼伏，历史悲剧仍在寻常的明月下重复。这首诗用秦汉、万里这样有时间和空间感的大词，写战争千年连绵不断之苦。诗人看不得这样的苦，于是希望能得一将安边，从此“不教胡马度阴山”，不再有战争的阴影。战神李广就是“汉时关”，一夫当关，万夫莫开。诗人期望李广这样的将军还魂人间，是在期望真正的英雄出现，这样的英雄必定有仁爱士卒的悲悯，有射石搏虎的勇猛，有决胜千里的将才。李广一生征战，不得封侯，正是如今良将所以不得的原因，也是“人未还”的原因。战死的人不能还，戍守的人也不能还，千年如此，一将难求，何以安边？

诗从“秦时明月汉时关”的历史深处远远兴起，经过“万里长征人未还”的平缓过渡，接引到眼前的现实，然后和所有绝句的诗法一样，在第三句上就势一振，翻出新意，借李广的典故“用事”，巧妙地引起我们对人才和战争性质的思考。“不教胡马度阴山”，说明了这场战争具有的正义性，而飞将不再，又使得这场正义之战将无日无月地打下去。清人黄生评此诗道：“中晚唐绝句涉议论便不佳，此诗亦涉议论而未尝不佳。此何以故？风度胜故，气味胜故。”诗人思考得深入，又以无意之笔写有意之思，写来便有风度、有风骨，使这首诗成了唐人七绝中的“压卷”之作。

战争是最极端的外交手段。自古以来，从春秋战国时期的“平民圣人”墨子“兼爱”“非攻”的主张开始，人们就对战争开始了冷静的思考。因为在不论什么

唐 · 韩干 · 猿马图

唐·韦偃·双骑图

性质的战争中，受害最深的都是百姓。在王昌龄的边塞诗中，我们能读到一种复杂的情绪。“三面黄金甲，单于破胆还”“气高轻赴难，谁顾燕山铭”，这些诗里，有他对保家卫国战争的肯定，还有他投身报国的抱负和胸襟。这种爱国热情和英雄气魄，使他的诗仿佛站在万里长城上，充满了大气场、正能量，读来可以“起懦”。但是，“饮马渡秋水，水寒风似刀”“向晚横吹悲，风动马嘶合”的恶劣环境和行役之苦，在给了诗人最切身的磨炼的同时，也让他对自己“虽投定远笔，未坐将军树”的军旅生涯产生了失落感，有了“早知行路难，悔不理章句”的悔意。

然而，一介儒生从马上请缨固然不易，但这也只不过是个人的名利得失，与用生命为国家征战的将士相比，与战争给前方和后方带来的苦难相比，这一切都微不足道。当他在看到军中“功多翻下狱，士卒但心伤”的黑暗和不公，特别是一场大战下来，“纷纷几万人，去者无全生”

的残酷后，诗人对战争的必要性产生了怀疑，开始了痛苦的反思。

他在《塞下曲》中写道：“昔日长城战，咸言意气高。黄尘足今古，白骨乱蓬蒿。”说昔日的战场上，气势如虹的将士，如今已被黄沙掩埋，只有暴露在蓬蒿中的几具白骨，还在提醒人们这里曾经发生过的一切。

在长诗《代扶风主人答》里，他写了一个老兵的遭遇，其中有这样的句子：“十五役边地，三回讨楼兰。连年不解甲，积日无所餐。将军降匈奴，国使没桑乾。去时三十万，独自还长安。不信沙场苦，君看刀箭瘢。乡亲悉零落，冢墓亦摧残。仰攀青松枝，恸绝伤心肝。”三十万大军埋身沙场，只有这个十五从军征的老兵幸运地回家了。可是，他回来看见的却是乡亲零落、父母家人早已去世或散尽的荒凉景象。出塞“积日无所餐”让他心寒，入塞“冢墓亦摧残”让他心碎，除了攀着坟前的松枝“恸绝伤心肝”，一个老兵又能怎样？死者死矣，活着的又能怎样？

在《从军行·其三》中，诗人写诗上表：“关城榆叶早疏黄，日暮云沙古战场。表请回军掩尘骨，莫教兵士哭龙荒。”说深秋的边塞木叶落尽，一片荒寒，一场战斗已经偃旗息鼓，他希望皇帝能恩准班师，希望能把战死沙场的将士的尸骨运回故土安葬，让死了的人能魂归故里，让活着的人不要冷了心。

往事已越千年。

大漠、雄关、孤城、长云、雪山、烽火，是“高高秋月照长城”的盛唐的荣耀；寒水、冷风、平沙、黯日、白骨，是“撩乱边愁听不尽”的唐人的惨伤。听不尽的边愁，剪不断的思念，在秋月高照的边城的背景下，诗人那颗燃烧的心被不尽的伤痛缭乱了。他一边歌颂胜利、咏叹历史，一边批判现实、同情士卒，一弦一柱写来，也让我们在悲壮、悲慨、悲伤的情绪里缭乱而萦回，并且不得不顿起居安思危之心。

一片冰心在玉壶

据检索，初唐七绝仅有七十七首，盛唐四百七十二首，其中王昌龄一个人就写了七十四首。明代王士贞说：“七言绝句，少伯与太白争胜毫厘，俱是神品。”王昌龄因此被后人屡屡称为“七绝当家”“七绝圣手”，足以和李白“连璧”。

千百年来，读书人在赴考、出使、宦游、征戍、乡旅、归隐这些尘世的琐事中驱驱行役，等闲离别，故国之思、亲人之念、朋友之情，折磨着他们敏感的心性，以诗词送别，缓解离别的悲伤，是他们最直接、最擅长的送别方式。王昌龄一生宦途坎坷，两次贬官，长期谪居，像大雁一样，南来北往，又兼个性慷慨豪爽，慕侠尚气，所以朋友遍天下，在和很多文人、官吏、隐士、僧人、道人的往来中，仅用他最擅长的七绝，就写下了五十余首送别诗。这些送别诗往往翻转古意，把伤离别的

千古悲情写成了“宽兮绰兮”“清兮扬兮”的盛唐之音。

寒雨连江夜入吴，平明送客楚山孤。

洛阳亲友如相问，一片冰心在玉壶。

——《芙蓉楼送辛渐》（第一首）

客来郊迎三十里，客去舟送三十里，这就是王昌龄对朋友的“一片冰心”。客从故乡来，又回故乡去。宦游人从故乡来人的襟袖间沾染到故乡的气息，想起历历往事，心中有千般委屈，于是借玉壶冰心自明心志。

寒雨连江，雨大江阔，本来是天留人的日子，而友人却连夜乘舟入吴，想必是有不得不走的理由。诗人放心不下，一路送来，天明时

唐 · 佚名 · 点心图

分进入吴楚地界。送君千里，终有一别。分手后，隔江望去，眼前有千里江山，诗人却独独看见一座孤山，和他自己一样孤独。“一片冰心在玉壶”是名句。“冰心”是古语，喻君子清廉、恪勤、奉公、忠诚之德。“玉壶”取自道教妙真道教义，专指自然无为之心。姚崇在《冰壶诫序》中说：“夫洞澈无瑕，澄空见底，当官明白者，有类是乎。故内怀冰清，外涵玉润，此君子冰壶之德也。”鲍照《白头吟》中也有“清如玉壶冰”的比喻。诗人妙用古语古诗，以“心若怀冰”自比君子高洁，以“玉壶”喻宦情已薄。冰心正好配玉壶，这是一颗依世间而起，向世外而落的冰心。

写这首诗时，王昌龄四十四岁，正在贬官江宁期间，江宁就是现在的南京。友人辛渐从南京出发到镇江，准备取道扬州，北上洛阳。诗人送客到镇江，在两人“一夜扁舟渡江看”之后，黎明时分在江边告别。

这首诗原题下有两首诗，第二首写前一天晚上诗人在“芙蓉楼”为友人饯别。诗曰：“丹阳城南秋海阴，丹阳城北楚云深。高楼送客不能醉，寂寞寒江明月心。”诗以“秋海阴”“楚云深”起兴，写当时高楼

唐・阎立本・职责图

送客、依依惜别的酒意阑珊之状，最后仍是指月为心，伴君千里。

《唐才子传》说王昌龄“晚途不谨小节，谤议沸腾，两窜遐荒”。既已物议纷纷，必然传至洛阳亲友耳中，诗人有口莫辩，自有不能言说的委屈和忧愤，所以离愁更兼寒雨，更兼宦游人的心事，自然有多重伤感在怀。可是，这场雨毕竟是下在盛唐的江天里，从诗人大笔染出的烟雨图中，我们能看到君子坦荡荡的胸怀。

沅水通波接武冈，送君不觉有离伤。

青山一道同云雨，明月何曾是两乡。

——《送柴侍御》

这一次送得比较轻松。这不是送老乡，更不是送亲人。其实，送人和送的人虽然有关，也和送人的人有关。在人生的站台上，我们见多了送别，而王昌龄每送一个人就得一首名作，这却是送别的福利。

这首诗是诗人被贬到龙标（今湖南黔阳）时的作品。

朋友将要从龙标前往武冈，诗人写诗送行。首句点出了友人要去的地方，语调流畅而轻快，“沅水”与“通

唐·吴道子·先师孔子行教像拓片

波”接，说明江河相连，道无险阻，“接”字喻近，写出两地比邻而居。因为诗人有意拉近了两乡的距离，所以“不觉有离伤”。其实，“不觉”就是“知觉”，因为两乡毕竟隔山隔水，还隔着日月。

见多了送别诗，见多了离伤，为什么这次不伤心，是因为诗人悟到了青山常是一道，明月何曾两乡。只要相看两不厌，自可千里共婵娟。“青山一道同云雨，明月何曾是两乡”是名句。这两句写得很讨巧，一句肯定，一句反诘，其意在反复强调人在两乡，情同一处。在听说好友王昌龄左迁龙标尉时，时在东南的李白为之担忧，曾寄诗曰：“我寄愁心与明月，随风直到夜郎西。”也在说虽然人隔两地，难以相从，而月照中天，他愿寄心明月，让明月随风，替他到夜郎以西，与朋友“隔千里兮共明月”。明月通人性，诗人常常“将心寄明月”，希望“流影入君怀”，而悱恻之情，由此摇摇曳曳，别有动人心处。风雨相同，明月共睹，这首诗又以明月朗朗作结，明月再次为两人做证，明月初心，最配怡怡兄弟之情。

远近是空间的距离，能使“两乡”为一乡，是情感的距离。只要青山常在，明月常新，别后的思念就有物可托。“送君不觉有离伤”，道是无情却有情，让我们都学着这样送行，这样怀着大悲心化解人世八苦之一的离别苦。

留君夜饮对潇湘，从此归舟客梦长。

岭上梅花侵雪暗，归时还拂桂花香。

——《送高三之桂林》

这次是写诗人在贬谪时与将去桂林的友人夜饮话别。

此时正是梅花欺雪的时节。夜色茫茫，离人对酌，眼前是长流水，明日是万里船。今日是送行，今日也是盼归。归在何时，归在明年。桂林多桂花，明年桂花开时，诗人希望友人载一船花香归来。

人说王昌龄“不护细行”。在这次送别的时候，王昌龄还是不写无语凝咽的“细行”，而是与友人相对一杯酒，再邀梅花、桂花相陪。人离人聚，有如花落花开，梅花桂花各自南北，却年年发新枝。诗人说，此时梅花似雪，待到下一次雪乱舞时，花乱开时，让我们“且插梅花醉洛阳”。陆游说“一树梅花一放翁”，此处，岭上临风独自开的“梅花”也是诗人自喻。而“桂花”是从月亮上谪居人间的花朵，宋之问有“桂子月中落，天香云外飘”的诗句，杨万里有“广寒香一点，吹得满山开”的诗句，白居易赞桂花“独占小山幽，不容凡鸟宿”，能与桂花同棹一叶扁舟，自然也是赞友人是芳香如桂的君子。

清江月色傍林秋，波上荧荧望一舟。

鄂渚轻帆须早发，江边明月为君留。

——《送窦七》

想必是在一个月圆之夜，月色澄明，秋林幽静，平波缓缓，水天澄澈可辨，此时正合解缆，这是“轻帆须早发”的原因。前两句绘出了一片风平浪静、烟波画船的良辰美景，第三句转入“送”的正题。此时，人在岸上，诗人目送征帆化入苍烟，再次将自己的心托于江天明月，万里送行舟。

全诗不见泪痕，全是因为“清江”“荧荧”“轻帆”“明月”几个字的功夫。明明是“秋”天送别，却不见寒江、寒月、孤帆这一类的字眼，而是驱使所有风物像“轻帆”一样轻装上阵。这种“轻”里，有诗人能托得起的人生之重。

莫道秋江离别难，舟船明日是长安。

吴姬缓舞留君醉，随意青枫白露寒。

——《重别李评事》

这首诗仍作于江宁丞任上。

离别在即，即将解缆挥手之际，何人不起黯然之情？可是诗人却说，

唐・韩幹・十六神骏图（局部）

“莫道秋江离别难”。为什么要出此险险一笔，原来，诗人是早有准备的，接住这一句的，是“舟船明日是长安”。由此，我们知道，友人要去的地方是长安，京畿之地，天子脚下，友人从来处来，向来处去，京城多故人，所以，对我来说是离别难，对朋友来说，却是回家的感觉。所以，此刻华筵当前，吴姬伴酒，有丝竹管弦，有美酒盈樽，只管一醉，不用担心明朝酒醒何处，无论是青枫浦上，还是白露岸边，都是醉在回家的路上。

本来是强颜欢笑，可是写来却像真的很潇洒一样。而我们知道，没有一颗仁者爱人的心，连这样的强颜欢笑也是做不到的。

秋在水清山暮蝉，洛阳树色鸣皋烟。
送君归去愁不尽，又惜空度凉风天。
——《送狄宗亨》

这次写送走了一个人，就像是送走了一个季节。

全诗妙在第一句。一般一句七言诗里，最多写三个景物，比如杜甫的“风急天高猿啸哀，渚清沙白鸟飞回”，就是每句三组主谓词组的神合。而这句诗里，却有秋、水、山、蝉，还有暮色诸多色相，一句话说出了与友人分开的时节是秋天，此时河水清澈，山笼暮烟，秋蝉在黄昏里的鸣叫格外萧瑟。第一句先写别景，以情取景，景为我用，将送别的场景和心情细笔写全。第二句将镜头由近推远，送行的地点在洛阳，友人要去的地方在“鸣皋”，即河南嵩县东北的鸣皋山，此山又叫“九皋山”，山下有鸣皋镇。“烟”是承上句的秋景而来。诗人立定洛阳树下，

唐・卢楞伽・六尊者像（租查巴纳塔嘎尊者）

远望鸣皋苍烟，虚实相间，目不能及处，其实情意已及。

“送君归去愁不尽，又惜空度凉风天”，这两句是直接写别情。愁不尽，是因为又要空度。一季暑热过去，秋高气爽，遍野茱萸，最宜友人东山吹帽，共赏烟霞。在这么好的季节里，友人离去，不仅辜负了东篱之约，也辜负了秋水文章。“空度”二字，暗示诗人过的是多么空虚的家常日子；“凉风天”，又是多么让人无可奈何的天气。

情深字浅，这是王昌龄独有的笔墨功夫。诗人笔下深重的离情之所以不让我们觉得沉重，与选韵也有关系，这首诗以“烟”“天”这种平平的韵脚落笔，就像轻轻地、轻轻地挥手，不带走一片云彩一样，让人怅怅的，又不至于落泪。人常说“惜墨如金”，诗人也是惜情如墨。

沅江流水到辰阳，溪口逢君驿路长。

远谪谁知望雷雨，明年春水共还乡。

——《送吴十九往沅陵》

路遇友人，诗人口占一绝，就此挥别。

诗人贬赴龙标途中，在辰阳，即现在的湖南辰溪，与友人在溪边的驿路上不期而遇，友人也是贬官，正在发配沅陵途中。这样的两个人在沅江的渡口相逢，是该坐下来，各写各的《离骚》《天问》，还是各晒各的“江州司马青衫湿”？都不是，因为这是在盛唐，因为写诗的人是王昌龄。诗人整衣敛容说：“远谪谁知望雷雨，明年春水共还乡。”大旱望云霓，远谪异地，终是我们自身有错，唯有等候皇帝赦免；想必到了明年春天，我们就能重返京城，重获新生。

“雷雨”二字，据《周易屯卦》说：“雷雨之动满盈。”王弼注曰：“雷雨之动，乃得满盈，皆刚柔始交之所为。”万物满盈，则亨通也。刚柔相济，则四象合也。大旱望云霓，诗人在等待皇帝的“雷雨”恩泽，以此疏通人生的涸泽。这应该是怀着怎样的心情说的话呢？都说王昌龄类李白，在这里，王昌龄却很像被逼上梁山的隐忍的林冲。他这种“曾为大梁客，不负信陵恩”的苦节，是因为“世情多是非”而“道性深寂寞”，还是孔子说的“君子事上也敬”？是“君子博学于文，约之以礼”，还是“君子坦荡荡”？这样的君子多乎哉？不多也。

王昌龄的送别诗篇篇都是神品，说也说不完，我们只能浅斟低唱如此。

人贵在有情，王昌龄在送别诗里，把人间这种让“儿女共沾巾”的苦难升华成了君子之别，写出了盛唐人送别诗应有的气度。他用不忧不惧的态度，站在明月如水的夜里，挥别水上陌上的各路行人。江、夜、山、水、潮、松、蝉、云、海、舟、寺、溪、日、雨、酒、虫、烟、月，这些独立的字，一经他驱遣，就成了一首首“绪密而思清”“以浓而至淡”、优柔舒缓的王昌龄风格的送别诗，句句都有惊心动魄的美。他的五言诗里，也有很多送别诗，如“映门淮水绿，留骑主人心。明月随良掾，春潮夜夜深”“荆门不堪别，况乃潇湘秋。何处遥望君，江边明月楼”“怨别秦楚深，江中秋云起。天长杳无隔，月影在寒水”，都是明月君子两相关照的大雅之声。清初诗论家吴乔《围炉诗话》云：“王昌龄五古，或幽秀，或豪迈，或惨恻，或旷达，或刚正，或飘逸，不可物色。”

这样一个“不可物色”的天才诗人，又处在盛唐时代，尚且“大道不得出”，不为世所容，有诸多原因。

我们知道，在唐玄宗时代，有一个“性沉密，城府深阻，未尝以爱憎见于容色”“口蜜腹剑”“无学术，发言陋鄙，闻者窃笑”的可怕人物，他的存在，和安禄山一样，就是唐朝的灾难，他在祸国殃民的同时，

也给很多诗人的人生蒙上了阴影。他就是当朝宰相李林甫。王昌龄性格类李白，疏旷而无城府。在《行路难》里，他说："西山日下雨足稀，侧有浮云无所寄。但愿莫忘前者言，锉骨黄尘亦无愧。行路难，劝君酒，莫辞烦。美酒千钟犹可尽，心中片愧何可论。"其中尽叙忧世愤俗、淡薄功名、及时行乐百相。在很年轻时，他就有"人生须达命，有酒且长歌""世事不复论，悲歌和樵叟"的出世观，幻想着像那些富贵闲人一样，"置身青山，俯饮白水，饱于道义"，做官只是因为"力养不给"，是为稻粱谋而已。而且他的宫怨诗也写得满城风雨，如"新声一段高楼月，圣主千秋乐未休""平阳歌舞新承宠，帘外春寒赐锦袍""西宫夜静百花香，欲卷珠帘春恨长""芙蓉不及美人妆，水殿风来珠翠香""白露堂中细草迹，红罗帐里不胜情"诸句。他用这种玩世不恭的、讽喻的态度"空悬明月待君王"，这些诗在长安教坊里到处流传，"怎掩得众人口"？于是难免"谤议沸腾"，难免有"不谨小节"的骂

五代南唐 · 巨然 · 茂林叠嶂图

五代·周文矩·文苑图

名滚滚而来。

更大胆的是，他在朝廷当校书郎的时候，还直接以九品官的卑职上书他的上级、主管人事的李林甫大人，洋洋千言，天真地向李大人剖白心迹，以为“夫道有一，昌龄有心，明公有鉴，三者定矣”。明明“未识定分”，还说“昌龄敢以无妄进”，是希望“明公能以至虚纳”，提醒李大人要“公居堂上之阴，知日月之次；睹堂下之士，知四方之贤”，知人容人，不要以“富贵为怀，曾莫下视”而“结志士之怨”，让“天下之士，永绝望于明公矣”，并且提醒他“明公主司天下，开塞天下之所由也，可不慎之”。看似一篇干谒文章，却句句写得让李大人生气。而且，在张九龄因荐人不利而被连坐罢相，“朝廷之士皆容身保位，无敢直言”时，他还公开表示同情，为他崇拜的宰相诗人鸣冤叫屈。这一切行止，让王昌龄成了不合时宜的人物。所以，在官场上无所投足，一贬再贬，也是“自有常式”。同时，正因为常在路上，看风景，别朋友，想心事，收心情，却使他意外地成了送别诗的多产诗人，而且一路花开。

最后，说说王昌龄的死。

“安史之乱”爆发后的第二年，五十九岁的王昌龄在回乡途中，路经亳州时，竟被亳州刺史闾丘晓因嫉妒而以莫须有的罪名杀害。一个名满天下的诗人被冤杀，这位胆大妄为的闾刺史自然成了公害。公元757年，唐肃宗朝的宰相张镐奉命平定“安史之乱”。当时，叛军围困宋州，即今河南商丘，守将张巡告急。兼任河南节度使、都统淮南等道军事事宜的张镐奉旨急速赴援，他号令集结诸军，并传令亳州刺史闾丘晓出兵营救。闾丘晓因为惧怕战事失败祸及自己，故意拖延时间，按兵不动，坐视叛军攻城。宋州城陷后，张巡遇害，张镐大怒，严命杖杀闾丘晓。闾丘晓在刑场上还在乞求活命，说自己有亲人要奉养，“乞贷余命”。张镐冷冷地说：“王昌龄之亲，欲与谁养？”法非善恶，善恶是法。这样的罪过，只能以命相赎，不能洗刷。闾刺史不知道，张镐也是诗人，是王昌龄的粉丝。“张公一生江海客，身长九尺须眉苍。征起适遇风云会，扶颠始知筹策良。”这是杜甫在《洗兵马》诗中对张镐的赞颂。一代才子王昌龄的意外死亡令人惋惜，宰相张镐为诗人报仇的故事又叫人称快。这是一个让人纠结的故事结尾。

岑参说：“少伯天才流丽，音唱疏远。”

无论怎样，在人生的驿路上，“天才流丽”的诗人王昌龄最终挥别了友人，也挥别了尘世的烦恼，音唱疏远，沐乎沂，咏而归了。愿诗人一路走好。

风　正　一　帆　悬

在初唐与盛唐之间，有几位梦幻诗人，在唐朝的十里花溪里，他们如同风中杨花一样，是苏轼说的“似花还似非花，也无人惜从教坠”的花朵。这些诗人或生卒年月不详，或生平不详，可见的诗也不过几首。可是，这却是几首我们念念在兹的名篇，是不能错过的杨花的风姿。

客路青山外，行舟绿水前。
潮平两岸阔，风正一帆悬。
海日生残夜，江春入旧年。

乡书何处达？归雁洛阳边。

——王湾《次北固山下》

这是一篇才子文章，盛世礼乐。

作者王湾是洛阳人氏，唐玄宗先天年间进士及第，职业编辑，一生大部分时间在朝廷参与古今书目、藏书和南朝齐梁以后诗文的编撰工作，是《唐才子传》中的入选人物。存诗十首。从这十首诗看，诗人是

唐·赵福·羊图

那种比较雅正端方的宫廷文官，写有应制诗、山水诗、悼亡诗，是仕途经济、人情世故、个人情怀兼美的人。比如，他的五古长调《哭补阙亡友綦毋学士》就是一首诗歌版的《祭十二郎文》，诗中将朋友新亡的惊与痛写得天昏地暗："远日寒旌暗，长风古挽哀。""地古春长闭，天明夜不开。"自己哭得泪湿青衫："泣为洹水化，叹作泰山颓。""登山一临哭，挥泪满蒿莱。"其中"反哭魂犹寄，终丧子尚孩。葬田门吏给，坟木路人栽"是断肠句。友人是儒林异才，英年早逝，留下未成年的孩子，负土成坟尚且不能，让人仿佛看到在下葬时，墓前跪着的一个一身重孝的小小身影。

这首诗写客路行舟时的所见所感。舟行江南，一日来到地处长江入海口处的江苏镇江，船经过城北面的北固山下时，江面陡然开阔，诗人眼界大开，于是暂停征棹，远望四野，悠然间得此神品。

"青山外""绿水前"，看诗人用"青""绿"二字，就觉得顿时山明水净，想来心情自然也是好的。这样兴起，果然往下便看到"潮平两岸阔，风正一帆悬"的和合景象。春潮平岸，风和帆稳。前句见阔大气象，后句含冲淡之态。人在这种风平波息的青山绿水间看风景，看什么都是和合之象，和在三峡行舟时不是一种心情。"海日生残夜，江春入旧年"是名句。"海日"对"残夜"，"江春"对"旧年"，一新一旧，一起一落，是明晃晃的对照。一是写时间。"日生残夜""春入旧年"是说日出时早行，节候在冬末春初，这样写时间地点，"自有诗以来少有此句"。二是在道法自然，在说日月常新、似水流年这些最平常的，人人心中口中都有、虽然无解也不可不思的道理。至此，春潮平岸，半帆稳便，旭日东升，春回大地，残夜被旭日送回，旧年被春光兴替，正是一派"平""阔""正"的盛唐气象。史称，这首诗被当朝宰相诗人张说手题于政事堂上，"每示能文，令为楷式"。此后，"秀而不朽""妙绝千古"这些好言好语，写尽了后生学者对这两句诗的服气。

从五、六句起，平地起风波，诗人突然黯然神伤起来。岁末年初，

五代·佚名·法华经普门品变相图

年关将近，这时候，在路上的人再不想别的，结尾两句是期望中的思绪。如果此处不写思乡，则不近人情。乡书何以能到洛阳？此时正有鸣雁过江北归，自然是最好的使者。

诗人乘物游心，从开阔处起，到苍茫处歇，深而浅，浅而化。江阔帆正、海日春江是大乘，乡书归雁、洛阳亲友是平常心。从全诗结构看，这种写法，就像一个金碧辉煌的工艺品托在一个青花瓷的底盘上，能这样参差起落而不见俗意，只有能涵养元气的才子才托得住，才轻者必不能胜。

王湾还有“烟色松上深，水流山下急”“境绝人不行，潭深鸟空立”“碎影行筵里，摇花落酒中”这样的清酌小韵，读这些诗句能去暑气。

隐隐飞桥隔野烟，石矶西畔问渔船。

桃花尽日随流水，洞在清溪何处边。

——张旭《桃花溪》

张旭是开元、天宝时的人物，苏州人氏。曾任常熟县尉、金吾长史，以草书名世。

《唐国史补》记曰：

“张旭草书得笔法，后传崔邈、颜真卿。旭言：‘始吾闻公主与担夫争路，而得笔法之意；后见公孙氏舞剑器而得其神。’饮醉辄草书，挥笔大叫。以头揾水墨中而书之，天下呼为‘张颠’。醒后自视，以为神异，不可复得。后辈言笔札者，虞、欧、褚、薛。或有异论，至长史无间言。”

同时期的诗人李颀在《赠张旭》一诗中说：“露顶据胡床，长叫三五声。兴来洒素壁，挥笔如流星。”从这首赠诗看，李颀和张旭一定是夜雨对床之交，不然把人写成“长叫三五声”的样子，真不像是写人的。可是如果写在朋友之间，则另有一种爱意。

一个每次醉后号呼狂走、索笔挥洒，甚至以头发蘸墨书写的人，以“草圣”得史名，以“张颠”得“时名”，与李白诗歌、裴旻剑舞并称为“三绝”，与李白、贺知章诸君共列“饮中八仙”，与贺知章、张若虚、包融号称“吴中四士”，书法与怀素齐名，等等，这一切都不奇怪。奇怪的是，这么粗放的一个人竟然能写陶渊明笔下的那种“小诗”，也不知道这种诗是他醒时笔墨，还是醉中呓语，但真的写得好。很多诗人的诗作是让他自己的一首成名作压得不见天日，张旭的诗就像是他书法的红颜知己，只是用来红袖添香的，所以养在深闺人未知。

这首《桃花溪》诗，是张旭写得最好的一首诗。

春晚，野烟飞桥，石矶西畔，有一个迷惑的人站在那里，隔着水岸问渔夫，桃花浮在流水上，尽日从眼前流过，敢问桃花源在何处？这不是问路，是问禅。陶渊明的《桃花源记》中说：“武陵人捕鱼为业。缘溪行，忘路之远近。忽逢桃花林，夹岸数百步，中无杂树，芳草鲜美，落英缤纷。渔人甚异之。复前行，欲穷其林。林尽水源，便得一山，山有小口，仿佛若有光……”桃花随水出山，溯流求之，上游必有一个桃花林。诗人于此处问津，是必得其路。这首诗读来很恍惚，一切景物都

五代・黄筌・写生珍禽图

笼在一片野烟中，一个捕鱼人，一个问路人，问路人也许就是捕鱼人，他站在如烟的人生此岸，忘路之远近，是水中的桃花给他指了一条路，这条路要把他带到“仿佛若有光”的远方。题目是“桃花溪”，前三句在暗示桃花源，最后一问是清醒者的迷茫。知与不知，行与不行，桃花源有与没有，这一切其实并不重要，重要的是，没有答案，总比连怀疑都没有要好。

爱极这首小诗，就是因为它让人迷茫得不想把现在的日子过下去。

张旭还有一首诗《山行留客》：“山光物态弄春晖，莫为轻阴便拟归。纵使晴明无雨色，入云深处亦沾衣。”山光物态，轻阴晴明，还有洞里洞外，云里雾里，都是浅浅光阴；朝朝暮暮，溪山远，红尘近，一世劳歌征棹，都是入云深处，都是沾衣。而我们总是不知何处桃花水，能送我到桃花源。

人有所痴，必有所成。张旭是一位纯粹的书法艺术家，他在点画之间，旁若无人，如醉如痴，如癫如狂。韩愈《送高闲上人序》中赞之：“喜怒、窘穷、忧悲、愉佚、怨恨、思慕、酣醉、无聊、不平，有动于心，必于草书焉发之。观于物，见山水崖谷、鸟兽虫鱼、草木之花实、日月列星、风雨水火、雷霆霹雳、歌舞战斗、天地事物之变，可喜可愕，一寓于书。故旭之书，变动犹鬼神，不可端倪，以此终其身而名后世。”

“变动犹鬼神，不可端倪。”是神来可使鬼推磨的天才，不容一人邯郸学步。

他的草书，恰好草到在悬崖边上停了下来。再往前一步，就成了后现代的画。

他的诗，恰好问到桃花源边上停了下来。再往前一步，桃花源就成了首阳山。

一个狂人，一定给他的朋友造成过很多现实的麻烦，可是，一个热闹的人突然沉默了，这会让人更加寂寞，更加感觉到生命的无常。张旭把怀念和伤感留给了后人。杜甫入蜀后，见到张旭的遗墨，写了一首

《殿中杨监见示张旭草书图》曰："斯人已云亡，草圣秘难得。及兹烦见示，满目一凄恻。"本来就是一个凄恻的人，见到了更凄恻的人的遗物，只能对着那一轴看不懂的枯藤老树昏鸦一样的笔墨，想象着写字人生前"脱帽露顶王公前，挥毫落纸如云烟"的生龙活虎的样子，猜测着他心中的秘密，一个人泫然泪下。《唐诗归》中，钟云赞张旭的一句话最有见识："张颠印不多见，皆细润有致，乃知颠者不显粗人，粗人颠不得。"

"颠者不显粗人，粗人颠不得。"说这句话的人，一定阅人无数。一个人能狂颠到开天辟地第一次打散了中国汉字的基本结构，能在字的线条浓淡中间宣泄性情，这一定是杜甫说的"江上被花恼不彻，无处告诉只颠狂"的"颠"，是颠倒乾坤的"颠"。

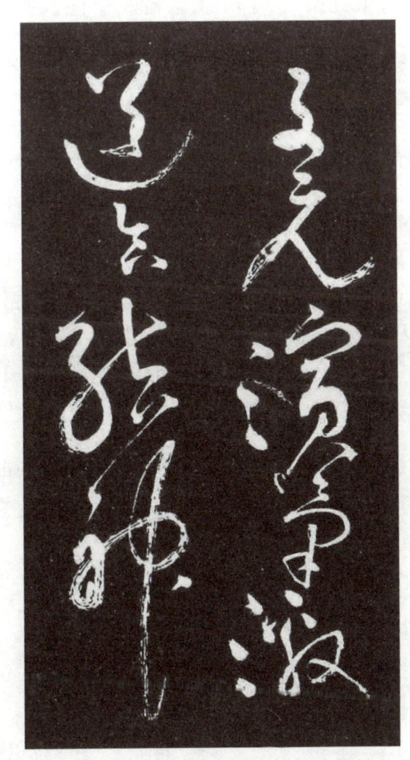

唐·张旭·草书《李青莲序》（局部）

葡萄美酒夜光杯，欲饮琵琶马上催。

醉卧沙场君莫笑，古来征战几人回？

——王翰《凉州词》

王翰是李白式的人物，是初唐、盛唐交替时期的才子进士，并州晋阳人氏，也是《唐才子传》入选人物。王翰衔玉出生，家资富饶，性格豪放不羁，史称他“日聚英豪，从禽击鼓，恣为欢赏”“发言立意，自比王侯。颐指侪类，人多嫉之”。诗人张说当宰相时，曾荐引王翰入朝为官，由此得以与张九龄、贺知章等名人交往。张说罢相后，王翰失去了保护伞，还是狂放不知收敛，所以立时被贬为地方官，像《红楼梦》里那个小“门子”一样，被远远地打发到庄子上去，并且一贬再贬。

王翰虽然仕途常不得意，诗文却为时人所重。他一生写有大量诗词，有文集十卷，惜至宋代已不传。现在能见到的，只有十四首诗。

“凉州词”是唐乐府名，是唐代流行的曲调。王翰写有两首《凉州词》，这是其一，被明代王世贞推为唐七绝的压卷之作。又是一个“压卷之作”！诗是吟咏性情的，评诗人也是性情中人，各有所好，由此便会各有各的“压卷之作”。

从初唐至开元盛世，由于西北边患不断，朝廷屡派军队御敌防守。军队里除了武将，还需要一批文官随军掌管文牍事务，这样一来，很多怀着“宁为百夫长，不做一书生”的文人就有了去边塞立功的机会。王翰是以驾部员外郎的身份前往西北前线的，专门负责往前线输送马匹、粮草等军需物资。因为没有上过真正的战场，这首诗在我看来，只是诗人对战争的一种浪漫想象。

想象从奔赴杀场之前的宴歌弦管开始。在凉州军营的大帐里，将士、醇酒、妇人，人影幢幢，手里端的是凉州玉做的夜光杯，杯里斟的是凉州沙漠里自产自酿的血色的葡萄酒，酒席筵前赤足的胡姬像是从敦煌壁画上走下来的天女，正在将士们复杂的目光中反弹琵琶。这是中古时期的西北军帐，备极声色和激情。诗中不写羌笛的幽怨声，而是用杂沓激烈的琵琶声做背景音乐，就像给葡萄酒里添了烈酒一样。两种酒一起喝，喝的不是最后的晚餐那样的压抑，而是一种集体视死如归的兴奋，是人与战争的契约。这种集体意识是疯狂的，也是悲壮的。

果然，酒宴正酣时，战斗开始了。“醉卧沙场君莫笑”是主句，写的是一种应激反应，用的是反弹琵琶的语调。君莫笑，这是面对死亡的彻悟，是最后的尊严。谁都知道两军阵前的血腥，谁都知道为国效力和

唐 · 佚名 · 反弹琵琶图

唐·佚名·引路菩萨图

珍惜生命之间的冲突，在冲突中能决然赴死，能与死亡一起把酒狂欢，这种英雄主义就有了时代的印记。这正是盛唐的兵将。这样的诗，正是“气格俱胜”的“盛唐绝作”。

这首诗，后人评说不一，有人说是豪放语，有人说是沉痛语。《唐诗别裁》曰：“故作豪饮旷达之词，而悲感已极。”王翰在《凉州词·其二》中写道：“秦中花鸟已应阑，塞外风沙犹自寒。夜听胡笳折杨柳，教人意气忆长安。”诗里写边关将士的思乡之情。在古风《饮马长城窟行》诗里，诗人写道“此时顾恩宁顾身，为君一行摧万人”“当昔秦王按剑起，诸侯膝行不敢视”“归来饮马长城窟，长城道旁多白骨。问之耆老何代人，云是秦王筑城卒”。对照这两首诗来看，我想王翰应该有更多的厌战情绪，这首诗只是诗人偶然的激情，是在最后一杯美酒里，做最后一个梦，无可奈何时，已经不觉得痛苦。

明张岱曾说：精卫填海，所得几何？得其精神。

王翰的诗，足以唤起一种精神，我们能从中得到这些可以永恒的精神，也就不会觉得痛苦。再说，如果真的一定要赴死，在最后一个晚上，在别无选择的时候，我也和诗人一样，希望这些将士们能这样度过：有葡萄美酒，有夜光杯，有琵琶，有胡姬，还有甘心。虽然已是尾声，也能鸣一响而终。

王湾、张旭、王翰，这是几个在风中飘飘欲仙的杨花诗人。千年之后，我们还能拾到这些风中的精灵，还能了解并欣赏他们，这就是他们盛开过的意义，是历史对他们的珍惜。

纷 纷 开 且 落

给他一席朝堂，他就做宰相；给他一片辋川，他就作诗。借辋川的灵气，才子的禀赋，他把这两杯清酒调合成了金瓶净水，成就了一代“诗佛”美名。

他就是王维。

曾经以一曲“遥知兄弟登高处，遍插茱萸少一人”抒写十七岁少年的思乡烦恼；曾经“相逢意气为君饮，系马高楼垂柳边”，畅饮人生第一杯美酒；曾经在“大漠孤烟直，长河落日圆”的边塞驰马扬鞭；曾经在“九天阊阖开宫殿，万国衣冠拜冕旒”的大典中位列朝班；也曾因为“为伶人舞黄狮子”贬官十年；也曾在“安史之乱”中陷贼下狱……从一个“妙年洁白、风姿都美”的少年，到衣冠磊落的士大夫，王维在入世的长途上奔走了半世，终于在终南山下辋川的山水里，找到了心灵的家园。在这里，他与飞鸟夕岚相伴，以文字修行，修出了一身圆融自在。

空山不见人，但闻人语响。

返景入深林，复照青苔上。

——《鹿柴》

这首诗写空。山有多空，可以从只闻其声，不见其人处想；林有多幽，可以从青苔着影处想。而观自在，可以从这一片虚实光景中去想。山深有如空谷，因空谷人语之声而传神；苍苔有如空坛，以斜阳返照之影而敷色。人在远处，唯见苔痕历历，愈添坐禅人的冷淡。四句诗如四句偈语，已证得三昧法门，已知一切生灭，一切有无，看似雪泥鸿爪，无迹可寻，却自有其来龙去脉。

唐·吴道子·写意观音像拓片

仁者爱山，智者爱水，空山与诗人最宜相对。辛弃疾说，“我见青山多妩媚，料青山见我亦如是”；李白说，“相看两不厌，只有敬亭山”。

诗人与山相遇，以有情观照无情，多数时候只是个偶然，而王维已经坐化在辋川的青苔上，就像开在佛前的一朵清净莲花。

木末芙蓉花，山中发红萼。

涧户寂无人，纷纷开且落。

——《辛夷坞》

这首诗写静，静得能听见花开花落的声音，静得让人心慌。

晚秋时节，千叶凋零，在杳无人迹的涧边，木芙蓉临水照花，它曾

唐・佚名・宫苑图

经像脱然世外的君子一样，“采薜荔兮水中，搴芙蓉兮木末”，在《楚辞》中开放出独一无二的清高；它也经唐朝才女的素手，用浣花溪的水调制成薛涛笺，和泪写上“不结同心人，空结同心草”的心曲寄给负心人；在宋朝诗人吕本中的诗中，它又像小家碧玉一样，在小池南畔，“雨后霜前着意红”。王维的木芙蓉没有任何着意，它只是静静地开放，再静静地任凭北风吹落如雨。诗人想说，花开在哪里，就落在哪里，开时无人赏，落时无锦囊可收，天行有常，生命在空寂中的闪烁，人在世上空空的轮回，就和花开花落是一样的。

“纷纷开且落”，就这样落了吗？芙蓉花、时间、我们，都是纷纷开且落。可是，就这样落了吗？

曾经像一场龙卷风一样横扫了长安城所有庸脂俗粉、让王公贵族拂席以待的长安少年，从鲜花着锦的辉煌中一路逃遁，躲进辋川时，半世红尘软系，已经让他不知换了几副心肠，在人与花相遇的这一场梦里，

唐・周昉・挥扇仕女图

他自然比我们更知道花开花落有多寂寞，因为他也寂寞。

花开由它开，花落由它落，诗人已经走过路过，在季节的轮回里，此时，只想让一身寂寞轻轻落在梦里的流年，然后静静等待一场落花纷纷之后的安详。

独坐幽篁里，弹琴复长啸。
深林人不知，明月来相照。
——《竹里馆》

一个安静的世界，也是一个最丰富的世界，这里有最丰富的安静。

在一片幽深的竹林里，在一个不眠之夜，有一个诗人一时兴起，于是独自行来，安坐在这里。只见他时而手挥五弦，时而高声吟唱，像陶渊明一样，“登东皋以舒啸，临清流而赋诗”，在琴声和长啸里寄傲，在寂寥中与天地独往来，修他的文字般若，解他不合时宜的连环。这是一千多年前发生的事情，当时没有一个人看到，只有一轮明月不忍心看

一个人幽独如此，于是默然陪坐。

佛说，动也是静，静也是动，只要动能如常动，静能如常静，动静不萦于心，动和静就是一样的，就是色相俱泯，身世两忘，就与世尊拈花、迦叶微笑没有差别。佛度有缘人。这样的动与静于王维来说是适宜的。“深林人不知，明月来相照”，茫茫幽林，人神不知，泠泠明月，纤云不染，只有一个诗人，应物而动，无事而静，已经与神为一，他“弹琴复长啸”时旁若无人的样子，已经近于袒腹而卧、荡节以行的仙人，他眼中的辋川，已经接近无何有之乡。

分行接绮树，倒影入清漪。
不学御沟上，春风伤别离。
——《柳浪》

杨柳本是陌上桑，可是诗人总是把它们移在灞陵桥下、十里长亭，写来写去，而我们从中看到的常常不再是杨柳依依，而是伤痕累累。只

有在这首诗里，诗人说柳树不媚俗，它倒影清流，自在成行，自在照水，他是想说自己也是林中绮树，水中玄鹤，不愿上岸，不愿在世俗趣味中度此悲欢人生。

要想悟道，没有比坐在一棵树下更合适的地方了。把自己和树联系起来，让生命与自然和谐起来，我们已经做不到了，因为我们总是忽略一棵树的存在，不知道它们为什么要长成那个样子，为什么要长在那样的地方。可是，树比我们先看到这个世界，当我们还未到达时，树就早已站在那里给我们指路了。

诗人如玉树临风。他说，不变随缘，就像柳树一样，水上岸上，都是净土。

檀栾映空曲，青翠漾涟漪。

暗入商山路，樵人不可知。

——《斤竹岭》

竹子是树中君子，它凌空时虚心，映水时含情，正在遥远的地方，以最柔和最虚无的声音弹响一曲空谷之音。在它的歌声里，诗人渐渐回到了诗经时代，遇见了“商山四君子”，他愿意与他们一起，驾慈航，出迷津。这一场警幻仙境，是在一场与竹林不期而遇的梦中出现的，就像桃花源是在无意中找到的一样，不是那些渔樵于江渚之上的人可问可知的。

青青翠竹，皆是虚妄；郁郁黄花，无非般若。王维是辋川的风月主

人，王维也是辋川的过客。

或点一炷沉香，照亮一室疏离；或沐一身清月，独坐一片幽林——不知今夕何夕，也不知此处何处，庙堂也罢，辋川也罢，不过是明镜非镜，菩提非树，人来不知，寒暑不惊，所见无非水月烟雾，所听不过风中梵音，所历不过白驹过隙，任一切都是片段，是红尘中的一次偶然相遇。这就是王维的山中岁月，林下菩提，水月镜花，笔墨道场。

宋王鏊说：“摩诘以淳古澹泊之音，写山林闲适之趣，如辋川诸诗，真一片水墨不着色画。”辛文房说：“维诗入妙品上上，画思亦然。至山水平远，云势石色，皆天机所到，非学而能。”我们知道，诗是一种语言的姿态，是最干净利落的文字，唯其简约而丰盛，则要求在字字用心的同时，又要浑然天成，没有斧凿之功；诗又是片刻间的审美体验，它需要有最精致、最深邃的心思才能发现，才能从刹那中看见永恒。王维把诗人的审美体验和隐士的宗教情结合二为一，在变与不变中捕捉生命流动的痕迹，把眼前的山水化成了笔墨洇痕，一片真言如如，字字读来，如数佛珠。

万古常空，一朝风月。

读王维的禅诗，我是花了一番心思的，虽然没有像金圣叹那样“大书揭壁，誓以十日坐卧其下，务期必得其旨”，却也是怀着焚香沐浴、一日三省的诚意认真读的。可越是这样，越不得要领。其实，诗人写得平常，我们只要读得平常才好。自己的心自己都不知道，何况是从一首诗里猜测古人的心。佛说人在一瞬间就有三百六十个意念，谁又能知道一个人整日坐在山里时会有多少个意念呢？能约略知道诗人的意思，也就是明白了。

很多诗，是写一种瞬间的视听效果，而王维的诗，却是在说一个人与自然融合的过程，这个过程是缓慢而优容的。在这些诗里，诗人从空寂静处下笔，在这种几乎看不到悲伤、忧郁、空虚、寂寞情绪的单纯的空寂静里，有他在红尘中难以消化的圣贤哲学，有我们能感受到的复杂和深刻的哲理。他是把孔子、老子、庄子的哲学诗化了的禅者，他能够客观地、不动声色地看风景，但是，他能看到听到的，却是我们看不到的风景，听不到的声音。他只看他愿意看的风景，只去他想去的地方，他和山水之间没有距离，一片树林安静了，他就安静了。这就是他坐禅的过程。他一字不写禅是什么，如何参禅，可是我们已经感觉到了。能这样参禅的人，“朴素而天下莫能与之争美”；这样的禅诗，能让我们“读之身世两忘，万念俱寂”。

这也是我坐了几天禅才得到的一点觉悟。

禅宗大师说：“迷时师度，悟时自度。”一个人到成年时，对这个社会已经有了基本的常识认知，而禅是另一个解释系统，一个世俗之人，要想金瓶装净水，必须先把自己的杯子倒空。王维是世俗的读书人，一

五代南唐·董源·潇湘图（局部）

肚子四书五经道德文章，仕与隐是矛盾的，而他大隐于市，宰相也做，隐士也做，这本来是一件怎么做都做不好的事情，可是王维还是一心要去做，并且已经做得很好了。我们看到的文字只是表相，一个真正的王谢堂前的燕子，却没有华丽的贵族气，衣冠素净，“不衣文彩”地出入红尘，他恬淡从容的心态，自我净化的精神，克制的物欲，这些细节，才是他让我们感动的地方。

佛说：“行深般若波罗蜜多时，照见五蕴皆空，度一切苦厄。”人从空处走来，又向空处回去。像王维这样，行得深了，人就空了，就是禅了，就能度一切苦厄。

我们今天读王维的禅诗，并不是要去修禅。真正的禅者，能修到桃花面面、四大皆空的境界，需要有各种仪式的约束和自觉持律的精神，这是一个滴水穿石的缓慢过程。可是，禅也不是云山雾海、神仙玄幻，禅心要在尘中净。如果能于平常的坐卧行止中，认真地喝一杯茶，静静地聆听深夜檐雨的滴落声，看花开花落、云卷云舒，一丝丝感受光阴的渐变，感受禅的启示、禅的愉悦，从而涵养心性，使心不乱，与人世的悲欢和解，以至获得勇气、超越生死，这就是我们平常人应该修的世间禅、生活禅。

其实，我们已经在修了。谁知道呢？

隔水问樵夫

苏轼说，王维的诗是“诗中有画，画中有诗”。苏轼没有诗话、词话之类的文章传世，但他每有点评，都入木三分。他一生最崇拜杜甫，最想过陶渊明那样的生活，我想，同时以一个书画家名世的苏轼，一定最喜欢王维的山水诗，并从中获得过许多作画的灵感。

王维像作画一样作诗，而把文字组合成一幅画，需要比绘画更深一层的功力。我们读王维的诗，也像看画一样，首先看到的是画面的美，淡淡的，意境却很深。王维一心向佛，心远地自偏地在他的世外桃源辋川里万缘识破，过着远离醇酒妇人、素食持戒的苦行僧般的生活，他看到的风景里，也飘散着禅佛的天香。

中岁颇好道，晚家南山陲。
兴来每独往，胜事空自知。
行到水穷处，坐看云起时。
偶然值林叟，谈笑无还期。
——《终南别业》

“中岁颇好道”是诗人夫子自道。“南山陲”是点题，就是他的终南别业。这首诗的亮点在“行到水穷处，坐看云起时”这句警语，喜感在于结句“偶然值林叟，谈笑无还期”里。诗人说，兴来时，我常常在山水间独自行走，这里面的玄妙只有我自己知道。如果走到水的尽头，我就坐看行云变幻，如果遇见和我一样老的束薪负担的樵夫，我就和他们谈笑甚欢，相见语依依，以至人我两忘。

首句这个“颇”字用得最好，就像我们常说自己“颇解风情”一样，这个字里有一种趣味，有一点喜悦，也有一点点不被人理解时的自嘲语气。诗人一面做官，一面做隐士，在时人眼里一定很另类，所以这样说话，也是不想招人嫌。可是不管话说得多么意味深长，诗人自己是认真的。适当的寂寞对诗人是有益的，所以他“每独往”，这种独行的好处因为不被人知，所以又感觉有点独享风月的奢侈。“行到水穷处，坐看云起时”就是他领会到的“胜事”。读这两句诗如入空门，能让人一时屏声静气，悄然忘言。清人沈德潜赞曰：“行所无事，一片化机。”水随意流，云随意飘，人随意走，看云看水都是般若，起坐行止都是方便，这是得了“乘兴而来，兴尽而去”的魏晋风流的神韵，也是庄子无可无不可、无为无不为的哲学化境，是佛家修的“去执着”“无分别心”的智慧。云水既无区别，为何一定要谈笑有鸿儒，“林叟”亦可谈笑，所以结句更是一片人间欢喜。“偶然值林叟”，偶然看云水，所遇是偶然，所见是偶然，处处偶然。在偶然的人世里，诗人言笑宴宴，与万物相表里，占尽人间闲贵。

在《唐诗归》里，有人评曰：“此等作只似未有此诗之先，便有此一首诗。”他的意思就像是在说“这个妹妹我曾见过的”一样。是的，我们也常常这样看水穷云起，行坐谈笑，感觉自己也纤纤出尘，似乎也有一首诗在心里；可是，谁又写得出来？《唐律消夏录》里记录了一个古人对这首诗的评点，最得神韵：“此诗若只作文字读，辜负先生慈悲不少。然文字三昧，必须于此等诗领会得，方有悟门。”慈悲，三昧，正是这首诗里散入凡尘的佛香。

还有人感叹，说这首诗是“诗之绝境乎”“道邪非邪”，我们也只能随喜赞叹。

太乙近天都，连山接海隅。
白云回望合，青霭入看无。
分野中峰变，阴晴众壑殊。
欲投人处宿，隔水问樵夫。

——《终南山》

从点评诗的立场来说，面对这样的诗，一看就有很多话要说，不像上一首诗，觉得诗人直笔道来，把我们想说的话都说在明面上了，反倒让人不知从何说起。这首诗写终南山，所以首联点题，如果不这样写，

唐·王维·伏生授经图

这样的诗用来写哪里的山都合适。

有些诗里有两句好，或四句好，就已经了得；可这首诗句句都好，好得让人不知所措。

终南山在长安南五十里，是秦岭主峰之一。古人又把秦岭山脉称为终南山。秦岭绵延八百余里，是渭水和汉水的分水岭。“太乙”是终南山的别名。一、二句像画画时起底稿一样，诗人先站在远处，给终南山画了一个大大的轮廓，终南山高到“近天都”，大到“接海隅”。王维的诗一般不用夸张的笔法，这样写，是让终南山给惊着了。接着，诗人开始走进山里，朝前看，眼前白云弥漫，混沌有如太初，继续前行，白云却自觉让道，人如入迷宫而无门禁，此时再回首，白云已经神秘地合拢起来，又是云深不知处。这种奇妙的情景，原是山中习见，可是，谁也不能用十个字描画出来。白云是这样，“青霭”也是这样，蒙蒙漫漫在望，走进去也不过是空空如也。到颈联时，诗人已经独占“中峰”，从最高处一览众山，惊叹莫名。知道山大，可是竟然大到能“分野”，

唐·赵福·犹图

就是能分星宿，别州国，低处的山川里也是十里不同天，乍晴乍阴，乍明乍暗，瞬息万变，真正是妙机难测。

读这首诗，最叹服的是诗人使用的障眼法。想想李白写的《梦游天姥吟留别》和《蜀道难》，就知道要把一山一路写全有多费词。诗人走在山里，前看后看，上看下看，千岩万壑、苍松古柏、怪石清泉、奇花异草，不知道有多少美景在眼前，各个般若，处处如来，笔下一定不能一一取舍。那么，既然不能求全，他索性凭虚御风，望空借来一片云天雾海，把万般色相一并纳入，又一并屏掩，只留下白茫茫一片大地真干净。这样的笔力，就叫“人力参天，与天为一矣”！

更奇在结句。“欲投人处宿”这句话说了不知几层意思。一说我耽恋风景，一日行来，日已向晚，只能留宿山中；一说我今日不尽兴，要住一晚上，明天早晨再看日出；一说山太大，路太远，远到我已经找不到回家的路，于是既来之，则安之；一说我爱此山幽静，想长留此处，且与白云期……“隔水问樵夫”是让人“欲辨已忘言”的句子，真不知道诗人的心是什么做成的。此处“问樵夫”已经是空谷梵音，就像他说的“古木无人径，深山何处钟”一样幽远，可他还要“隔水”问！诗人想说，此时我已下得半山来，山路上有白云，不辨经纬，这里却山水分明，有水有人。人是有，只是山远人稀，要循着砍柴声去听，要隔水才能见到，有樵夫处，就会有人家，所以自知问得并不唐突，于是我“隔水问樵夫”，于是斯文地问一声……

《唐贤三昧集笺注》里大发感叹，说这首诗已入“神境”，四十字中无一字可易，就如“四十位贤人”并立于夫子堂前一样。还有人说，这首诗“如在开辟之初，笔有鸿蒙之气，奇观大观也”。“开辟鸿蒙，谁为情种”是曹雪芹的一声浩叹，而在此处，谁又知道，开辟鸿蒙时，谁为诗种？现在，在遇到王维时，我们也可以这样浩叹了。

我想，以后我们再去游山，看到让人心动神动的白云青霭时，一定要处变不惊，淡定地说，我知道，这个就叫“白云回望合，青霭入看无”……

清川带长薄，车马去闲闲。
流水如有意，暮禽相与还。
荒城临古渡，落日满秋山。
迢递嵩高下，归来且闭关。
——《归嵩山作》

草木交错曰“薄”，“长薄”就是草木丛生的沼泽地；嵩山别称“嵩高”山。除此之外，这首诗没有难点。我们常看到宋画，一个衣帽俨然的士子，带着一个书童，一马一车，在弯弯曲曲的山间小路上，或是流水湍湍的小河边，缓缓荡荡行来。此时，近处必有水禽喈喈，高处必有秋林落日，远方是遥遥在望的荒城古渡。这首诗，就是一幅唐朝的秋山暮行图。

写这首诗时，诗人刚从济州（今山东济宁）的贬谪之地返回，到长安辞官后，此时行路，是想回他在嵩山的隐居地。暮色中，诗人车马行来，看见流水禽鸟，觉得自己此番挂冠，就像鸟倦飞而知还，流水东去不复回一样，此意已决；荒城临近古渡，落晖笼罩秋山，有如一片金色佛光，洒满人间。远远看去，嵩山就在眼前，诗人望山兴叹，说，归去来兮，“归来且闭关”，请息交以绝游。

这首诗虽然写得一片神行，好像赤条条来去无牵挂的样子，可是读来却有点落寞冷清。诗人一会儿写“闲闲”车马，一会儿又接“荒城古渡”，一明一暗，感觉就像诗人半仕半隐的两难的生活一样。对比陶渊明归田园时“舟遥遥以轻飏，风飘飘而吹衣。问征夫以前路，恨晨光之

唐・王维・辋川图（局部）

熹微。乃瞻衡宇，载欣载奔”的又喜又急的样子，就知道王维还没到家，就已经西北望长安，一步一回头了，明明是自己自愿的，又似乎有万般无可奈何的隐衷似的。

与诗人后期万缘俱静的禅诗相比，这首诗看上去还是满腹心事的样子。一个新隐士，初尝人生的寂寞，还没有想好以后的路怎么走，就冲动地做了归田的决定。“清川”“长薄”“流水”“暮禽”，这些归途中的景色让他放松，有无官一身轻的最初的欣喜；而沿途荒凉的景象，又让他有一种“凄凄去亲爱，泛泛入烟雾”的伤感和茫然。我想，一个做过官、写过奏章、娶过妻，在红尘中经历了一番的人，一时拔足，心念还未全部放下，失落清冷也是必然的。王文濡的《历代诗评注读本》里说：诗前六句一路写来，是在为“迢递”二字作势，说诗人走过千山万水，经过多少夕阳古渡、衰草长堤，而远望嵩山还是很远；末句的一个“且”字里，有“姑且”的意思，是说时衰世乱，自己只能“姑且”闭门谢客耳。我想，这是读懂了诗人真实的心情。

寒山转苍翠，秋水日潺湲。
倚杖柴门外，临风听暮蝉。
渡头余落日，墟里上孤烟。
复值接舆醉，狂歌五柳前。
——《辋川闲居赠裴秀才迪》

这首诗是诗人闲笔。

裴迪小王维十五岁，与王维偶然相遇，白首相知，是现世的黄金搭档。楚人陆通，字接舆，是春秋时的著名隐士，佯狂不仕。一日无事，日暮时分，暝色逼人，诗人正倚杖而立，已经入得五柳先生“策扶老以流憩，时矫首而遐观”的堂奥，忽有裴秀才醉后寻来，一日平静便被醉人笑破。“复值接舆醉，狂歌五柳前”，此时的先生好大造化，接舆狂歌，原是“凤歌笑孔丘”的，今天却笑倒在这位以“五柳先生”自况的先生面前。裴秀才于醉中搞笑，诗人于静观中自远，所见渡头流水落日如一灯明灭，风中蝉鸣如梵音暮鼓，墟里炊烟已经非烟非雾；风光人物，天上人间，交相辉映，便是又得浮生一日闲，当下一满足。

《菜根谭》里说：“文章做到极处，无有他奇，只是恰好。人品做到极处，无有他异，只是本然。” 我想，一个人的最高境界，并不在于时时想有大成就，如果能生活在近处，而把心放到远处去，反而能把远近的事情都做好了。同样地，一首诗要好，也并非情志阔大就好。读这首诗，感动处就在于诗人闲闲写来，没有寂寞，只有静美。能这样过日子，本身就是一首诗。我们了解一个诗人，实际上就是从他们每一首诗里所写的细节中去感受的。诗人再不说自己“中岁颇好道”，而我们已经从“落日”“孤烟”处会意。一个人能不带任何情绪地倚杖静观一个“渡头余落日，墟里上孤烟”的傍晚，这样平淡的心境需要多少红尘岁月的淘洗才能修到。陶渊明一生寂寂无闻，却被后世诗人奉为人间佛，正是因为他甘于平淡，而平淡就是恰好，就是已经走在成佛的路径上。

我一直在想，什么诗才叫好诗。前人说的情景交融、诗言志都是硬道理，如果我们硬要从每一首诗里都读出诗言志的道理来，那是在难为诗人，也是难为读诗的人。就我微妙的感觉而言，最好的诗，是你还没读懂它的时候，就已经喜欢上了。诗和我们的关系，有时候就像遇见一个人一样，你一眼看到，就已经暗生情愫。因为读诗是读感觉，写诗也是写感觉。唐诗因为太“质而约”，逼着我们要字字用心去读，其实，好诗是不用字字读的，我们只要心动就好。

楚塞三湘接，荆门九派通。
江流天地外，山色有无中。
郡邑浮前浦，波澜动远空。
襄阳好风日，留醉与山翁。
——《汉江临泛》

公元740年，四十岁的诗人时任殿中侍御史，去南方出差，途经襄阳，这首诗是他在汉江泛舟时所作。

古人说，王维的诗“在泉为珠，着壁成绘”。这首诗，又是一幅楚天千里江山图。

五代南唐·董源·潇湘图（局部）

唐·佚名·观经变相图

第一笔写汉江横卧楚塞，广纳三湘，荆门山下万渊汇流，是大背景，已见尺幅千里的效果；再接上江水奔流于天地之外，青山隐现于雾霭之中，这是望中远景；五、六句突起波澜，写过江千尺浪，风浪中，只见沿途的城郭仿佛漂在水上，天空也好似在摇晃，这是近景。前六句景色写得雄俊阔大，似乎一发而不可收，可是结句时，诗人轻松掉转船头，只用轻轻一声感叹就稳稳上岸，只说襄阳风景好、天气好，是个好地方，说自己愿意留在此地，像曾经镇守过襄阳的山翁君一样，长醉不归。

“江流天地外，山色有无中”是千古名句。先秦时的《汉广》诗云：“江之永矣，不可方思。”“江流天地外”，是眼前实景，虽然江水浩荡不可思议，却也有类似“江天一色无纤尘”“江入大荒流”这样的诗句可比，而“山色有无中”一句，却是亘古未有之神笔。对这一句，我一直理解为山色有，山色无，山色在若有若无中。说山色有，是晴日所见；山色无，是因为山远；山色在有无中，就是山在虚无缥缈间，也是诗人一贯的无可有、无可无的佛心在诗行间化成的玄同，有对世事无常的悲悯。这句诗，惊了欧阳修和苏轼这两位宋儒的眼目，欧阳修有“平山栏槛倚晴空，山色有无中”句，苏轼有“认得醉翁语，山色有无中”句，一字不敢移易，足见他们对这句诗的敬畏心。欧苏二人是何等样人物，已经如此情不自禁，其他人就可想而知了。

有一种诗，总有一种湿湿的、冰冰的、空空的感觉，带一点微笑，两行泪水，只用常语写来，却用看不见的一团浩气提升着，一看就明白，三思却不能说尽。我们遇见这样的诗，便如同见到了诗的主人，看到了他们的心相，而“山色有无中”就是王维的心相，是他养在胸中的一股浩然之气在天地间的回旋，这是才子本色，也是盛唐本色。李白、杜甫的诗就是这样的好诗，王维的诗也是。古人评价说，“唐无李、杜，摩诘便应首推”，我欣然从之。

读王维的诗，想王维其人，就像面对一片静水，我们能看到天光水影，却不知道水下面鱼的真实样子，这是让庄子都恍惚的世界。我们知道，这是一个得了佛门关照的人间仙才，或者就是佛陀混在诗人队伍里的一个化身。他的世界千变万化而不离其宗，有时候，他浩瀚如水，有时候，他缥缈如山，但是他从不慌张失据，他就这样可风可雅地活在人世间，或坐或行，或进或退，在这个过程中，他捡拾起从神佛指间滑落的古琴，一直在弹拨他的仙乐，发出的声音近乎完美。

空 林 独 与 白 云 期

我们知道，想归隐的人很多，但真正能放下一切既得利益和人世责任，唱着归去来兮的歌，只为自己活着的人毕竟少。王维在长安做官，在辋川隐居。长安到辋川不过一日短程，可是他却不能像关羽那样，在一夕思量后，狠下心挂印封金而去。在往来途中，他是自己的障碍，虽然他大半辈子都在努力超越这个障碍。

七律在王维时代，还是新兴的诗体，到杜甫手里才臻于完美。王维在用七律写下的许多诗中，反复表示着自己要归田的心事。

无才不敢累明时，思向东溪守故篱。

岂厌尚平婚嫁早，却嫌陶令去官迟。

草间蛩响临秋急，山里蝉声薄暮悲。

寂寞柴门人不到，空林独与白云期。

——《早秋山中作》

唐·阎立本·孔子弟子像（局部）

身在曹营心在汉，是王维一生的矛盾。这首诗，就像一封辞职报告。

起笔说“无才”显然是过谦，可是诗人早知道伴君如伴虎，所以才说“不敢”，而赞“明时”也是不能不说的话，这是为臣的本分，走的是《陈情表》的套路。

颔联前句说东汉朝歌人尚子平在子女婚嫁完毕后，遂不问家事，出

游名山大川，后不知所终的故事；后句说隐士陶渊明不为五斗米折腰的故事。诗人拿这二人为自己做挡箭牌，是为了说自己如同岁已秋，日已暮，也想早点回家种田，听草间蛙响，山里蝉声，与白云为伴，做个闲人。不厌人“早”，是羡慕别人；嫌人“迟”归，是恨自己。“急”和“悲”是求理解，求同情。这些句子用作写景，无非是文人悲秋，用信手拈来的蛩响、蝉声、斜阳、暮霭，发百年将尽的空感慨而已，可是用作写人归田的急切心情，那就是最好的比兴。起笔写思东篱，结句写期白云，前呼后应，都是为了写好辞官归隐的急切心情，不为悲秋。

洞门高阁霭余晖，桃李阴阴柳絮飞。

禁里疏钟官舍晚，省中啼鸟吏人稀。

晨摇玉佩趋金殿，夕奉天书拜琐闱。

强欲从君无那老，将因卧病解朝衣。

——《酬郭给事》

桃花李花落尽，叶子渐渐长大，正是柳绵飘雪的暮春时节。一日向晚，诗人独自坐在自家的屋檐下，这一回，是给一个同朝为官的“郭给事”写回信。

诗人在朝廷做官，和郭给事一起，每天在大明宫里过着朝九晚五的生活。这位郭大人是门下省的高级官员，常在大内走动，负责宣旨、审核政令这样的大事，是个头顶光环的大人物。唱酬，就是以诗词相酬答，想必郭大人先写了一首诗请教，王维就酬和了一首。王维自己无意做官，

唐・戴嵩・斗牛图

并不是说别人做官就俗，诗人说郭大人的办公环境很幽雅，工作很认真，看他早晨佩玉秉笏穿戴整齐趋步上金殿，晚上又恭恭敬敬地捧着圣旨离开宫门去宣旨，在下班的“疏钟”和归林的“啼鸟”声中，大多数吏人早就走了，只有郭给事还在加班加点。诗人说，看着你这样敬业，我也想“强欲从君”，见贤思齐，只是我老病缠身，不堪驱使，解衣归田这只是不得已，不是清高。

可见，清高在任何时候都等同于不合时宜，诗人写在桌面上的话里，有对俗世的体贴。

人们多以为“洞门高阁”是写皇宫的飞檐高阁，我觉得也可以理解为诗人坐在他高坡上的别墅里，从门洞里向外看风景。隐士的生活本来就如入深洞，洞门庄严是有寓意的，就像余晖是当下景色，也是诗人的暮年一样。

桃源一向绝风尘，柳市南头访隐沦。
到门不敢题凡鸟，看竹何须问主人。
城外青山如屋里，东家流水入西邻。
闭户著书多岁月，种松皆老作龙鳞。
——《春日与裴迪过新昌里访吕逸人不遇》

这首诗写访友不遇。本来是山中访友，却写成了桃花源一日游。

为什么要去访吕逸人，因为诗人心中自有桃花源久矣。为什么到门“不敢”擅入，因为主人不在家。“凡鸟”是用典——嵇康的林下朋友吕安不拘礼法，他访嵇康不遇，嵇康的弟弟好心接吕安去自己家，吕安不进门，却在人家的门上写了个“凤”字；繁体字的“凤”字拆开看就

唐·佚名·唐人宫乐图

是“凡鸟”二字，这是暗讽嵇康的弟弟是一只凡鸟。诗人这里用此典一说访友不遇，一说主人不俗，不是凡鸟。“不遇”后为什么还不回，是因为不想空来空去，于是说，“看竹何须问主人”，门不能随便进，门前的竹子总是可以随便看的。这一句像随喜赞叹一样，最可爱。“看竹”也是用典——风流才子、史上第一书法家王羲之曾看见吴中一个士大夫家有好竹子，就私闯民宅，对着人家的竹子念念有词；可贵的是，主人不仅不恼，还留他赏竹饮酒，直到宾主尽欢而散。苏轼《于潜僧绿筠轩》诗云：“宁可食无肉，不可居无竹。无肉令人瘦，无竹令人俗。人瘦尚可肥，士俗不可医。”可见有竹子的人家主人都不是俗物。

借着诗人的眼睛，我们远近高低看过去，知道了吕逸人的茅舍在长安城南门外，门掩青山，山近得就像只隔着一道窗帘的距离，阶前还有潺潺流水，曲曲折折流入西邻。有人比邻，这里果然貌似“阡陌交通，鸡犬相闻”的桃花源，起笔虚拟的“桃花源”便成了实景。再从木格窗看进去，能看到堆案盈几的书卷，原来先生终日以书为伴，读读写写，种竹种松过活，此日或去云游，“只在此山中，云深不知处”罢了。从这些简单的生活细节看，这位主人果然是诗题中所说的“逸人”，而不是山野樵夫。诗人门里门外一一看过，难掩一片临渊羡鱼之情。

访友不遇，诗人既来之，则安之，看风景看得很会意，和他同行的裴迪是王维最好的朋友，早年与王维同居终南山，后常伴诗人隐居辋川，二人尽日“浮舟往来，弹琴赋诗”。他同日作的诗前四句是“恨不逢君出荷蓑，青松白屋更无他。陶令五男曾不有，蒋生三径枉相过”，说恨不遇陶令，此日“枉相过”。两首诗相比，用元曲里《咏大蝴蝶》的话说，王维的诗笔“轻轻飞动”，就“把卖花人扇过了桥东”。

后人评说：“此诗淡淡着烟，深深笼水。”是妙诗妙评。

“桃源一向绝风尘。”我想，在我们一生中，虽然没有指点迷津的捕鱼人，但只要能借着这样的诗缘溪行，吹吹桃花风，也像是找到了桃花源一样，也就能吹去许多岁月的风尘。

积雨空林烟火迟，蒸藜炊黍饷东菑。

漠漠水田飞白鹭，阴阴夏木啭黄鹂。

山中习静观朝槿，松下清斋折露葵。

野老与人争席罢，海鸥何事更相疑。

——《积雨辋川庄作》

题目是写积雨，开篇先说积雨。夏日山中多雨，积雨就是连日大雨，“积雨”已成灾，诗人便不是在寻常留恋田园光景，而是有所思。因为天天下雨，堆放在场院里的柴火都湿了，所以炊烟缓迟。主妇好不容易烟熏火燎做熟了饭，就赶紧往田头送。此时正是开镰的时候，田间地头的人们一定正在抢收，雨天也不敢歇息。终南山是秦地，一般没有水田，所以种的吃的也都是“藜”“黍”，可此时却是“漠漠水田”，我想也是因为积雨所致。因为下雨，树木的颜色都变深了，树阴阴的，天也阴阴的。长日阴阴，人心惶惶，只有鸟儿不知积雨成灾之苦，只顾自在鸣啭。

这几句，是在写山中人家稼穑艰难。接着，诗人说自己对这场积雨的体会。

王维是富贵闲人，他不必过一日不作、一日不食的日子，可是他从心里同情这里的乡邻。一场雨，让他重新理解自己山中习静、松下清斋、不问稼穑的生活。他想说，人各有志，人各有命，各有各的难处，我就是个野老，曾经与人争席一场，现在回来，只在山中看着朝开夕谢的木槿花，思考人生的荣枯无常，吃斋念佛，采露葵以供清斋素食，聊度余年而已，并无优越感。为了说得更明白，他说了《庄子》里的两个故事。“争席罢”典出《庄子·杂篇·寓言》，说杨朱去追随老子学道，去的路上沿途的客舍主人都很欢迎他，客人都抢着给他让座；学成归来后，人们却不再刻意礼让他，而与他“争席”，说明杨朱已经得道，已经和光同尘。“海鸥”句典出《列子·黄帝篇》，说海鸥本来与人很亲近，互不猜疑，当人想把海鸥捉回家烹食时，它已经知道人心有变，便远远飞去了。这里，诗人是想说自己早已去机心，绝俗念，随缘而化，与世无争，与大家一样，也在为一场积雨烦恼，希望他们不必相疑。对于修佛修禅的王维来说，这是一片悲悯心。这些清贫的农人，一定为能与王维这样的人比邻而骄傲。诗人这样写，是想让那些达官贵人们深思而慎取，明白他修的是人间禅，并不是风流作秀。

“一生几许伤心事，不向空门何处销。”一世风雨兼程，万般人生感慨，终于化为流水荒烟。晚年的诗人在辋川里过着“居常蔬食，不茹荤血”的生活，与僧人吃斋玄谈，与茶铛、药臼、经案、绳床相伴。然而，终是因为一脚踏在红尘最深处，一脚踏在槛外林泉下，直到去世，王维也未能做成一个彻底的隐士。白发送流年的漫漫时光里，如何领悟不生不灭的实相，成了他六十一年人生里最后的功课。

王维去世后，唐代宗令王维的胞弟王缙编辑王维的诗文。王缙对皇帝“曲承天鉴，下访遗文”的恩遇又感伤又“不胜感戴悲欢之至”，于是搜求亡兄诗笔共成十卷，写成《进王右丞集表》奉上，其中对兄长的行止文章做了全面评价：

臣兄文词立身，行之余力，常持坚正，秉操孤贞，纵居要剧，不忘清静，实见时辈，许以高流。至于晚年，弥加进道，端坐虚室，念兹无生。乘兴为文，未尝废笔，或散朋友之上，或留箧笥之中。

王缙与兄王维俱以名闻，官至宰相，兄弟情谊可比苏轼、苏辙兄弟。“纵居要剧，不忘清静”是王维让人瞻敬处，而“乘兴为文，未尝废笔”就更加可敬，这样的话，出自兄弟王缙笔下，读来有一种近距离的真实和伤感。

明朝人徐献忠说：“右丞诗发秀自天，感言成韵，词华新朗，意象幽闲。上登清庙，则情近圭璋；幽彻丘林，则理同泉石。言其风骨，固尽扫微波；采其流调，亦高跨来代。”“上登清庙”“幽彻丘林”，正是王维的人生两面。《红楼梦》里，那个空空道人说：“那红尘中有却有些乐事，但不能永远依恃，况又有‘美中不足，好事多魔’八个字紧相连属，瞬息间则又乐极悲生，人非物换，究竟是到头一梦，万境归空。”这一段话，放在这里，就更是通俗易懂，而且说的是王维一生的故事。

重温王维的一生，觉得他的人生和弘一法师李叔同的人生惊人地相似。他们都能诗文，善书画，兼通琴瑟，曾经都是人间最赏心悦目的少年才子，学什么像什么，做什么成什么。他们同样出生在官宦人家，父亲早逝，而且都有恋母情结，事母至孝；他们的母亲都是佛教徒，他们自幼就随母亲吃斋奉佛，坐禅诵经；他们同样在红尘里翻了几个跟头后，都想悬崖撒手。不同的是，李叔同是有多远走多远，而王维却走在半坡上，上不去，下不来，行道迟迟。

“秋水芙蕖，倚风自笑”，是后人对王维风神的演绎。

一代天才王维，诗歌若清风明月，书画若壁上山水，风姿若神仙衣冠，样样不落人间声色。他从盛唐的风雅颂里走来，走进一片灵沼福地，开出万朵秋水芙蓉，千古以来，让神明景仰，人人念怀。

愿诗人拂袖长归后，依然住天宫辋川，遇瑶池武陵。

对此可以酣高楼

大风走石，皆来自正气之应。

他是一块补天余石，谪落在盛唐的红尘里，“五岳为之震荡，百川为之崩奔”。

他是一场大风，回旋在盛唐的天空，“吐峥嵘之高论，开浩荡之奇言”，唱他自己的大风歌。

他的故事有时候很流畅，有时候很纠结。他有时候看似最潦倒，却充满希望；有时候梦想破灭，却从不辗转反侧。大部分鸟儿都生活在树上，而他是一只大鹏，一生在高处飞鸣嗜嗜，唱出了大唐最高音。玉盘金樽，山花流水，清风明月，于他而言，都尽得风流。

他就是李白。

李白出生于公元701年，生在盛唐，长在盛唐，是盛唐文化浇灌的花朵。千年以来，人们一直没有弄明白他的祖籍，或以为他出生在极西边的吉尔吉斯斯坦的碎叶城，或是四川绵阳江油的青莲乡，或是唐朝的龙兴之地陇西成纪。能确定的是，他生于一个富商之家，是富二代，天生一种骄傲疏狂的样子，出入之间，自以为能平交王侯，俯视巢许。五岁通六甲，十岁作诗文，十五岁已经名动天下，“吟诗作赋北窗里”之余，兼好剑术，喜任侠。学成长成之后，和别人不同的是，他把人生过颠倒了，在大家都挤在科举的独木桥上时，他不屑一顾，十八岁就隐居大匡山，读书之余，求仙学道。一个人的性情和学问养成，先天后天各半，这样的家世、天资、学问和经历，在文化多元、儒道并行的大唐，意外地造就了李白这样一个矛盾的人物，他又要做辅弼大臣，又要做神仙隐士，这种一张一弛的人生态度，影响了李白一生。

对李白的通天之才，杜甫是服气的，他说李白“笔落惊风雨，诗成泣鬼神”。李白就是唐朝的一场暴风雨，一个“惊”字，是我们面对这场暴风雨的同感。李白不可学，不可说，为了能和李白很好地交流，我翻遍了几乎能找到的所有的诗话词话。最终，我明白了，用现在的话说，我和他“正确的打开方式”，只能是处变不“惊”，以平常心读他，以不变应万变。

我们只要读过大约二十首李白的诗，就知道他和别人不一样。他总是醉倒在有月光的路上，饮酒、游历、学道，这是他人生的三件大事。在这个过程中，他声情并茂、悲欣交集、感情激烈、语言夸张地写诗，各体兼擅，越是没有规矩的诗写得越好。

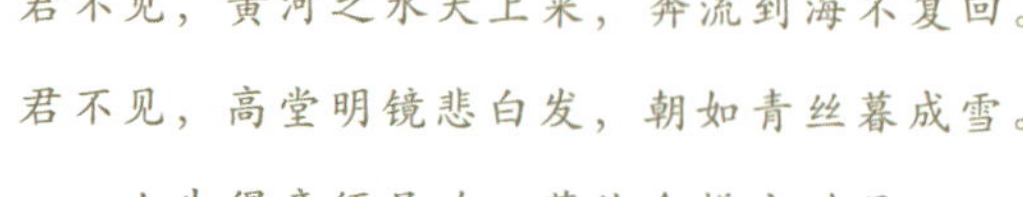

君不见，黄河之水天上来，奔流到海不复回。

君不见，高堂明镜悲白发，朝如青丝暮成雪。

人生得意须尽欢，莫使金樽空对月。

天生我材必有用，千金散尽还复来。
烹羊宰牛且为乐，会须一饮三百杯。
岑夫子，丹丘生，将进酒，杯莫停。
与君歌一曲，请君为我倾耳听。
钟鼓馔玉不足贵，但愿长醉不复醒。
古来圣贤皆寂寞，惟有饮者留其名。
陈王昔时宴平乐，斗酒十千恣欢谑。
主人何为言少钱，径须沽取对君酌。
五花马，千金裘，呼儿将出换美酒，与尔同销万古愁。
——《将进酒》

有人喝醉后浅斟低唱，有人喝醉后一枕贪欢，李白用诗醒酒。

李白人生的巅峰时期就是在唐玄宗身边的三年。二十四岁时，李白开始“仗剑去国，辞亲远游”，广交天下名流，干谒权贵，其间“风闻言事”，不失时机地给唐玄宗写了《大猎赋》那样的贺圣文章，遇到了写下“少小离家老大回，乡音无改鬓毛衰。儿童相见不相识，笑问客从何处来”的状元诗人、朝廷命官、太子老师贺知章，被贺知章惊为“谪仙人”而倾力引荐，诗友中与孟浩然最和谐。就这样，在“行路难，归去来”的辗转反侧中，不觉忽忽二十年过去，直到四十三岁那年，诗人终于踏上长安道，空降帝王家。

据说，李白进宫朝见那天，玄宗降辇步迎，“以七宝床赐食于前，亲手调羹”。本来以为可以从此进入一个新的历史时期，没想到只是当了个“供奉翰林”的闲差，主要工作就是侍候皇帝一家和王公大臣，写皇家宴饮游猎的命题诗，将宫廷娱乐进行到底。看着别人的富贵风流，骄傲的诗人难免失落，行为也越来越不靠谱。比如：传说他让宠宦高力

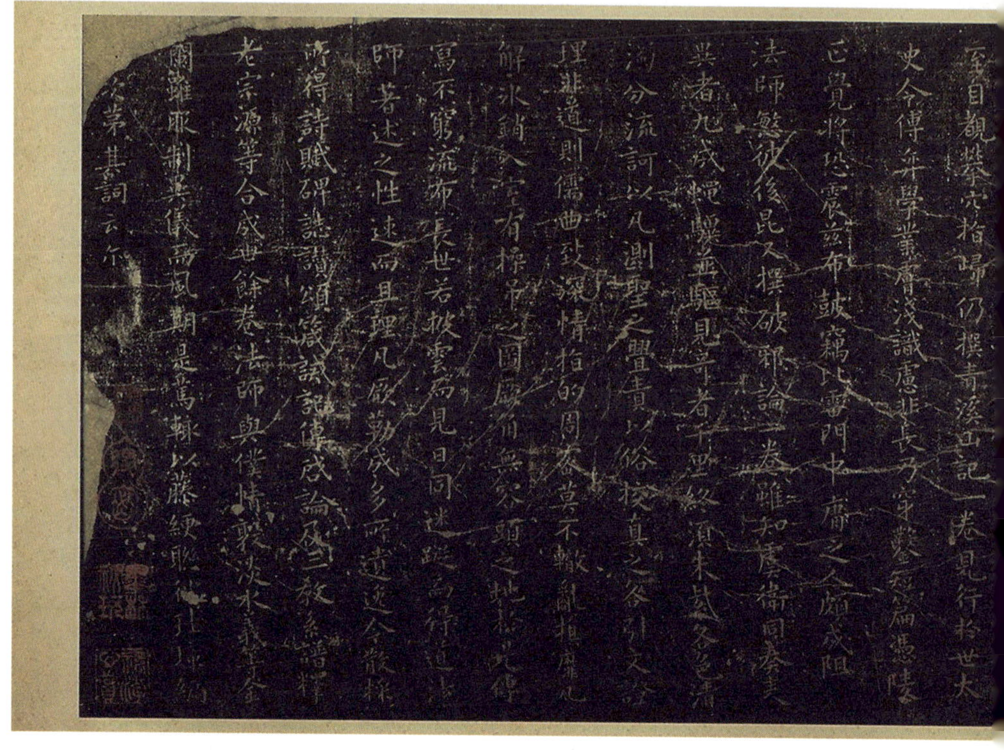

士脱靴；因为酒醉误事，玄宗呼之不朝，等等。最终因为心不在焉，赞美杨贵妃的诗也写得四面漏风，“借问汉宫谁得似，可怜飞燕倚新妆”，用红颜祸水、以自杀了结的赵飞燕比此时炙手可热的杨贵妃，于是难免谗谤四起，最终被忍了很久的唐玄宗赐金放还。就像一只“张羽毛于天门”的大鹏从最靠近天空的地方跌落到尘埃里一样，李白前半生的仕路运作至此全部归零，这是他人生的一个转折点，他挥泪辞别妻儿，唱着“仰天大笑出门去，我辈岂是蓬蒿人”的高调，又醉倒在有月光的路上。

这首诗作于公元 752 年，李白离京后，漫游梁宋，与友人岑勋、元丹丘相会。“将进酒”，就是“请饮酒”的意思，是乐府古题，原是汉乐府短箫铙歌的曲调，常以“君不见”起笔或落笔。这首诗以“君不

唐·虞世南·破邪论序

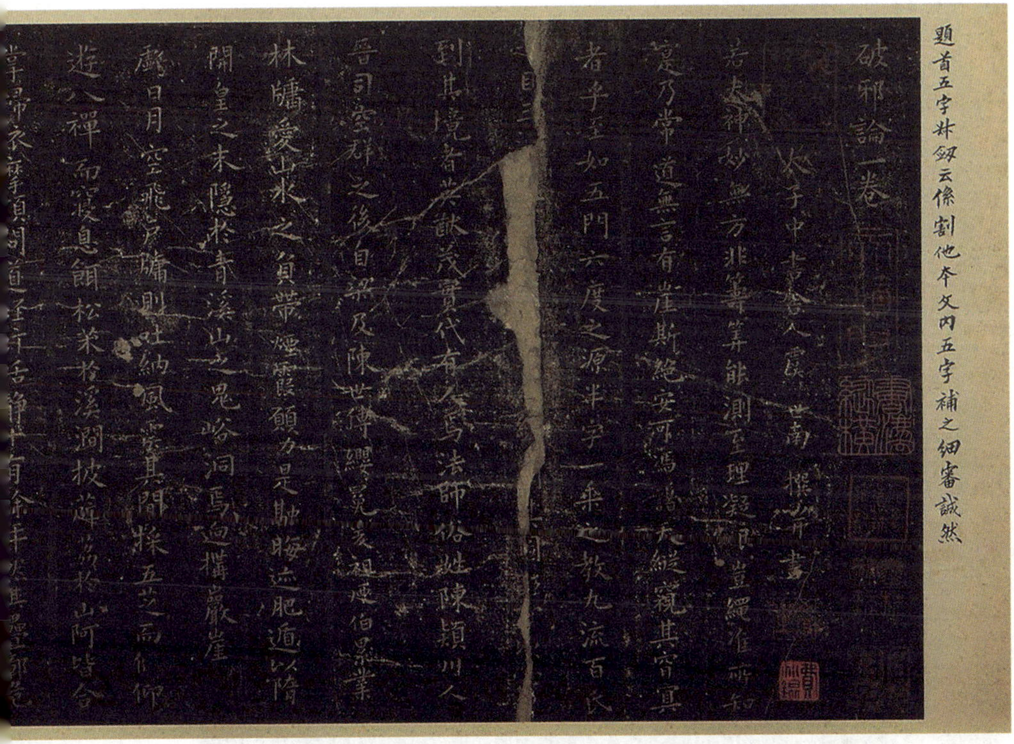

见”提起，是借了乐府诗起笔的方便，就像说“各位看官”“话说”一样，有强调的作用。诗人说，人生苦短，聚散无常，年貌倏改，河流莫返。然而，天生我材，必有大用。钱花光了可以再挣，只有青春难再。今天有兴致，有酒钱，还有岑夫子和丹丘生陪伴，此时不饮，更待何时。在父兄“煮豆燃豆萁”的煎熬里进退两难的陈思王曹植不也曾经这么喝过嘛。所以，今日我们只须一饮三百杯，方为解脱之道。

想象中的李白一定是个红脸大汉，不是《儒林外史》中的任何一个人物，倒与鲁智深有几分神似。他热情似火，精力过剩，极度需要别人的认可。走到哪里，他都是中心，觥筹交错时，他常常大手一挥，吩咐左右：“岑夫子，丹丘生，将进酒，杯莫停！”“安能摧眉折腰事权贵，

五代·佚名·浣月图

使我不得开心颜！”喝！风流快活，神采飞扬，占尽人脉气场。

“酒入愁肠，化作相思泪”那是宋儒的斯文，酒入李白愁肠，却如沧海汇流，能直接贯通儒与道、天与地、主观与客观的血脉。杜甫说：“李白斗酒诗百篇，长安市上酒家眠。天子呼来不上船，自称臣是酒中仙。”李白自己说“三杯通大道，一斗合自然”“两人对酌山花开，一杯一杯又一杯”“天若不爱酒，酒星不在天。地若不爱酒，地应无酒泉。天地既爱酒，爱酒不愧天”。时光无限，人生有尽头，青丝白发，朝朝暮暮，李白活在对生命悲剧最清醒的认识里，他总是在悲愤至极时，转作狂歌狂饮的样子。在这样的日子里，诗人们或欲说还休，或道天凉好个秋，或无言独上西楼，而李白只说：“将进酒！”只有“将进酒，杯莫停”，满身的才子不平之气才能立刻“白云从空，随风变灭”，散入烟霞。

李白有一篇《春夜宴从弟桃花园序》，写得极好：

夫天地者万物之逆旅也，光阴者百代之过客也。而浮生若梦，为欢几何？古人秉烛夜游，良有以也。况阳春召我以烟景，大块假我以文章。会桃花之芳园，序天伦之乐事。群季俊秀，皆为惠连；吾人咏歌，独惭康乐。幽赏未已，高谈转清。开琼筵以坐花，飞羽觞而醉月。不有佳咏，何伸雅怀？如诗不成，罚依金谷酒数。

“夫天地者万物之逆旅也，光阴者百代之过客也”，因为对世事茫茫、光阴有限过于敏感，所以李白常说“浮生若梦，为欢几何”这样丧气的话，在他看来，“人生飘忽百年内”，所以不必太执着，“且须酣畅万古情”。在《春日醉起言志》诗中，诗人说：“感之欲叹息，对酒还自倾。浩歌待明月，曲尽已忘情。”意思仍是说，我之所以终日醉，是因为我明白“处世若大梦，胡为劳其生”。人生一梦，醒着也是醉着，所以，情绪纠结时，他很快就能用一壶挥尘，一曲忘情，“幽赏未已，高谈转清”。

《唐诗广选》引杨升庵曰：“太白狂歌，实中玄理，非故为狂语者。”是哲人解语。

弃我去者，昨日之日不可留；

乱我心者，今日之日多烦忧。

长风万里送秋雁，对此可以酣高楼。

蓬莱文章建安骨，中间小谢又清发。

俱怀逸兴壮思飞，欲上青天揽明月。

抽刀断水水更流，举杯消愁愁更愁。

人生在世不称意，明朝散发弄扁舟。

——《宣州谢朓楼饯别校书叔云》

“弃我去者，昨日之日不可留；乱我心者，今日之日多烦忧。”

“抽刀断水水更流，举杯消愁愁更愁。”

这首诗的特别处就在这两组句子里，这样的句子自有诗以来从没有过。本来就是昨日不可留、今日多烦忧、抽刀断水、举杯消愁这些简单的意思，经他添减一番，就有了横槊赋诗、弹铗而歌的气势，有了苏轼说的“如歌如诉，如怨如慕”的萦回。

公元753年，李白走到宣州的谢朓楼时，遇到了故人李云。饯行宴上，他一定先是用他夸张的叙述方式再次讲述了宫中八卦和他三年的帝里风光，然后在这个日近长安远、皇帝听不到他发牢骚的地方，继续写他的“离骚”。

“昨日之日”与“今日之日”在在不同，昨日一言难尽，今日日月不居，光阴不驻，朋友又要劳燕分飞，各种烦恼非止一端。然而，朋友满腹蓬莱文章，诗人自己一身建安傲骨，如此两个人物，又与诗文俊秀的前辈谢朓风骨暗合，眼前又有寥廓天空，遍地都是万里长风，又怎么不让二人“俱怀逸兴壮思飞”。于是，诗人只于高处一抬望眼，就一笔扫空昨日今日万种烦忧，眼见“长风万里送秋雁”，由此引动“欲上青天揽明月”之心。收笔以去冠披发、浮舟江湖作结，是李白能看到的红尘边缘的渔樵逸兴，虽如抽刀断水，举杯消愁，却也远离了栖身仕宦、载沉载浮的“不称意”。

古人评李白最得风神：“太白天才超绝，用笔若风樯阵马，一片神行。”这首诗写愁，写愁更愁，愁的是过去、今日、将来的大事，可是我们读来，却如遇“风樯阵马”一样，只看到文字帆列，笔阵纵攅，振起一片精神，一点愁的意思都没有。这里面，一定有我们不知道的诗人与人生的高度和谐，这种道理，也许只有天知地知，庄子知。

“天马行空，神龙出海”“其动也神应，其行也道俱”，这样的大词就是为李白准备的。

我们读李白的诗，第一感觉就是很有气势，很过瘾。他长长短短地写来，有时夸张得不着边际，让人感觉神龙见首不见尾。可以这样说，杜甫的诗是从沙里炼出来的，是“吹尽黄沙始到金”，可谓精准狠；而李白的诗是天风吹来的，他捡到的每一片都是金子，而不是“误将黄叶当金拾”，可谓短平快。

唐・吴道子・维摩诘经变图壁画

我本楚狂人，凤歌笑孔丘。
手持绿玉杖，朝别黄鹤楼。
五岳寻仙不辞远，一生好入名山游。
庐山秀出南斗傍，屏风九叠云锦张，影落明湖青黛光。
金阙前开二峰长，银河倒挂三石梁。
香炉瀑布遥相望，回崖沓嶂凌苍苍。
翠影红霞映朝日，鸟飞不到吴天长。
登高壮观天地间，大江茫茫去不还。
黄云万里动风色，白波九道流雪山。
好为庐山谣，兴因庐山发。
闲窥石镜清我心，谢公行处苍苔没。
早服还丹无世情，琴心三叠道初成。
遥见仙人彩云里，手把芙蓉朝玉京。
先期汗漫九垓上，愿接卢敖游太清。

——《庐山谣寄卢侍御虚舟》

这首诗作于唐肃宗上元元年，即公元760年。

唐肃宗时，暮年的李白“谈笑安黎元”“终与安社稷”之心不泯，因为“长安不见使人愁”，转而投身永王李璘幕府帐下，没想到站错了队，后因李璘丹阳起兵叛乱，兵败后殃及池鱼，李白被治罪流放夜郎，幸而途中遇赦，于是他欢眉喜眼地“两岸猿声啼不住，千里江陵一日还”，从湖北武昌前往江西九江，沿途还重游庐山，遥望庐山瀑布，写下“飞流直下三千尺，疑是银河落九天”的千古绝唱还不尽兴，又作诗遥寄朋友卢虚舟。

诗先写作者行踪，次写庐山形胜，末写隐退幽居的愿景。诗人一世长路走来，政治理想破灭，对人世的热望变冷，他最终能找到的摆脱世俗羁绊的路径，就是进入缥缈虚幻的仙境，了结此生夙愿。读这首诗，我们仿佛能看见，在这幅屏风九叠、影落明湖、双峰对峙、银河倒挂、白波九道、大江茫茫的万里江山图里，有一个渺小的、苍老的、以楚狂人陆通自况的谪仙，正在杖藜而行，他想借一根镶有绿玉的仙杖遍游五岳，他想踏着谢灵运踏过的斑斑苍苔，在悬岩石镜前重整道冠，修成让他心神宁静的“琴心三叠”道法，他甚至像战国时燕人卢敖那样，已经与神仙约好了归去的时间，他将在“彩云里”“遥见仙人”，与仙人一起归彼大荒，他幻想着，等到他“道初成”时，就可以“手把芙蓉”，了无世情，从此风云不动……

盛唐国力强盛，士人渴望建功立业。李白的才情四通八达，他不只是在诗中挥洒他的天才，诉说他

五代南唐·巨然·山水图

怀才不遇的故事，他也在自觉践行着儒道精神，以“奋其智能，愿为辅弼，使寰区大定，海县清一”的功业自许，以“谈笑安黎元”“终与安社稷”的理想自励，希望能像姜尚辅佐明君、像诸葛亮兴复汉室那样济世利民。可是，现实却常常如他在《鸣皋歌送岑征君》诗中所言，是“鸡聚族以争食，凤孤飞而无邻。蝘蜓嘲龙，鱼目混珍；嫫母衣锦，西施负薪”那样的白与黑。小人得志，如同群鸡旋聚争食于朝堂；君子失势，却如孤凤无邻而远飞于山林。蜥蜴敢笑巨龙，鱼目可以混珠；嫫母衣锦受宠，西施负薪为奴。诗人说自己实在没有“沽名矫节以耀世”的本事，所以只能“弃天地而遗身”。他每以大鹏自比：“大鹏一日同风起，扶摇直上九万里。假令风歇时下来，犹能簸却沧溟水。”君子先器识而后文艺，他的诗，也像他描绘的大鹏一样，“左回右旋，倏阴忽明”，能使“斗转而天动，山摇而海倾”。

有位诗人说：如果我在飞，我就是翅膀。

在大唐的天空下，李白纵情地飞翔着，歌唱着，他的歌声，散发着非同寻常的勃勃生机。在阳光下，在风雨中，在四时不同的冷暖中，他都在飞翔，并且用不同的声音歌唱。他动能御风，静如潜龙——高兴时美酒清歌，仰天大笑；悲愤时，“捶碎黄鹤楼”“倒却鹦鹉洲”——歌哭笑骂，无所避忌。他的人生充满了我们不懂的欢乐和悲伤，他的歌声，激发着我们的心灵，让我们对他那片辉煌的天空充满了幻想和崇敬。

“大鹏飞兮振八裔。”

“余风激兮万世。”

余风激万世，这是李白的自期，也是他最配享用的万世香火。

万 里 送 行 舟

古人论画时说："风有大风，云有轻云，大风有吹沙走石之势，轻云有薄罗引素之容。"

丰富的生命是由丰富的经历组成的，读李白有多种角度，多种美感，他时而大风走石，时而云淡风轻，立定红尘，跳出三界，所得皆是方便。

渡远荆门外，来从楚国游。

山随平野尽，江入大荒流。

月下飞天镜，云生结海楼。

仍怜故乡水，万里送行舟。

——《渡荆门送别》

五代南唐·周文矩·明皇会棋图（局部）

读万卷书，行万里路，是唐朝诗人共同的求职路径。这首诗是李白二十四岁出蜀至荆门时赠别家乡之作。年轻的诗人初次离家壮游，怀揣长安梦，意欲“南穷苍梧，东涉溟海”，全身都是满满的正能量。他朝发青溪，暮向三峡，下渝州，渡荆门，长江两岸高入云霄的崇山峻岭一路看来，让他惊喜莫名。

全诗就像一幅动态的山水图，二、三联是当然的名句。大江固然是流动的，而山本来是在坐送行舟，诗人偏写“山随平野尽”，这是行路人的恍惚之见。行舟摇摇一日，两岸青山与舟侧逝水是白日所见，“飞天镜”与“结海楼”是日暮所见，由二、三句，我们知道船已驶出三峡，群山渐远，眼前只见沃野千里，江天高旷。日暮时分，一轮明月照水，水色天光，上下一色，加之暮色笼烟，风云变幻中，水天相连处恍如海市蜃楼。

唐诗的结构，可以简单概括成三句话：开始说真实的事，中间写莫名的景，最后收散乱的心。这首诗由事入景，结句收心，“仍怜故乡水，万里送行舟”，说荆门的风景是新相识，万里相随的滔滔江水才是旧知音。诗题是“渡荆门送别”，诗中却不见人，只由这句恋恋不舍的话里我们知道，这首诗应该是写给故乡的。如此想来，诗题叫“渡荆门留别”更好。

“仍怜故乡水，万里送行舟。”诗人已经将途中楚蜀山水断续、明月仙境真幻写得一笔不遗，唯经此一“怜”，读来有点酸楚，诗才摇曳生姿，天地人才和合为一。

青山横北郭，白水绕东城。
此地一为别，孤蓬万里征。
浮云游子意，落日故人情。
挥手自兹去，萧萧班马鸣。
——《送友人》

送人的人，已经送至城郭外、离亭前，城外少人，只看见青山一面，清水绕城。诗人心里知道，此地一别，友人就像一棵断草，随风飞旋，远隔万里；而自己就像落日一样，只能在此地驻望，不知其期。

这首诗创作年代不详，诗中少了李白式的豪气洒脱，很像是一个中年人告别时黯黯的样子，有一股深潜的聚散无常的悲辛。一天最难过的时间是黄昏，黄昏最难过的事情是送人，因为之后的这个夜晚，会是这几日里最孤独的夜晚，这是我们对人世的体会。而诗人在这个时辰送人，看到的当然是暮云落日的萧瑟。浮云一往而无定迹，落日衔山而不落尽，待到云归日落时，诗人也会在郊外黯淡下去。

送人时，将行未行时最难将息，走的不想走，送的又留不住，眼看天色将晚，终是要“挥手自兹去”时，人已经忍住了，可此时两匹并排站着的马相对萧萧的嘶鸣声，却是惊天一划，顿时让人崩溃。

人生多送别，能在送别后为朋友写一首诗，这个人就是诗人不忍送走的人。青山不动，绿水长流，落日有意，暮云斟情，人常在旅途，这就是唐朝的一个真实的黄昏，在某一个郊外发生的故事，特别是这一声凄楚的“萧萧班马鸣”，已经永远地回响在了时光深处。

见说蚕丛路，崎岖不易行。

山从人面起，云傍马头生。

芳树笼秦栈，春流绕蜀城。

升沉应已定，不必问君平。

——《送友人入蜀》

公元743年，李白身在长安，友人入蜀，要去往他的家乡蜀地，诗人作诗相送。

送友人入蜀，李白知道朋友此行是宦游，于是先以蜀人身份告知友人“蜀道难”，再以自己一地鸡毛的仕宦经历，告诉友人宦途更难。蜀道虽难在山高路险，然而多加小心尚且得过，而人生的艰险却在暗处，已成宿命，虽神仙指路亦不得过。“崎岖不易行”是一笔两面，语短意深；“不必问君平”，是说不必问那个卖卦问卜的叫“君平”的半仙，因为问了也是白问，这是朋友间的私房话。

唐 · 李昭道 · 明皇幸蜀图

千年以来，蜀道让很多古人望而却步，都是让李白“噫吁嚱，危乎高哉！蜀道之难，难于上青天”这句布在人口的惊叫给吓住了。蜀人李白最会写“一夫当关，万夫莫开”的蜀道。他在《蜀道难》里，把蜀道之难写得像惊悚片的话外音，如果用低沉的声音慢悠悠读来，尤其可怕：“西当太白有鸟道，可以横绝峨眉巅。地崩山摧壮士死，然后天梯石栈相钩连。上有六龙回日之高标，下有冲波逆折之回川。黄鹤之飞尚不得过，猿猱欲度愁攀援……”鸟道天梯横绝峨眉，“连峰去天不盈尺”，其高处不仅黄鹤飞不过，猿猱攀不上，而且走在山路上，还要“朝避猛虎，夕避长蛇”，因为它们就蹲伏在草莽间，“磨牙吮血，杀人如麻”。这样天上地上、云里雾里一通夸张，果然能“使人听此凋朱颜”，脸色发白，站在那里一动不敢动，进不得，退不得。他不理解，“其险也如此，嗟尔远道之人胡为乎来哉！”所以，他劝来人早早打道回府，“锦城虽云乐，不如早还家”，梁园虽好，不是久留之地，行路难，归去来！

古人常拿李白和杜甫比较，遇到《远别离》《蜀道难》《梦游天姥吟留别》这样的诗，杜甫的粉丝就会弱弱地说“杜子美所不能到”，其“变幻恍惚，尽脱蹊径”处，“实与屈子互相照映”。还有人说，其“劈空落想，窍凿幽发，应使笔墨生而混沌死”。混沌开七窍而死，李白如此泼墨，却大开文字生面。这样的评点，是靶向思维，只针对李白一个人。对李白这种乍起乍落、虚虚实实，“真与河岳并垂不朽，谁敢并于一处”

五代南唐·巨然·万壑松风图

的奇文，郝敬在《批选唐诗》一书中大发感慨："太白长歌，森秀飞扬，疾于风雨，本其才性独诣，非由人力。"并且说，这样"非由人力"的诗，后人一旦效颦，"便入恶道"。

如果说《蜀道难》是从过来人的角度写的后怕，那么这首诗中，"山从人面起，云傍马头生"则是从送行人的眼光看过去的担忧。诗人知道，蜀道千里，其间万山环合，处处生云，马前数尺，即不辨径壑，这是友人一马独行时势必要经历的险相，所以必须先有心理准备。接下来的"芳树笼秦栈，春流绕蜀城"一联，笔力明显放缓，诗人流水落花地写来，是想让友人把心放宽，喘口气，说虽然道阻且长，但是只要一直往前走，不要向两边看，终能看到天府春光，不必"一谈一笑失颜色"。能放能收，由此可见粗人也有细处。

送君灞陵亭，灞水流浩浩。

上有无花之古树，下有伤心之春草。

我向秦人问路岐，云是王粲南登之古道。

古道连绵走西京，紫阙落日浮云生。

正当今夕断肠处，骊歌愁绝不忍听。

——《灞陵行送别》

从字面上看，和上面几首诗相比，这首歌行体的送别诗就直白得不用再译了。可是，从诗人选的地点和历史人物来看，这首诗更像是关于唐朝命运的一个隐喻。

我们都知道，贾宝玉在秦可卿房间里看到的那些古董是一个隐喻的世界，隐喻着作者不便说出的话。这首诗里，灞陵就是白鹿原，是汉文帝陵寝之地，因有灞水流过，遂称灞陵。在长安东南三十里外，有灞陵古亭，立在灞水河边，古人常在此折柳送别，是“天下伤心处”。王粲是东汉末年著名文学家，建安时代著名诗人，“建安七子”之一，因文采出众，被称为“七子之冠冕”。他曾经避难南下荆州，途中作《七哀诗》，写战乱之祸，诗中有“南登灞陵岸，回首望长安”句。“西京”指长安，“紫阙”指帝王宫殿，“骊歌”源自《诗经·骊驹》，是写古人整驾离别情景的诗。

唐·陆耀·六逸图

这首送别诗当作于公元743年或744年春，当时李白入仕长安已有一段时日，对伴君如伴虎和官场沉浮深有体会。从诗里看，诗人所送的行者也是一个仕途失意之人，“我向秦人问路歧”“紫阙落日浮云生”这些话里，有“昔我往矣，杨柳依依，今我来思，雨雪霏霏”的参差对照。

“上有无花之古树，下有伤心之春草。”明明是春天，而古树无花，春草伤心，人在伤心桥下，对伤心景，送伤心人，而且朋友南行之途，走的又是当年王粲避乱时走过的古道，从古道回望长安，在巍巍的宫殿上，又是夕阳西沉，乱云黯黯，一片山雨欲来风满楼的样子。于是，写到“正当今夕断肠处，骊歌愁绝不忍听”的结句时，诗人已经愁肠百结，心知肚明，却有话不敢明说，只做出肠断有谁知的样子。

西京古道、暮霭紫阙、浩浩灞水，以及无花古树、伤心春草、曾在灞陵道上留下足迹的古人等，都在隐喻着诗人对于时局的深虑。全诗从送别引出，暗暗向着历史和现实、国家和个人命运方面扩展，因而给我们以世事浩茫的提醒，也为诗人和他朋友的前途提着一颗心。

除了长安三年的庙堂经历，李白一生处江湖之远，漂泊天地间，无官无势，却名动天下，四海之内皆兄弟，除了文采飞扬占尽人脉气场，他还占有性格开朗的优势。他快人快语，心地单纯，没有机心，哪里有他哪里就热闹，哪里有他哪里就有诗。与人来往，他临行时留别，人走时送别，思念时遥寄；人喜时贺，人贬时忧，人亡时悼。送杜甫，他依依不舍，以“飞蓬各自远，且尽手中杯”相劝；赠孟浩然，他说，“吾爱孟夫子，风流天下闻”，一片爱意；给农民汪伦写诗，他说“桃花潭水深千尺，不及汪伦送我情”，视众生平等；送杨山人归嵩山，他希望山人为自己“长留一片月，挂在东溪松”。青春年少时，他挥别金陵少年，“系马垂杨下，衔杯大道间”，一脸阳光灿烂；人到暮年，在赠老友的诗中，他也有“春风余几日，两鬓各成丝”的黯然。

一世人生，李白如“黄河落天走东海，万里写入胸怀间”一样，带着一支笔潇洒走四方，且行且歌，义胆包天，忠肝盖地，天下无人不识君。

长安一片月

从“月出皎兮，佼人僚兮”开始，历代文人吟咏月亮的诗歌，照亮了整个诗歌史。

有时候，我想，古代的月亮一定比现代的圆，比现代的亮，可能还比现代的多，所以古代诗人多。诗人喜欢写月亮，也会写月亮——不像我们现代人，尤其是城里人，早就不太注意月亮的变化了——在那个时候，有月亮的晚上和没有月亮的晚上是大不一样的。

李白的天才与豪放后人望尘莫及，他并非工于技巧，而是得之于天。读李白的诗，就像看黄河决堤、醉汉驰马，有刀光剑影的声色。但例外的，是他吟月的诗歌，篇篇都小巧玲珑，轻声慢语，就像微醺时的浅斟低唱一样，有一种朦朦胧胧的自然情态。

长安一片月，万户捣衣声。
秋风吹不尽，总是玉关情。
何日平胡虏，良人罢远征。
——《子夜四时歌·秋歌》

这首诗是《子夜四时歌四首》里的第三首，诗人在这组诗里，分别以春夏秋冬为题写了四个情景。春歌写“红妆白日鲜”，让路人“来往相撞将”，让王孙公子“五马”流连的秦罗敷“采桑城南隅”的故事；夏歌写西施在三百里镜湖采莲回舟时被万人围观，以致若耶溪边交通堵塞的故事；秋歌写长安思妇在月下为远征的良人织布捣衣的故事；冬歌续写一个女子为远在临洮边关的夫君“一夜絮征袍”的故事，因为“明朝驿使发”，她不得不加班加点。四首诗连并起来，就是四扇美人锦屏。

《子夜歌》原是乐府民歌，这种曲子大多是五言四句，后来延伸出多种变曲。语言质朴，多用比兴和谐音，写男女之间“欢”“会”“怜”“思”“负”“别”“恨”各种凡情俗态，风格就像《诗经》里的国风一样，满纸野天野地的风情，大胆的如“婉伸郎膝上，何处不可怜”“已许腰中带，谁共解罗衣”；含蓄些的如“恃爱如欲进，含羞未肯前”“怜欢好情怀，移居作乡里”等等，全是民间的、含混的自然激情，像现在民间流传的“花儿”和“信天游”一样。

在这首诗里，诗人用“长安一片月，万户捣衣声”浅浅两笔，就将整个长安城写得一片动荡不安。长安月下，可以对一树梅花，共一樽美酒，可是诗里面的女子却独自低头含泪，为她远在玉门关的良人做征衣。诗不写正面战场的杀喊声，只写后方一片捣衣声；不写征夫的血，只写思妇的泪；不写玉门关外的荒寒，只写都城长安一片无情无绪的月光。秋风催冷了季节，明月引动了离思，孟姜女在赶制寒衣。“万户捣衣声”是有些夸张，诗人是想强调，在这么好的月夜，长安城就在这样一片此起彼落的砧杵的悲声中，笼罩在千门万户对战争的恐慌与怨怒里。

最喜欢“长安一片月”“落叶满长安”这样于“天壤间拾得”的句子，看似浅浅的，却是最无边无际的景深，读来有说不出的迷离和伤感。《诗薮》里说：“意愈浅愈深，词愈近愈远，篇不可以句摘，句不可以字求。”这首诗里，诗人顾左右而言他，有多少话要说却不说，只是借得一片月魂、万户砧声，向人示意。

床前明月光，疑是地上霜。

举头望明月，低头思故乡。

——《静夜思》

这是我们从三岁起就会念的诗，短短几句，洗尽诗酒年华、江湖声色，宛若一首民间小唱。

后人读这首诗，常对“床”这个字生出许多疑问，除了说是床以外，还有井台、井栏、窗、椅之说。我觉得哪个都很好，或在院中，或在屋里，月光照在哪里都不重要，重要的是，它在此夜照在了李白心里，天地间才有了这样一首诗。

写这首诗时，诗人才二十六岁，时在扬州，而他那个不太明确到底在哪里的家一定在千里之外。同时同地写的还有一首五言排律诗《秋夕旅怀》，诗里写道：“凉风度秋海，吹我乡思飞。连山去无际，流水何

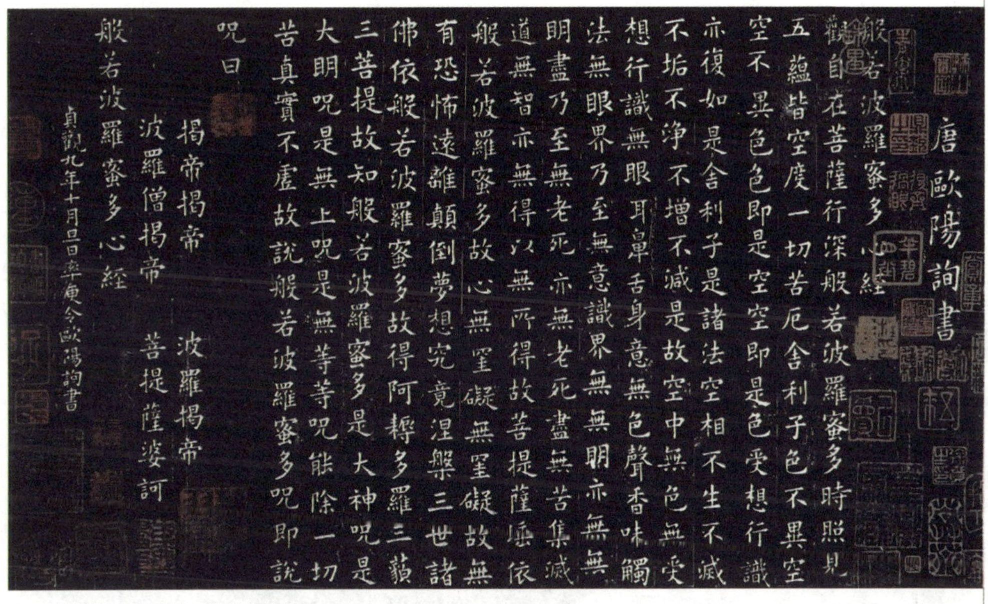

唐 · 欧阳询 · 般若波罗蜜多心经

时归。”诗人说，秋风吹在海面上，吹动了我的头发，也吹起了我的思乡之情，可是家山万里，我的人生如流水不驻，逝者如斯，让我如何不想家。相比之下，在这首小诗里，诗人没有那么多色相铺叙和莫名感慨，他只是直愣愣地说，天凉了，霜降了，月亮升起来了，我想家，抬头低头都想。如果这首诗是杜甫写的，我只会黯然神伤一下；但因为是李白写的，就让人落泪。一个不常回家的人，想家想得这样枯寂，这样百无聊赖，这就是真想了。

李白不是那种琐碎的人，他的志向是做辅弼大臣，使海晏河清，所以一生萍踪浪迹，寻求仕进之途，不治产业，不恋家小，一般也不会儿女情长地说话；可是，他只要写到家，写到妻子儿女，就会让人怦然心动。他嘴里说着“但使主人能醉客，不知何处是他乡”，可是，秋天，他“思归若汾水，无日不悠悠”；冬天，“朔风正摇落，行子愁归旋”流露了他盼归之切。在《南陵别儿童入京》里，这个从山中回来的、“呼童烹

唐・郑虔・峻岭溪桥图

鸡酌白酒，儿女嬉笑牵人衣”的、神情飞扬的父亲，让儿女个个喜笑颜开，一点父子久别的违和感都没有；在《寄东鲁二稚子》中，这个三年没有回家的诗人，在“吴地桑叶绿，吴蚕已三眠”的春天，想起三年前在东鲁时，他在自家院子里种的桃树也许已经长到房檐那么高了，他的小女儿当年“折花倚桃边”，儿子“与姊亦齐肩”，三年了，想着女儿“折花不见我，泪下如流泉”、儿女“双行桃树下，抚背复谁怜”的可怜样子，诗人“念此失次第，肝肠日忧煎”，一下子就乱了方寸，田园将芜胡不归？于是先“裂素写远意”，再恨不能星夜驰奔，千里江陵一日还……

对于出门在外的人，故乡不思量，自难忘，白天还好过，遇到这样有月光的夜晚，一人独卧，于不经意间，突然就一阵心慌，想起故乡，想起白发的父母、孤单的妻儿、院子里那棵老槐树、小吃一条街，还有往事如烟，年华如流水，漂在外面的各种辛苦不值，这一切一切，就像

"有情风万里卷潮来，无情送潮归"一样，潮来潮去，让人不知如何思量，不知从何说起。这首小诗之所以这样感人，就是因为我们也常常这样想家，想得坐立不安，神魂颠倒，想得分不清月和霜，只是不会这样表达。所以偶然遇见这首诗，一读便能成诵，一生思量却不可解说，心里有无限的凄凉，却也得到了许多安慰。这就是诗，是诗人存在的意义。

花间一壶酒，独酌无相亲。
举杯邀明月，对影成三人。
月既不解饮，影徒随我身。
暂伴月将影，行乐须及春。
我歌月徘徊，我舞影零乱。
醒时同交欢，醉后各分散。
永结无情游，相期邈云汉。
——《月下独酌四首·其一》

在"花间一壶酒，独酌无相亲"时，诗人突发奇思，不如"举杯邀明月，对影成三人"，于是，"我歌月徘徊，我舞影零乱"，这时月下的孤独就变得热闹起来，好像月亮此刻也不是远在天边，而像一个佳人那样小鸟依人。这是我初次读到这首诗时的感受。

李白的诗里常常以花月相伴，如"夜栖寒月静，朝步落花闲""月色醉远客，山花开欲然""江城回绿水，花月使人迷"。这首诗里，也是花月同席。喝得烂醉了，却是"花间一壶酒"；摇摇晃晃，却是"对影成三人"。如果人人都能醉得这样风雅，世间酒鬼便都可化身酒仙。

陶渊明一生“褴褛茅檐下”，一觞独饮，“杯尽壶自倾”后说，“余闲居寡欢，兼比夜已长，偶有名酒，无夕不饮，顾影独尽。忽焉复醉。既醉之后，辄题数句自娱，纸墨遂多”，于是世间有了“采菊东篱下，悠然见南山”“欲言无予和，挥杯劝孤影”这样的诗；欧阳修“醉能同其乐，醒能述以文”，一篇醉语《醉翁亭记》成就了千古醉翁美名；李白“百年三万六千日，一日须饮三百杯”，所以有了“诗仙”之美誉。

一士常醉，庸人常醒。诗人不像陶渊明那样“挥杯劝孤影”，而是邀请明月与他对坐，让明月和他同醉同醒，让明月见证他受的人间苦，一直喝到“三杯通大道，一斗合自然”的境界，把自己喝成“齐物我、齐是非、齐大小、齐生死、齐贵贱”的庄子，然后寒暑不惊，风雨不避。诗先写邀月，再写与月对酌，对舞，再对着月亮发感慨，最后表示愿与月亮永结无情之游，同归太虚幻境。诗人只是自作多情地自说自话，月亮只是默而不答，“醒时同交欢，醉后各分散”。诗人知道，人孤独，月也孤独，所以不独独怜我，他愿与月长久相伴，以有情心对无情物。

这首诗读起来，有一种纷乱的感伤，也有一种李白式的旷达。怀才

不遇、孤独、潦倒，这只能让他一时神伤，终不能让他灰心丧气。

小时不识月，呼作白玉盘。

又疑瑶台镜，飞在青云端。

仙人垂两足，桂树何团团。

白兔捣药成，问言与谁餐？

蟾蜍蚀圆影，大明夜已残。

羿昔落九乌，天人清且安。

阴精此沦惑，去去不足观。

忧来其如何？凄怆摧心肝。

——《古朗月行》

五代南唐·赵幹·江行初雪图（局部）

“朗月行”是乐府旧题，用这样的乐曲，写一个孩子眼中的明月是再合适不过了。民间传说月亮里有仙人、桂树、白兔、蟾蜍，他们各有各的悲伤故事，但是用一个孩子的眼睛看来，这个白白的玉盘，却充满了赤子的童真和田野的质朴。

诗人说，小时候我不认识月亮，只指给人说，那是一个白玉盘。后来，我知道了，月亮里有很多传说、故事，我怀疑那是瑶台仙人的明镜飞到了天上。一月之间，月儿弯弯的时候，我觉得像是仙人的两足慢慢地伸出来；月圆的时候，有一棵团团如盖的大桂树的影子，树下有一只一直在捣药的白兔，不知道它在为谁忙碌。还有一只蟾蜍，因为它的蚕食，月亮才会渐渐地由圆到缺，这是让人伤心的事情。我还听说，在远古的时候，“十日并出，草木皆枯”，是一个叫后羿的英雄射落了九个太阳，只剩下一个，天才得一以清，地才得一以宁。不知道后羿会不会射落月亮里的蟾蜍，那样月亮就不会再有阴晴圆缺。月亮快快地落下时，我不忍心看，心里总是会忧伤难过。

这首诗后人评得很高端，说诗里满篇都是比兴、“微辞”，是一篇时政评说。前半段的“白玉盘”“瑶台镜”“仙人”“桂树”“白兔”喻开元盛世，是诗人年少时看到的大唐景象；后半段喻天宝后期，“蟾蜍”喻安禄山、杨国忠之类的权奸、宦官、边将，以至红颜祸水杨玉环，说他们昏蔽君主，紊乱朝政，把大唐江山搞得如同“大明夜已残”一样昏暗。诗人不能明说，而童言无忌，所以托小儿之口道出。这样解读，这首诗就有了讽喻诗的深婉。我想，同是一轮月，只是我们赋予了它太多的想象和感觉，它才暗合着我们的心情忽明忽暗，兴观群怨。现在，我们已经脱离了那个时代，如果只以一首明朗的咏月诗来欣赏这首诗，也许更能读出诗本来的意境。

五代 · 黄筌 · 雪竹文禽图

李白是咏月名家，他所行所住的地方，月亮似乎总是那么明亮，他习惯在明月的清光里思考人生，让明月将人生的杂乱参照得更加清晰。行走在千山万水间，他看到的是“清风朗月不用一钱买”“山衔好月来”“长风吹月渡海来”的清明朗阔；不管身在何方，不论把盏对酌何人，凄然顾影时，热闹的是生活，孤独的是内心，这种时候他只能醉起步月，“时来引山月，纵酒酣清辉”“对此石上月，长醉歌芳菲”“衔杯映歌扇，似月云中见”“且就洞庭赊月色，将船买酒白云边”；孤独时，他以月为友，“轻舟泛月寻溪转”“湖月照我影，送我至剡溪”“山月随人归”；在“水浊不见月”的人世沉浮，不被世人理解时，他以明月自喻，“若无云间月，谁可比光辉”“含光混世贵无名，何用孤高比云月”“我寄愁心与明月，随风直到夜郎西”；仕途失意时，他表示对浮名浮利早已看淡，说“咸阳市中叹黄犬，何如月下倾金罍”；在更阑

人静时，他在月下独自行来行去，天涯倦客，望断故园，“海风吹不断，江月照还空”“若到天涯思故人，浣纱石上窥明月”……心里的块垒，怡然的情绪，淡淡的情思，苦涩的味道，李白的月亮里，有人间万象。

李白说：“风月长相知，世人何倏忽？”

乘月华的微澜，李白从唐朝向我们挥手，他没有带走一片月光。我们虽然不能将一颗尘心洗磨得像明月一样干净，但是，明月千里的时候，静思人生的时间还是有的。让我们像李白一样，看着月亮，把月亮看成佛，这会让我们对待人生的态度庄重起来；把月亮看成朋友，会让我们得到上天的眷顾。

秋 色 老 梧 桐

踏着李白诗歌的韵律，走进李白的山水诗，千里江山、千年风雨，夹带着诗人和我们昨天、今天一样的悲欢离合，山转水转地向我们走来。

江城如画里，山晚望晴空。
两水夹明镜，双桥落彩虹。
人烟寒橘柚，秋色老梧桐。
谁念北楼上，临风怀谢公。
——《秋登宣城谢朓北楼》

这首诗作于公元754年秋，李白漂泊到了皖南，长安路断至此已经十年，诗人已经“徘徊苍梧野，十见罗浮秋”。

有一天混沌不开，有一天触绪即伤。愚不可及，智不可及。这就是诗人。这首诗不是赠别，也不是酬答，而是独吟，是在触绪即伤的一天傍晚，独自有感而发。在诗歌里，这一类诗就像是日记一样，写的都是不足与外人道的话，因此最真实，最自由。

李白冷眼朝天，傲视王侯，才比司马相如，可他也有崇拜的人，谢朓就是其一。谢朓是六朝南宋时一代诗人，与谢灵运分领大谢、小谢史名。“日出众鸟散，山冥孤猿吟”“天际识归舟，云中辨江树”“大江日夜流，客心悲未央”“余霞散成绮，澄江散如练”，这些传说中的诗都是谢朓的名句。为官时，他曾任安徽宣城太守，在此建朓楼、朓宅、朓亭，李白均有诗作歌之咏之。登上谢朓楼，城郭皆在掌中，山川尽入

唐·张祐·梅图

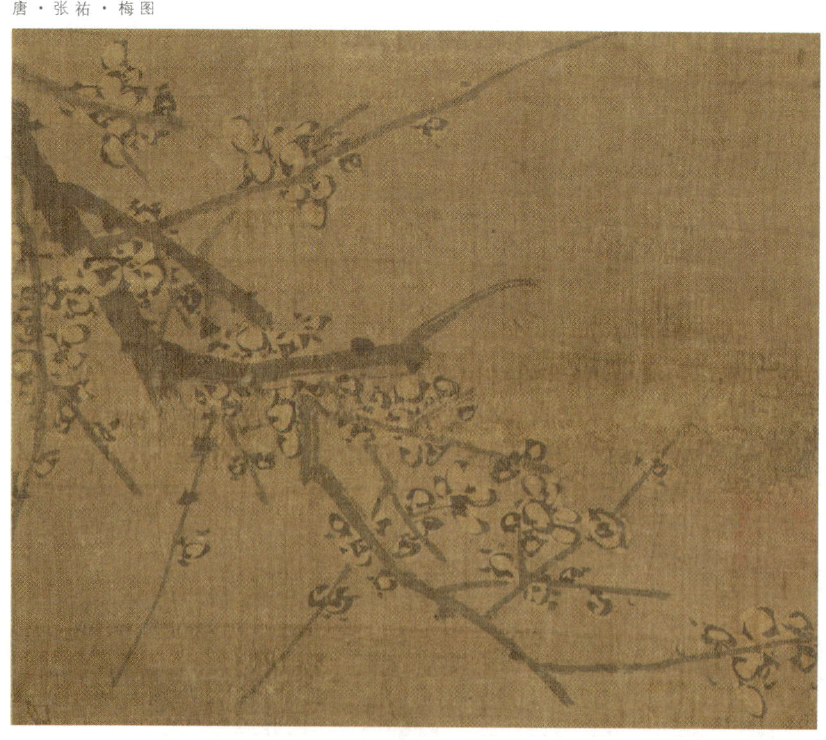

心目。一日向晚，晴空万里，诗人忽然心有戚戚焉，于是独自登楼，“临风怀谢公”。江城如画，是因为画中有“两水夹明镜，双桥落彩虹”的景物。因为绕城有二水，度人就有双桥。“人烟寒橘柚，秋色老梧桐”，有橘树柚树的地方，就是有人间烟火的地方，此时炊烟袅袅，散入城中。秋来时，越大的树叶掉得越早，所以要一叶知秋，梧桐树最惊人心。诗写至此，诗人已看尽山川交错，云树苍寒，烟霞变幻，人心也渐渐寒凉荒促起来。

“谁念北楼上，临风怀谢公？”自然是惺惺相惜的诗人。有“凌风翰”“恣山泉”双面人格的谢朓被人诬陷，三十六岁时即下狱而死；李白“一生傲岸苦不谐”，也是因谗言三及才辞京漂泊的，虽不至死，也是心有余悸。悲剧是悲剧的解药，李白和谢朓性情相类，魂魄遥接，知道自己的人生其实早已写定，所以在夕阳西下时，除自隔尘嚣外，别无出路。我想，这应该是行走在有曲径回廊的谢朓楼上时，诗人最曲折的心思。

楼观岳阳尽，川迥洞庭开。
雁引愁心去，山衔好月来。
云间连下榻，天上接行杯。
醉后凉风起，吹人舞袖回。
——《与夏十二登岳阳楼》

这首诗不常见，因此看着更好，是李白式的夸张风格。

唐·佚名·供养菩萨立像

中国古代的楼阁，或用来纪念大事，或用来宣扬政绩，或用来镇妖伏魔，或用来求神拜佛，对诗人来说，最宜用来写“无人会，登临意”的诗，而湖南洞庭湖的岳阳楼就是迁客骚人的第一笔墨道场。岳阳楼与江西南昌滕王阁、湖北武昌黄鹤楼、山西永济鹳雀楼并称“中国古代四大文化名楼”，始建于公元220年前后，其前身相传为东吴大将鲁肃的阅兵楼，历代屡毁屡修，两晋南北朝时称“巴陵城楼”，初唐称“南楼”，借李白这首诗名，始称“岳阳楼”，唐才子如杜甫、韩愈、刘禹锡、白居易、李商隐等均有登临之作。北宋范仲淹的《岳阳楼记》给岳阳楼在文采风流之中，注入了古代士大夫正统的、儒家的忧患意识，更使楼借人名。

常见现代人出游，回

来总是怏怏地说，劳民伤财，哪里的风景都一样。我想，这是因为我们仅仅是带着看风景的眼睛去的，却没有带上看风景的心情。风景无非山水草木、亭台楼阁，诗人能看到不同的风景，是因为他们有一颗“感时花溅泪”的心，能够“情以物迁，辞以情发”。

这首诗是公元759年秋，李白于夜郎遇赦后，由江夏南游洞庭湖时登岳阳楼而作。晚年的诗人，经过牢狱之灾，“折芳怨岁晚，离别凄以伤”，渐渐地露出“苦”“怨”的末世光景。同时期的《留别贾舍人至二首》诗中，他也曾说自己“拂拭倚天剑，西登岳阳楼”，想把一生怀抱托于“孤凤”，想从凤作摩天之游，而凤却“不肯衔我去”，于是自诩“明珠难暗投”的诗人，多么想借岳阳楼的秋风吹开襟袖，让一腔沉石“化为绕指柔”。

检点历代写岳阳楼的诗，还是只有杜甫的《登岳阳楼》诗可与李白这首诗比肩。与杜甫“昔闻洞庭水，今上岳阳楼”的淡入不同，这首诗里，“楼观岳阳尽，川迥洞庭开”二句，提笔就是天马行空，按下云头，三千里江山，八百里洞庭，全在一人笔下，是把杜甫第二联“吴楚东南坼，乾坤日夜浮”换了个位置。本来有点抑郁的诗人只在与山川相接的一种错愕中，突然觉得此处可以大开眼界。楼高曰“尽”，湖广曰“开”，而人间何事不能“尽”，何事不能“开”？看我在高入云间的楼上下榻设席，在天上推杯换盏，直喝到“雁引愁心去，山衔好月来”时，我便像陶渊明一样，任“风飘飘而吹衣”“觉今是而昨非了”。

最喜欢“山衔好月来”一句。先想想，“好”月是什么样的月，是“月出皎兮”“月出皓兮”“月出照兮”？再想想，“山衔好月来”是一幅什么样的画，“来”字又是多么轻松多么有力的一个字，这样“舒窈纠兮”的句子，也只有李白、杜甫式的人物才写得出来。下接“云间连下榻，天上接行杯”的肆意之词，这首诗读起来，就像是野人与才子的对话一样。我不是不会斯斯文文地写诗，可我就是要这样“衔”一枚“好月”“来”！

凤凰台上凤凰游，凤去台空江自流。
吴宫花草埋幽径，晋代衣冠成古丘。
三山半落青天外，二水中分白鹭洲。
总为浮云能蔽日，长安不见使人愁。
——《登金陵凤凰台》

据说苏轼写词时，常翻翻前人的词作，如果觉得哪个曲牌有人写得让他望尘莫及，他就悄悄搁笔。要写就写最好的，比如《水调歌头·把酒问青天》，比如《念奴娇·赤壁怀古》，基本上是这个曲牌的压卷之作。李白写这首诗，人传也是受了同龄人崔颢的黄鹤楼诗刺激后，用定与崔诗争胜的意气写下的。崔颢的“昔人已乘黄鹤去，此地空余黄鹤楼。

唐·周昉·簪花仕女图

黄鹤一去不复返，白云千载空悠悠。晴川历历汉阳树，芳草萋萋鹦鹉洲。日暮乡关何处是，烟波江上使人愁”，已经成了黄鹤楼的广告词。传说李白登上黄鹤楼时，放眼楚天，诗兴大发，正要挥毫题壁时，一眼看见崔颢早已题诗在前，细读之下，不由得惊出一身冷汗，难得谦虚一回的诗人因此怏怏搁笔。诗人没有写下崔诗的七言八句，因终有“故人西辞黄鹤楼，烟花三月下扬州。孤帆远影碧空尽，唯见长江天际流”的炼语，我想也可以取来让自己安心了，而他取《黄鹤楼送孟浩然之广陵》的诗题，我想一定也是有深意的。

而这首写凤凰台的诗作于诗人晚年浪游金陵之际。此时，大唐帝国正处在“安史之乱”的动荡中，诗人终不能忘怀长安三年，并且处江湖之远，仍有忧国忧民之心。在这种心情下，在凤凰台上“静观”“玄览”了金陵胜景后，又像什么都没看到一样，满眼只是一个空字。凤去楼台空，六朝背影空，二山二水空，一个“空”字，笼罩住一片苍茫逝水。“吴宫花草埋幽径，晋代衣冠成古丘”是咏史名句。江山代代有主人，西晋灭吴，胜了又如何，吴宫固然是荒草寒烟，晋代风流不也早已是衣冠成冢吗？

《孔子家语·好生》中有这样一个故事：

楚恭王出游，亡乌嘷之弓，左右请求之。王曰："止。楚王失弓，楚人得之，又何求之？"孔子闻之，曰："惜乎其不大也！亦曰：'人遗弓，人得之'而已，何必楚也！"

故事说，楚王丢了良弓，左右随从想去找回来，楚王遗憾之余，心里希望弓只被楚人拾到才好，肥水不流外人田，如果能这样，不找也罢。楚王的境界比"左右"高了一层，而孔子却大不以为然，说"人遗弓，人得之而已，何必楚也"，谁得到都一样，何必独独楚人耶？楚王境界终是不高啊。

孔子一向高屋建瓴，只可惜这个大道理吴人不知，晋人也不知，打打杀杀几百年，到头来，还不是一抔净土掩风流，为谁辛苦为谁忙。《诗境浅说》评此联最好："慨吴宫之秀压江山，而消沉花草；晋代之史传人物，而寂寞衣冠。在十四字中，举千年之江左兴亡，付凭阑一叹。"

"三山半落青天外，二水中分白鹭洲"是写景名句。与历史的暧昧不同，极目远望中，诗人看到山水分明在，何曾有古今。与人类相比，阔大永恒的山水就像一个冷静的长者，在时时提醒我们，朝代兴亡，人世沧桑，不过是浮云而已，不必过劳，不必思量。诗人在时间与空间中思考古往今来，感悟人生，做不到无恐怖，无有挂碍，然而能从风物中看到"宛然有而毕竟空，毕竟空而宛然有"的生生化化，以史鉴今，物我为一，也已经是得道高人。

结句“总为浮云能蔽日，长安不见使人愁”是诗人今日心情，与满篇苍茫相对应，诗人也是满怀忧愁，这个愁是家国之愁，也是身世之愁。古人把这首诗与崔诗相比，褒贬不一。有人以为崔诗妙在前四句，这首诗因为有此一句君国之忧，便胜过了崔颢结句时的乡关之思，是大乘道场。《唐宋诗醇》评曰：“崔诗直举胸情，气体高浑；白诗寓目山河，别有怀抱。其言皆从心而发，即景而成，意象偶同，胜境各擅。”有评者说：“若论作法，则崔之妙在凌驾，李之妙在安顿，岂相碍乎？”这些评语两面观照，是公道的评价。

李白以一个自由之身，一生踏遍了大半个中国。他的足迹遍布五湖四海，名山大川。他的诗，有一种来自荒野的辽阔，有大峡谷深处瀑布的轰鸣声。他时而在天际线上，迎着一片白云疾奔；时而站在高山顶上，俯视人间深处混乱的色彩；时而登临感兴，发怀古之千年幽情，唱出的，都是我们意想不到的歌。他深沉而强烈地歌唱着人生所有的悲欢离合，他的歌声比他的人生之路走得更远。

走进李白的世界，我们知道了这是怎样一个人，他用诗歌塑造了自己的历史形象。他有时静若处子，有时动若脱兔；有时候是谦谦君子，有时候是仗义剑侠。有时候是顾家的丈夫、慈爱的父亲，有时候是携妓载酒的浪子；有时候是“仰天大笑出门去”，有时候是“低头思故乡”。在李白身上，只有一种相对的平衡，没有绝对的和谐。凡是人间有的情感和风物，他的诗歌王国里都有，行旅、离别、月光、山水、怀古、饮酒、战乱、仙游，以至皇家、朋友、道士、妇人、儿女无所不包，他于古风、五绝、五律、七绝、七律各体兼擅，并初涉词坛。他的抒情方式是常常把客观事物不容分说地主观化，而且常常用的是夸大的调子。比如，“白发三千丈”“飞流直下三千尺”“一风三日吹倒山”“燕山雪花大如席”。这些出格的话，经他笔下道来，让人觉得文如其人。他的存在方式就是喝醉了再写诗。他天真率性，热情似火，从来不装，也装不住。这样的人，人间难找；这样的诗，千古独调。“长风破浪会有时，直挂云帆济沧海”，他乘万里风，破万里浪，用诗歌抚慰着中华民族。他不仅给我们留下了千余首浪漫主义的诗篇，他那种“天生我材必有用”的自信、“天子呼来不上船”的气节，以及“达也不足贵，穷也不足悲”的处世态度，为整个封建时代“白首为儒身被轻”的懦弱文人们长了精神。作为中国人，我们有理由为有这样一位诗人而一直骄傲下去！

李白与杜甫“两岸青山相对出”，后人多把李白和杜甫相提并论。比如，苏轼说：“李太白、杜子美以英玮绝世之姿，凌跨百代，古今诗人尽废。”这句让世人哑口无言的话，也只有苏轼敢说。严羽的《沧浪诗话》说：“论诗以李、杜为准，挟天子以令诸侯也。”把李杜比作诗中天子，是因为再不能比得更高了。高棅的《唐诗品汇》云：“太白天仙之词，语多率然而成者。……长篇短韵，驱驾气势，殆与南山秋气并高可也。虽少陵犹有让焉，余子琐琐矣。”“余子琐琐矣”一句，更是得罪人的话。这些评价，一是得了李白夸张的真传，一是替我们尽了高山仰止之意。

“问余何意栖碧山，笑而不答心自闲。桃花流水窅然去，别有天地非人间。”

这是诗仙李白的一帧家常小照：桃花盛开，流水远去，佛祖拈花，笑而不答，别有天地非人间。

野老墙低还似家

“文王拘而演《周易》；仲尼厄而作《春秋》；屈原放逐，乃赋《离骚》；左丘失明，厥有《国语》；孙子膑脚，《兵法》修列；不韦迁蜀，世传《吕览》；韩非囚秦，《说难》《孤愤》；《诗》三百篇，大底圣贤发愤之所为作也。此人皆意有所郁结，不得通其道，故述往事、思来者。”

在这首混合着天地正气的沉郁的背景音乐中，让我们从春天开始，慢慢走近杜甫。

手种桃李非无主，野老墙低还似家。

恰似春风相欺得，夜来吹折数枝花。

——《漫兴九首·其二》

熟知茅斋绝低小，江上燕子故来频。
衔泥点污琴书内，更接飞虫打着人。
——《漫兴九首·其三》

眼见客愁愁不醒，无赖春色到江亭。
即遣花开深造次，便教莺语太丁宁。
——《漫兴九首·其九》

天无绝人之路，公元761年，从“安史之乱”中死里逃生的诗人，在成都尹严武的出手相救下，在成都郊外的浣花溪畔结庐，终有一席容膝之地。此时，破败的门廊墙垣，满院横生的杂草，经过他日复一日的经营，渐渐有了生机，草堂园亩扩大了，树木栽多了；水亭旁，还添了专供垂钓、眺望的水槛。面对着阳春布德泽的风光，诗人情不自禁，感慨万千，写下了许多歌咏自然景物的小诗。

组诗《漫兴九首》就作于此时。诗题作“漫兴”，有兴之所到随手写来之意。九首诗取春夏风物为景，以“客愁”二字绾住，是诗人的代表作之一。其中，二、三、九首写远客孤居的日常生活。

诗人说，此时我寄身茅舍，虽然茅檐土墙，虽然住着一个野老，毕竟桃李有主，可暂时认作自家园林。可是，春风欺生，一夜风雨，不知我家院子里的桃花李花落下多少；江上燕子知我茅屋低小，容易筑巢，所以也往来频频，燕泥弄脏了我的琴书，它们还相互追逐，以致惊了飞虫，撞了人。我是客居之人，最怕见江亭春色，而此地偏偏有江有亭，出门走走，满眼看见的都是落花流水，犹如子在川上看到逝者如斯，全是时光忽忽的提醒；而且，莺语也太扰民。

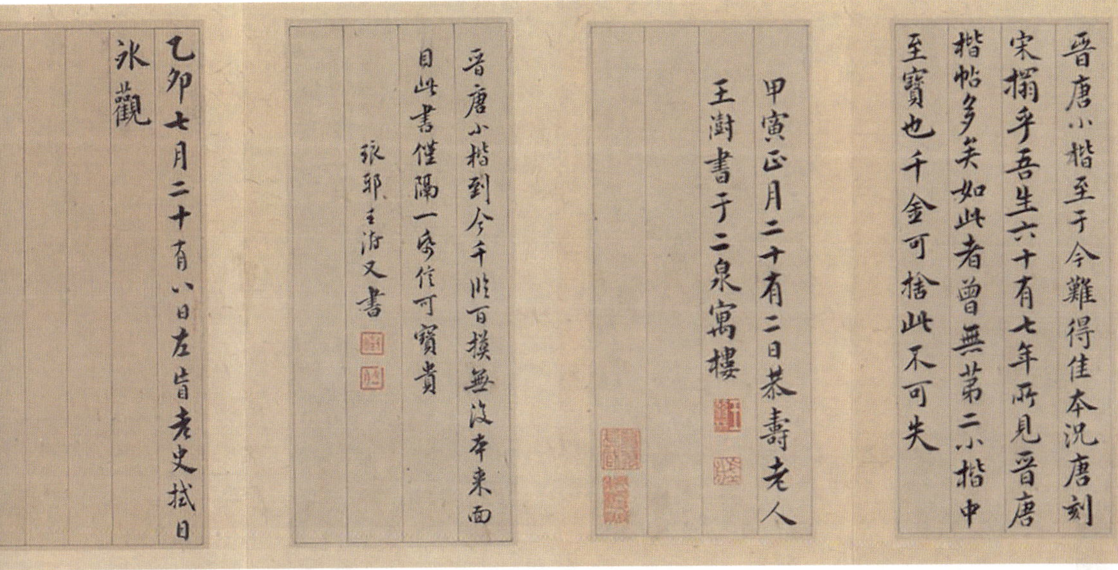

唐·褚遂良·小楷《阴符经》

我们知道，莺莺燕燕总能承载诗人的心情。对杜甫而言，心情不好时，它们是“感时花溅泪，恨别鸟惊心”的比兴；高兴时，它们是“细雨鱼儿出，微风燕子斜”“泥融飞燕子，沙暖睡鸳鸯”的春和景明，是天地间颇解风情的尤物。今日花落纷纷，莺啼频频，让人烦的原因，是因为它们不知道茅舍主人正在“客愁愁不醒”之中。

天地回春，泥沙日暖，正是吹面不寒杨柳风、乱花渐欲迷人眼的明媚时光，诗人看到的世界本应该是燕子飞鸣、鸳鸯双宿、水绿山青、桃红柳绿的一元初始的生机，这是挣扎在温饱线上的诗人最能获得安慰的季节。可是，诗人似乎并未从燕子筑巢的喜悦中获得足够的信心，直到读完第九首诗，我们才知道，全是因为这里是成都浣花溪畔的春光，而不是故乡的春光，难怪诗人另眼相看。

客居思乡，加之南北地异，水土不服，虽然有小烦恼，又融合着诗人寄人篱下、“今春看又过，何日是归年”的局促心情，各种烦恼是意

五代南唐·赵幹·江行初雪图（局部）

料中的事；可是毕竟春天已经来临了，这些可爱的燕与虫，经老先生写来，越发让人觉得缤纷可喜。是啊，他何必要和这些小精灵过不去呢。其实诗人是在用反语写来，掩饰不住的是他对春天的喜，对万物的怜。所以这几首诗的读后感，就是三分愁，七分喜。如果和他从秦州入蜀时的愁相比，这种愁简直可以说是闲愁。

江上被花恼不彻，无处告诉只颠狂。
走觅南邻爱酒伴，经旬出饮独空床。

稠花乱蕊畏江滨，行步欹危实怕春。
诗酒尚堪驱使在，未须料理白头人。

江深竹静两三家，多事红花映白花。
报答春光知有处，应须美酒送生涯。

东望少城花满烟，百花高楼更可怜。
谁能载酒开金盏，唤取佳人舞绣筵。

黄师塔前江水东，春光懒困倚微风。
桃花一簇开无主，可爱深红爱浅红？

黄四娘家花满蹊，千朵万朵压枝低。
留连戏蝶时时舞，自在娇莺恰恰啼。

不是爱花即肯死，只恐花尽老相催。
繁枝容易纷纷落，嫩蕊商量细细开。

——《江畔独步寻花七绝句》

和上一组诗皱着眉头看风景不一样，《江畔独步寻花七绝句》同是在草堂看风景，今日诗人已如“夫子莞尔而笑”。

杜甫草堂在“浣花溪水水西头”，是“主人为卜林塘幽”而专门找到的一处幽僻之地。这一天，十多日未出门的白头诗人一时兴起，所以出门“走觅南邻”，因为没找到和他一起赏花饮酒的某人，只好一路“杖藜徐步立芳洲”，独自走走停停，看到山野之地，江深竹静，两三人家，处处花开，桃花红，李花白，稠花乱蕊，纷纷万物，不知不觉中已和光同尘。这是《江畔独步寻花七绝句》的主题。

因为“行步欹危实怕春”，所以，明知道春天早已来临，诗人只是闭门不出；这一日忽然看见到处花红柳绿，春天已经如此嫣然百媚，顿觉辜负了造物主一番美意；于是为了报答春光，诗人一路看，一路吟，一曲一意，从“江上被花恼不彻”起笔，一直写到爱花、惜花的心情里去。恼花也不是真恼，而是惜春常怕花开早的意思。看到“东望少城花

唐·卢楞枷·六尊者像（嘎沙雅巴尊者）

满烟”时，诗人越看越惊喜，“可爱深红爱浅红”，爱这爱那，应接不暇。再走过黄师塔前、江水以东，直看到黄四娘家尽是花，看到花之盛，人之乐，浣花溪一片花海，花又添诗情酒意，以至使他觉得“不是看花即肯死”。看似信口道来的这几行诗里，满是诗人自悟的“物情无巨细，自适固其常”的一片明媚天机，使诗人一时忘情，解脱。收笔“只恐花尽老相催”是人人口中都有的小情绪，不能代表此日老先生的心情，可以不以为怪。我们今日随诗人看尽十里桃花，也是替诗人满心欢喜，再不知花谢人老如何，招饮无人如何，癫狂潦倒又如何，千朵万朵，足慰

诗人胸中忧愁，再“未须料理白头人”。

这几首小诗，就像诗人自己说的“唤取佳人舞绣筵”一样，摇曳一身天然风流。诗写至“黄四娘家花满蹊”时，诗人已经踏在了民歌的点子上。“千朵万朵压枝低”，如果说“千朵万朵”还是寻常语，而“压枝低”则接近“语不惊人死不休”了。花天然可爱，更有蝶弄舞姿“时时”，莺传妙音“恰恰”，人流连花间，了不知南北。在我的阅读范围里，写莺声轻软，再没有比《牡丹亭》里更生动的句子了：

“遍青山啼红了杜鹃，那荼蘼外烟丝醉软，那牡丹虽好，他春归怎占得先？闲凝眄，兀生生燕语明如剪，听呖呖莺声溜的圆。”

燕语“明如剪”，莺声“溜的圆”，如何剪，如何圆，只能用我们的眼耳鼻舌身意去看去听去想了。

第七首里“繁枝容易纷纷落，嫩叶商量细细开”二句最可爱，最蕴藉。花易“纷纷落”，过时即谢，所以才更要“商量”着“细细开”，以待来时。这两句，是喜极、怜极的无可奈何之语，有点小伤感，却不至落寞。

杜诗中七言绝句现存百余首，约占他诗作的十分之一。古人说，杜诗以七律胜出，七绝佳作不多，可是对这几首“无意求工而别有风致”的诗，却是交口称赞。黄子云的《野鸿诗的》中，挑剔古人七绝“往往至第三句意欲取新，作一势唱起，末或顺流泻下，或回波倒卷。初诵时殊觉醒目，三遍后便同嚼蜡”。可是他也独赞杜甫浣花溪诗，说“既不以句胜，并不以意胜，直以风韵动人，洋洋乎愈歌愈妙”。苏轼说，这几首诗“可以见子美清狂野逸之态”，所以闲来最爱书之遗人。俞陛云的《诗境浅说续编》中评得最可爱，他说诗人“在江畔行吟，不问花之有主无主，逢花便看。黄师塔畔，评量深浅之红；黄四娘家，遍赏万千之朵。少陵诗雄视有唐，本不以绝句擅名，而绝句不事藻饰，有幅中独步之概”。

写什么像什么，信手一挥，就能独步天下，正是杜甫“雄视有唐”的才力。

堂西长笋别开门，堑北行椒却背村。
梅熟许同朱老吃，松高拟对阮生论。

欲作鱼梁云复湍，因惊四月雨声寒。
青溪先有蛟龙窟，竹石如山不敢安。

两个黄鹂鸣翠柳，一行白鹭上青天。
窗含西岭千秋雪，门泊东吴万里船。

药条药甲润青青，色过棕亭入草亭。
苗满空山惭取誉，根居隙地怯成形。

——《绝句四首》

在唐代宗广德二年，即公元764年，因为严武奉命回朝，杜甫不得已离开草堂，在四川阆中一带漂泊，后因严武再次镇蜀，诗人又重返成都。先有“三年奔走空皮骨”——由秦州入蜀时艰难苦恨的长途跋涉，又经过一段西蜀漂泊的岁月，再回草堂之时，诗人一定更加觉得安定来之不易，所以此时写下的这几首诗，看似只以日记体赋写日常生活，其实其中有比兴，其比在淡泊，淡泊于与乡贤交游，淡泊于情愿客居此地以终老。

第一首诗起笔于草堂西边的竹笋，“长笋”喻茂盛，而不是苦竹，由第一句，便可知诗人今日心情甚好。心情好时，难免起游兴酒兴谈兴，于是老先生沿着堑北种的行椒望去，一直看到邻村朱老和阮生家。这个朱老和阮生是诗人在浣花溪畔的新交，其情或可比李白之与汪伦。园中梅子将熟，诗人想着梅熟时，一定邀朱阮二位睦邻到草舍一坐，在松下青梅煮酒，谈古论今。

第二首诗写浣花溪，因为春来，加上春雨连绵，溪水上涨，诗人由此想到，这么大的水，简直可以筑堰拦水，做个“鱼梁”，然后长此以往，在此枕水而居，坐石垂钓，赏玩东篱，岂不更好。可是，世事如蛟龙一样，时时兴风作浪，加上经此一变，究竟在此地能否安住，真的不能断言，所以“不敢安”三字里，全是对未来不确定性的担忧。

唐末五代・贯休・十六罗汉图（局部）

第四首诗写堂前药圃。诗人晚年多病，每到一处，但凡有几日安生日子过，必先辟一块园子，“种药扶衰病”。此日诗人临窗望去，看见药圃青色叠映，油然而喜，他不仅能看见药草在风里生长的样子，还能看见药根在土里盘曲的样子，可见先生对药材已深有研究。然而眼前虽然是一片长势喜人的青青苗圃，却仍然难医诗人“惭”与“怯”的心病。

第三首诗家喻户晓。

五代南唐·周文矩·重屏会棋图

我读诗，常常是先睁大眼睛，盯着每一个字看，抓住要害的那个字，再慢慢悟。有题目的，自然题目里的字就是关键词，像这种无题诗，就需要自己找题目。这首诗从黄鹂鸣翠柳起笔，一看就是写春天的，再从白鹭上青天接住，就知道是写“春望”的，而且是晴日春望，三、四句是望中景色。从翠柳可知，时值早春，柳叶浅浅，翠柳青青。风景是心情的物化，两个黄鹂温婉，一行白鹭敏健，这两句是兴；诗人近看远看，从他的柴门的破窗间看出去，看到的竟然是西岭千秋雪，东吴万里船，这是赋。读这首诗的快感就是心旷神怡。天地山河，千里万里；黄翠青白，五色缤纷。虽然调高气昂，极尽写物之工，却不觉得华丽堆砌，没有说教之嫌，而空间和时间，历史和人生，国与家，诗人的“平生江海心”，都已收入四行之中，有不战而屈人之兵的功夫，遂成千古绝唱。

好诗常常用词微而婉，小中见大，明白如话，字字安稳。杜甫诗常因事陈辞，实话实说，出语自然，像和人晤谈一样，漫不经心道来，却自是一家绝唱。

就像大部分鸟儿都生活在树上，在树上构筑形形色色的巢一样，大部分读书人都生活在“学而优则仕”的丛林里，在官场中为自己寻找安身立命的依靠。如果脱离了这个轨道，他们会生活得很艰难。对于杜甫来说，战乱改变了他以往习常的一切，包括生活的地方和谋生的方式，而调整是痛苦的，只有对这种生活状况做出新的解释，也就是重新找到一个活下去的理由，他才能获得新的勇气。古人云：“忧戚而至时，只可曲解。馆谷不丰时，只可曲就。”诗人此时就“曲就”于浣花溪畔的自然风光里，与物俱适，随遇而安，以此破解战乱带来的人生遭际的乱码，这是他晚年必须努力做的功课。从这些诗里，我们知道，他已经做得很好了。

子曰：“仁远乎哉？我欲仁，斯仁至矣。”

杜甫草堂地处偏僻，“城中十万户，此地两三家”；其景也平常，“澄江平少岸，幽树晚多花”。只是因为住了个仁人君子，我们看到的就不是寻常乡村一景，而是鸟鸣鹭飞、窗对西山、门泊吴船、冰雪相映的超旷之境，以及白发诗人处江湖之远、怀社稷之忧、思一身之安的家国情怀。在一年四季里，在杜甫多灾多难的人生里，因为有这样的春天，他才获得了安慰。在他大部分“沉郁顿挫”的诗里，这种信手拈来的小小的欢喜，让我们也略感安慰，生怕他这种小小的欢喜，会再次被乱世淹没。

隔篱呼取尽余杯

陶渊明的《五柳先生传》里那个隐身乡间，“闲静少言，不慕荣利”“环堵萧然，不蔽风日；短褐穿结，箪瓢屡空，晏如也”，还经常到左邻右舍蹭酒喝的诗人，已经成了那个乡村的品牌，他可以“杖乡”的理由，是因为他“常著文章自娱，颇示己志”的秋水文章和贵重人品。第一次读这篇文章，读到“忘怀得失”时，我想应该有个转机了，就像很多戏剧里的失意才子的人生一样，在最潦倒的时候，常常会有一个转机，比如金榜题名，或者洞房花烛；然而，生活不是折子戏，陶公以一句淡淡的“以此自终”一笔写到剧终，让我瞬间绝望。就这样结束了吗？这是一个多么可爱的人，“好读书，不求甚解；每有会意，便欣然忘食”“性嗜酒，家贫不能常得。亲旧知其如此，或置酒而招之；造饮辄尽，期在必醉。既醉而退，曾不吝情去留”。想想，好读书，不求甚解；好饮酒，不分主宾。这样寂寞地行来行去的人，这样寂寞地喝酒的人，在乡邻眼里，不是无怀氏之民，不是葛天氏之民，又能是什么样的人呢？这样的人，谁配取笑呢？

“不戚戚于贫贱，不汲汲于富贵”“衔觞赋诗，以乐其志”，再加上“为人性僻耽佳句”，杜甫就是浣花溪畔的五柳先生。

锦里先生乌角巾，园收芋栗未全贫。
惯看宾客儿童喜，得食阶除鸟雀驯。
秋水才深四五尺，野航恰受两三人。
白沙翠竹江村暮，相对柴门月色新。

——《南邻》

我们已经知道，公元760年，杜甫在成都浣花溪畔的草堂里住下了。

离草堂不远，有位隐士叫“锦里先生”。物以类聚，人以群分，诗人和锦里先生相得益彰。诗人说，先生常年头着黑色方巾，在园中自耕自食芋头和板栗过活。主雅客勤，因为常有奇奇怪怪的宾客来访，孩子们都已习见，总是雀跃迎门。山鸟也不畏主人，常日安静地在檐前阶下觅食。远亲不如近邻，这样写，可见诗人也已是此门熟客，已经“惯看”。此日主人殷勤接待，客人竟日淹留，直至月生而未厌相对，其间是“把酒话桑麻”，还是“但话宿昔伤怀抱”，这些细节全部从略，诗人只以一个“喜”字，让我们心情放松，知道这一日宾主尽欢。天已向晚，棹舟回来时，因为秋江水深不过四五尺，渡船只能载得动两三人，所以舟

行一路无话，只远远看见沙白竹翠，暮色如烟，明月正好挂在自家的柴门上。

诗先写山庄访隐，后写江村送客，章法井然明白。隐士虽“未全贫”，也是在贫困的边缘徘徊，却一味好客忘机，怡然自得，已经人间少有；儿童嬉戏，鸟雀不惊，主人是一个怎样和气亲切的人，又可想而知。“秋水才深四五尺，野航恰受两三人”二句，工工整整地写江流浅缓、野渡少人的风景，幽幽如画。

一首小诗，没有家国之忧，却有我们不可或缺的世俗的喜悦，是乡村人情的化境，也是主客共同的安心。此景千古常新，此情千古长在，而我们从杜甫笔下得来，更觉风月无古今，情怀自浅深。

舍南舍北皆春水，但见群鸥日日来。
花径不曾缘客扫，蓬门今始为君开。
盘飧市远无兼味，樽酒家贫只旧醅。
肯与邻翁相对饮，隔篱呼取尽余杯。

——《客至》

上一首诗写诗人访友，来而不往非礼也，这一日，诗人在草堂置酒招待时任县令崔大人。

“盘飧市远无兼味，樽酒家贫只旧醅”，蓬门里虽然没有富贵荣华的生活，可是有花径。客来，我扫花以待，不亦乐乎。草堂南，草堂北，春水汤汤，“但见群鸥日日来”，而诗人结庐在人境，却常常门前冷落

唐・戴嵩・牧牛图页

鞍马稀。这一日，我有嘉宾，虽然不能鼓瑟吹笙，食无兼味，酒不过是陈酒，菜不过是园蔬，可是有这一片诚心相待，有这一篇诗作相赠，来客虽贵为县令，也必定受宠若惊。“隔篱呼取”老翁时，酒已半酣，诗人已经微醺，二人喝酒不尽兴，李白能对影成三人，我隔篱呼取邻家老翁，让我们三人共尽余杯，又不亦乐乎。“隔篱呼取”，本是农家常情，诗人“肯与邻翁相对饮”，与田舍翁有何不同。而一个天才诗人，于惯常的斯文雍容、忧心忡忡中，难得如此扬声一呼，一派真人气象，更是让人爱怜不已。

这首诗作于公元761年春天，诗人时年五十岁，到了知天命之年，为人一派自然亲切、坦荡谦厚的样子。在《宾至》《有客》《过客相寻》诸作中，诗人都曾写到待客吃饭的事，对不同的客人，他有时敬而远之，有时亲切有礼，各有经纬，却都没有这首诗写得这样隆重热烈。“花径不曾缘客扫，蓬门今始为君开”，客未来先洒扫，客来时殷勤劝，不讳言家贫失礼，不掩饰满心欢喜，生怕客不能尽兴，以至想招来邻人陪酒，真正是事无巨细，从外到里，都替客人想到了，可见主宾交情深厚，所以这场酒才喝得这样酣畅真率，才不拘不泥，才喝出了村趣、神韵。

乱世里有无端的聚散，也有一日沉醉。这是一首快诗，我们只见远

客、邻翁、鸥鸟、春花，共同栖居在诗人的世界里，彼此给予滋养。我们因此也看见诗人的微笑，看见人间的温暖，这正是我们希望他过的日子。

对这首诗，《近体秋阳》一书评出了水平："无意为诗，率然而成。却增损一意不得，颠倒一句不得，变易一字不得。此等构结，浅人既不辨，深人又不肯，非子美，吾谁与归！"就像说"增之一分则太长，减之一分则太短；著粉则太白，施朱则太赤"的美人一样，这首诗也是再添减不得的眉黛，是李白说的"清水出芙蓉，天然去雕饰"的那种清水浴莲的至真至纯。

清江一曲抱村流，长夏江村事事幽。
自去自来堂上燕，相亲相近水中鸥。
老妻画纸为棋局，稚子敲针作钓钩。
但有故人供禄米，微躯此外更何求？

——《江村》

成都草堂草成，诗人置身水村长夏，面朝一曲清江，看"自去自来堂上燕，相亲相近水中鸥"，与老妻画纸对弈，观稚子敲针垂钓，

真是难得和和睦睦一家人，安安稳稳乱世心。

诗前四句绘景，写初夏的村庄里，曲水绕村悠悠流淌，水面鸥鹭成双成对，堂前燕子常来常往，鱼戏莲叶间，万事悠悠然。后四句写人。“却看妻子愁何在？”因为安居，妻子有闲情画纸为棋；因为有水有鱼，所以“稚子敲针作钓钩”；自己多愁多病，想想“朝扣富儿门，暮随肥马尘。残杯与冷炙，到处潜悲辛”的旅食京华的十三年，想想“岁拾橡栗随狙公，天寒日暮山谷里”“男呻女吟四壁静”的秦州入蜀时期，为人夫，为人父，此时能得一室之安，衣食粗具，除此之外，夫复何求，至于“男儿生不成名身已老”的隐痛，就一直让它成为隐痛吧。

读这首诗，有一种说不出的辛酸。一个“读书破万卷，下笔如有神”的诗人，一个名门望族之后，一个骄傲的人，一个丈夫、父亲，身在乱世，人到晚年，老病缠身，家国大业、功名富贵暂且不论，连一蔬一饭尚需朋友援手，这种凄凉怎可明说，所以诗人提笔就说“事事幽”。事事幽，就是事事休。宋代诗人周珽评这首诗说：“物得遂其幽闲之性，人得尽其伦理之和，非无萦襟怀，不能享此清福。”诗中第二联是物性，第三联是人伦，第四联因为有萦怀，一首诗读来，我却知道诗人不能享此清福。特别是“但有故人供禄米”一句，直接有食“嗟来之食”的刺痛，让人不忍卒读。

五代南唐·顾德谦·莲池水禽图之一

杜甫有两句诗说，“愁极本凭诗遣兴，诗成吟咏转凄凉”，说自己写诗本来是为了解愁，可是写着写着，就不免郁郁寡欢起来。而我们知道，他不可能不孤独，不可能不疲倦。诗人的厚道处，在于收得住这百般颓唐。在他一千多首诗里，一半是泪水，一半是温暖。他一直在哭，却哭得阳刚。

杜诗常常淡淡写来，却身份自见，这里不全是笔墨功夫，而是根在学养。《小清华园诗谈》里说：“昔人谓狮子搏象用全力，搏兔亦用全力。余以为杜诗亦然。故有时似浅而实不浅，似淡而实不淡，似粗而实不粗，似易时实不易。此境最难，然其秘只在‘深入浅出’四字耳。”似乎说出了杜甫写诗的秘密。从这几首诗里，我们能感觉到，诗人有创伤，而且永远疼，却不冷硬，正是得益于“深入浅出”四字箴言。这里的“深”，就是他的“读书破万卷”；这里的“浅”，就是“下笔如有神”。我想，苏轼写“粗缯大布裹生涯，腹有诗书气自华”这两句诗时，

五代南唐·赵幹·江行初雪图（局部）

眼前一定有杜甫的影子飘过。

老子说，“甘其食，美其服，安其俗，乐其业”，世界上最好的生存方式就是安居乐业，世界上最难做到的事情就是安心。此心安处是吾乡。当我们的智慧够用时，无论在多么痛苦的生活里，都会遇到春天，安下心来，不知何处是他乡。诗人从长安道上走到浣花溪畔，往事不堪回首，他已经学会领悟苦难的真谛，于无路可逃时，只在仁和中沉淀自己。人来时，他开门；人走了，他闭门。在做这些简单的事情时，他那种有条不紊的样子，就好像他的人生早就被编好了这一段程序，在这一段程序中，他认真扫花扫尘，扫去天上人间、眉头心头、里里外外的尘埃。在这个过程中，他是温和的，甚至是热情的。而我们就这样被诗人的善良、爱和生命力感动着，让他带着我们，随意走过草堂南北，走过春天的河滩，看到点点鸥鹭，深深花径，看到了诗人在人间燃烧半世后，温暖的余晖。

天 地 一 沙 鸥

“安史之乱”是盛唐一劫，也是杜甫一劫。

对于泱泱大唐而言，千古未有的盛世风流，似乎只在一朝一夕之间香消玉殒。而对于每个人的百年人生而言，如果遇上这种节外生枝的战乱年代，就是离乱的一生。杜甫的一生，就跨越了这样一个治乱年代。

杜甫出生于公元712年，公元770年去世。在他五十八年的人生短途中，有十六年时间在安史之乱和随后的军阀混战中辗转流离。四十三岁之前，他的人生和那个时代的大部分读书人一样，基本上走着一条读书、壮游、科举、仕进的主流道路，虽然走得坎坷，却是走在那个时代读书人正常的人生路线上。随着战乱生起，他报国无门，只好“因人作远游”，背井离乡，辗转西南。其间，他经历了弃官、丧子、被俘、举家迁移、兄弟姐妹天各一方的个人之痛，看到了千家万户惨烈的遭遇。

这种急转直下的全社会的灾难，让他的眼睛里充满了泪水，心里充满了斗志，他让诗歌在那个灾难时期复活了，让诗人的良心复活了。他走出了个人寄身薄宦、朝叩暮随的狭小的藩篱，把目光投向了广大的民间，用诗笔为剑，刺向黑暗的人世间，写下了《三吏》《三别》《自京赴奉先县咏怀五百字》这样悲风天降的诗篇，记下了有唐一代的苦难，让我们对这场灾难的认识深入一家一户、一朝一夕。

仁者爱人。兼爱非攻、仁义道德、恻隐之心、修齐治平，这些圣贤之言，在身处战乱中的诗人这里得到了最深刻、最感性的理解和践行。

今夜鄜州月，闺中只独看。
遥怜小儿女，未解忆长安。
香雾云鬟湿，清辉玉臂寒。
何时倚虚幌，双照泪痕干。

——《月夜》

公元756年春，安禄山由洛阳攻潼关。五月，杜甫从奉先移家至潼关以北的白水，前往舅父家避难，白水就是现在陕西的白水县。六月，长安陷落，玄宗逃蜀，叛军入白水，杜甫又携家逃往鄜州羌村，鄜州即现在的陕西富县。七月，肃宗在宁夏灵武县即位，杜甫获悉后，一是想为国尽忠，一是为解衣食之艰，所以不顾到处兵荒马乱的危险，从鄜州只身奔向灵武，不料途中被安史叛军所俘，后逃回长安。八月，诗人困在长安，望月思家，悲愤成诗。

秋风明月，月照两地，字面写来看似闺情别怨，却有大厦将倾、国破家亡的黍离之悲。在诗人同时期写的“国破山河在，城春草木深”里，我们已经只见草木，不见人烟，家书已经不达；而在《无家别》中，诗人目睹了“寂寞天宝后，园庐但蒿藜。我里百余家，世乱各东西。存者无消息，死者为尘泥” 的血雨腥风；在《垂老别》中，更是一片“万国尽征戍，烽火被冈峦。积尸草木腥，流血川原丹”的山河变色的屠杀场面；还看到“戎马不如归马逸，千家今有百家存。哀哀寡妇诛求尽，恸哭秋原何处村”的千户荒烟……写于公元 755 年末的《自京赴奉先县咏怀五百字》中，诗人写自己由长安赶往奉先县（今陕西蒲城）探望妻儿，说“老妻寄异县，十口隔风雪。谁能久不顾，庶往共饥渴”；辗转到家后，一进门，所见便是“入门闻号咷，幼子饥已卒。吾宁舍一哀，里巷亦呜咽”。儿子饿死，诗人大恸，“所愧为人父，无食致夭折”。烽烟乱世，命薄如纸，孩子都能饿死，此时此刻其他人又将如何呢？

战火蔓延，诗人悬念儿女，体贴妻子，仰面望月，既不能与妻子分忧，更不能与家人团聚，只能独倚月下，“怜”“忆”家人，“双照泪痕干”。全诗缓笔写来，却有钝刀割骨般的疼痛。

戍鼓断人行，边秋一雁声。
露从今夜白，月是故乡明。
有弟皆分散，无家问死生。
寄书长不达，况乃未休兵。

——《月夜忆舍弟》

这首诗是公元 759 年秋诗人在秦州时所作。

唐・韦偃・牧放图・宋李公麟摹本（局部）

“安史之乱”爆发后，叛军从范阳一路南下，攻陷汴州，西进洛阳，山东、河南各处都沦陷于战火之中。当时，杜甫的四个弟弟正分散在这一带，由于战事阻隔，居无定处，“无家问死生”，诗人在忧虑和思念中作诗相忆，虽然“寄书长不达”，诗成并无寄处，在万般无奈中，诗人也只能对月叹息，暗自祝祷。

明月白露，戍楼鼓声，孤雁鸣声，字字列阵，如同逼近的战火。诗人一路风尘来到天水一带，遥思中原战事不绝，道路阻隔，音书不传，兄弟姐妹存亡难保，自己颠沛流离，备尝艰辛，既怀家愁，又忧国难，感慨非止一端，月圆之夜，稍一触动，千头万绪便一齐从笔底流出。“露从今夜白，月是故乡明”，故乡的明月映照着往日慈悲的时光，诗人今夜向寒露低头，借孤雁寄愁，是想用思乡怀弟的温情补缀自己破碎的心。

流亡的路上，从秦州入蜀期间，诗人九死一生。当时，白头乱发、手脚冻裂、短衣掩胫的诗人，终日在深山里采药换米，拾橡子充饥，一家数口人勉强糊口。一日，大雪封山，天寒日暮，诗人空手而归，在家

五代·佚名·观世音菩萨像

徒四壁、四面透风的草舍里，中夜起坐，回望中原无书，遥想弟妹远隔千里，耳听身边男呻女吟，想想自己生不成名、老病缠身，于是，战乱、穷苦、险途、疾病、惨别，“满目悲生事”，万渊一时汇聚，只觉得天地无情，以万物为刍狗，唯有长歌可以当哭，于是愤而挥笔，如弹响《胡笳十八拍》一样，一拍一拍，写下了著名的《同谷七歌》。《同谷七歌》实际上是诗人在向人世告别，这是我们能见到的最伤惨的文人诗歌。这样强烈的、完全不顾“怨而不怒、哀而不伤”圣训的诗文，除了民歌里有，没有一个读书人写过。第一首，诗人就直笔自呼：“有客有客字子美，白头乱发垂过耳。岁拾橡栗随狙公，天寒日暮山谷里。中原无书归不得，手脚冻皴皮肉死。呜呼一歌兮歌已哀，悲风为我从天来！”第三首忆弟：“有弟有弟在远方，三人各瘦何人强？生别辗转不相见，胡尘暗天道路长。东飞駕鹅后鹙鸧，安得送我置汝旁！呜呼三歌兮歌三发，汝归何处收兄骨？”第四首思念十年不见、寡居的妹妹……弟、妹在何方，弟可知兄在何方，“汝归何处收兄骨”？此时此刻，天寒地冻，悲风怒号，饥寒交迫，诗人将死！他终是不明白，于是仰视皇天，哀声遍野，“我生何为在穷谷”？我生何为——何为——

诗读至此，我已泪水涟涟。可是，这并不是最后的时刻。尽管每一片伤口都在流血，尽管日暮途穷，天地不慈，但这并不是最后的时刻！在听到一个老人，一代诗人，中夜起坐，哭得这样惨咽时，我只能告诉他，这不是最后的时刻……

远送从此别，青山空复情。
几时杯重把，昨夜月同行。
列郡讴歌惜，三朝出入荣。
江村独归处，寂寞养残生。
——《奉济驿重送严公四韵》

锦上添花，不如雪中送炭。

如同玄奘在取经路上幸遇高昌王麴文泰，由此结下一段如兄如弟的尘世因缘一样，严武也是杜甫生命中不能不说的一个人物。诗题为《奉济驿重送严公四韵》，这里的严公就是严武。严武小杜甫十四岁，史称严武“神气隽爽，敏于闻见”，曾两度为剑南节度使，有文才武略，有“昨夜秋风入汉关，朔云边月满西山。更催飞将追骄虏，莫遣沙场匹马还”诗传世。也许是品性相和，也许是爱才惜才，在镇蜀期间，严武多次到草堂探视杜甫，并在经济上给予多方接济，才使得杜甫一家绝处逢生。二人彼此赠诗，相互敬重，杜甫曾以“灯光散远近，月彩静高深”比喻严武对自己的关照。严武还数次劝杜甫出仕，杜甫都因年老多病婉言谢绝，后因感其诚意，曾入严武幕府任检校工部员外郎，所以杜甫也称“杜工部”。

严武是杜甫生命中的贵人，也是我们应该感谢的人。

公元762年四月，唐肃宗死，唐代宗即位，六月，召严武入朝，杜甫以诗赠别，因之前已写过《送严侍郎到绵州同登杜使君江楼宴》一诗，这里故称“重送”。律诗双句押韵，八句诗四个韵脚，故称“四韵”。

殊相岐嶷絶於葷茹髫齔
不爲童遊道樹萌牙聳豫
章之楨幹禪池畎澮涵巨
海之波濤年甫七歲居然
猒俗自誓出家禮藏探經
法華在手宿命潛悟如識
金環總持不遺若注瓶水
九歲落髮住西京龍興寺
從僧籙也進具之年昇座
講法頓收珠藏異窮子之
疾走直詣寶山無上城而
可息尒後因靜夜持誦至
多寶塔品身心泊然如入
禪定忽見寶塔宛在目前

“奉济驿”在今天成都东北的绵阳市。诗前四句叙送别。恩人要远赴长安，诗人“远送”，已经送出不知几个十里长亭，“昨夜月同行”，一夜送来，已到了二百里外的奉济驿，不得不分手了。下四句说别后情形。对于严武，杜甫心存感激。这里，诗人只用含蓄的“列郡讴歌惜，三朝出入荣”十个字，借蜀人对严公的依依不舍之情，写自己惜别之心。严公累官玄宗、肃宗、代宗“三朝”，荣居高位，两川之间，“列郡”都有口皆碑，今日奉召还朝，剩下诗人一个，更觉形单影只，彷徨无依，只能重回江村，“寂寞养残生”。风烛残年之人，无力谋生，顿失依傍，此时的孤寒惊慌之状可想而知。诗借青山伫望、明月相随写惜别，也喻高山流水遇知音，也喻山重水复疑无路，后会无期，往事难再。“几时杯重把？”是自问，也是问友人。乱世分离，生死未卜，能否再会，谁又知道呢？

唐·颜真卿·多宝塔碑

这首诗稳稳道来，不激不厉，大恩不言谢，诗人只是一路送，一路远送，托山水明月致意，全诗写得质朴含情，不失君子之交的雍雅得体。

凉风起天末，君子意如何？
鸿雁几时到？江湖秋水多。
文章憎命达，魑魅喜人过。
应共冤魂语，投诗赠汨罗。
——《天末怀李白》

沿着诗歌的大道，李白和杜甫在唐朝彼此寻找，最终相遇了。在这种相遇里，他们彼此忘记了才子的骄傲和矜持。这是一次成功的相遇，惊艳了文学史。

这首诗写于公元759年秋，杜甫时在秦州。当时李白因永王李璘案被流放夜郎，起初，也不知杜甫是如何得知这个消息的，他没有像元稹听说白居易贬谪九江时那样夸张地“垂死病中惊坐起”，而是日有所思，夜有所梦，因“故人入我梦”“三夜频梦君”，又想到李白流放三千里，“路远不可测”，担心他一路上“江湖多风波，舟楫恐失坠”，遂于惶惶中写下《梦李白二首》，一为长相忆，一为李白祝祷、招魂。在这两首诗里，诗人说，“死别已吞声，生别常恻恻。江南瘴疠地，逐客无消息”“魂来枫叶青，魂返关塞黑。君今在罗网，何以有羽翼”，慨叹“冠盖满京华，斯人独憔悴”“水深波浪阔，无使蛟龙得”。李白曾说，大路通天，为什么我独不得出？杜甫说，大海扬波，为什么容不下一条蛟龙？

写这首诗时，李白已经遇赦回到湖南，前两首诗中的惊惧暂缓，可由此引动的思念却一时不能放下，于是诗人再次望空抒怀。

诗人说，我所在的秦州远入边塞，有如天尽头，此时秋风又起，不知此时你在楚地心境怎样，江湖风高浪急，鸿雁传书不到，你的信几时

五代后蜀·黄居寀·竹石锦鸠图

能到？像你这样有文才的人总是薄命遭忌，由此被贬，而魑魅总是幸灾乐祸，使你冤如屈子。此时，你身在湘江，无处话凄凉时，可以写一篇《天问》《招魂》，投诗汨罗。

诗从凉风乍起、景物萧疏起笔，南北路远，世事苍茫，无限悲凉之意由此化成。诗人自身已落入绝境，而满篇写下的却都是对李白的敬意和关心，以及对世道不公的怨愤。如果说“纨绔不饿死，儒冠多误身”是杜甫正常的“怨”，那么“文章憎命达，魑魅喜人过”二句则是出离愤怒的“刺”。古人评此二句：“一憎一喜，遂令文人无置身地。”《杜诗详注》云：“盖文章不遇，魑魅见侵，夜郎一窜，几与汨罗同冤，说

五代南唐·赵幹·江行初雪图（局部）

到流离生死，千里关情，真堪声泪交下，此怀人之最惨怛者。”“木秀于林，风必摧之”，这些道理诗人是知道的，这是古来才子的共同命运，这“十字读不得”的诗是他从五十年红尘遭遇里提炼的警世恒言。

文章知己，惺惺相惜。李杜二人早年一见如故，二度携手同游，“安史之乱”后，二人“飞蓬各自远”。从留下来的诗看，李白写给杜甫的诗只有三首。思念杜甫时，李白会正襟危坐地说：“思君若汶水，浩荡寄南征。”“何时石门路，重有金樽开？”怜惜这个瘦诗人时，李白的笔下又满是好友间的率真：“借问别来太瘦生，总为从前作诗苦。”这和杜甫说李白“痛饮狂歌空度日，飞扬跋扈为谁雄”是异曲同工。

杜甫欣赏李白，是他于千万人中，独独知道只有李白可以与他平坐论道，“余子不堪共酒杯”。杜甫写下了《冬日有怀李白》《春日忆李白》《天末怀李白》，春夏秋冬，念念在兹，写下了“李白斗酒诗百篇，长安市上酒家眠，天子呼来不上船，自称臣是酒中仙”“白

也诗无敌，飘然思不群”“世人皆欲杀，吾意独怜才。敏捷诗千首，飘零酒一杯”这样的名句。在《寄李十二白二十韵》中，诗人对李白的一生做了总结性评价：“昔年有狂客，号尔谪仙人。笔落惊风雨，诗成泣鬼神。声名从此大，汩没一朝伸。文彩承殊渥，流传必绝伦。”因为对这个“才高心不展，道屈善无邻”的诗人“怜君如弟兄”，因为敏感地认识到李白诗歌“流传必绝伦”，杜甫写诗一是表示对这个比他大十一岁的兄长的怀念和敬慕，一是在为一代诗人游其声誉。“千秋万岁名，寂寞身后事”，这是他对李白万世之名的预言，也是对自己的期许。

我们知道，诗歌的盛唐气象是那个时代所有的诗人共同完成的一个宏大叙事，它的核心是真实，是诗言志，诗缘情。每个诗人都是唐诗的一层层台阶，有高有低，是一棵大树上不同的闪闪发光的叶子，由此，我们对盛唐诗歌才有了整体记忆。而李白和杜甫的横空出世，如同两匹千里马，一个仰天长啸，一个低头拉车，他们虽然无力拉住大唐帝国由盛转衰的倾颓之势，却合力将中国诗歌拉上了盛唐最高峰，也拉上了文学史最高峰，在群星灿烂的诗歌王国里，他们是当然的王者！

再观此诗，诗中有屈原、李白、杜甫三人。不知道诗人写作时，是否知道自己在历史上将与此二人同光，也许潜意识中，他已经知道了。今天，我们合上书，微闭双目，从诗歌史上看得最清楚的，也就是这三个巨人，正长衣飘飘、月明风清地向我们走来。三人在这首诗里相遇，是因为他们同是“文章憎命达，魑魅喜人过”的世道人心摧折下的难兄难弟。他们虽然在乱世里沉沦，却已在中国文学史上三足鼎立。

我们读诗，必须知道写诗的人都是什么样的人。按现在的阶层划分，他们一般都是一二等的公民，浮在社会上层。真正下层的人不写诗，真正上层的人常常高高挂起。从中层跌落，杜甫的人生低到尘埃里。一方面，他以一介布衣、以“少陵野老”的身份活在乱世，最直接地体会着下层人的痛苦和磨难，这让他悲天悯人，百感交集。另一方面，与李白相比，在杜甫身上，不仅有乱世士人的时代悲剧。同时也有诗人个性的悲剧。他的诗中，类似《春夜喜雨》那样的诗不过是一次偶然的开怀，更多的时候，他是无限压抑的，无处宣泄也不会宣泄，永远是沉痛着，克制着，挣扎着，他不能像李白那样对酒当歌，而常常是在长夜难眠的时刻，愁肠百结地苦吟。他一生也没有一次像李白那样“仰天大笑出门去”的豪情，他写的“无边落木萧萧下，不尽长江滚滚来”，听起来也是静悄悄的。在时代和个人的大悲伤里，这样孤独、内敛又敏感的人，自然有别人不可触摸的绝望。而要在绝望中活出希望来，来自亲友的温暖就是一服解药，所以这些寻常的思亲念友的诗文，才让他写得这样多情，多情到“长使英雄泪满襟”。

杜甫让我读得这样悲伤，是我觉得那个时代对不起杜甫，对不起这样的诗人，这不公平！李白只是在用诗抒情，而杜甫几乎是在用诗行乞！在离乱的路上，他像农民拾荒一样写诗！而他的诗，在那个人口锐减四分之三的血腥年代，又有几个人在读，有几个人读得懂。可是他一直在写！一个人为什么要写诗，一个人为什么要饿着肚子写诗！曹雪芹本来可以不写《红楼梦》的，他也可以像那些没落贵族一样，喝烂酒就是，可是他就写了！他是为了换五斗米吗？谁说龙游浅水就不是龙，谁说落难的诗人就不是诗人！虽然他行走在难民中间，虽然他寄人篱下，但他终究是乞丐身，圣人象！

写到这里，夜深人静，秋风在树，明月在天，我泪水盈盈。就让我用此夜的泪水，为诗人奠一杯酒，为历史补一分过！

未有涓埃答圣朝

因为杜甫，唐诗不一样了。因为杜甫，七律就更不一样了。

律诗自初唐有之，七言律诗起自初唐应制诗，很多诗人都尝试过。"律"，简言之，就是法度，是纪律。在七律里面，就是平仄对仗、句法严整、七言八行、五十六字，起承转合这些规矩。行行有规矩，一字都不能放过，七律就像是诗歌版的小八股文一样，用这种森严的法度写诗，难怪七律平常人都写不好。

胡应麟《诗薮》里说："杜之律，李之绝，皆天授神诣。"杜甫的七言律诗"气象雄盖宇宙，法律细入毫芒，自是千秋鼻祖""语不惊人死不休"，没有把握从不乱写文章，杜甫倡导的写作是井然有序的，但他又不以起承转合之法刻意求工，而是有规矩，也有变通。他的七律，据诗评家总结，有的以兴起，以赋结，有的先有结论，再添枝加叶，有

时是“六句开，两句合”，有时是“三句开，一句合”，有时“揉碎乱点，掉尾孤行以显之。如万紫乘风，回飙一合”，有时又“中四句分写两大景，两细景，收句结穴归宿”，有些诗，却又“格律精严，词调稳契”，一字一韵都不能移易，比如被公认为古今七律第一的《登高》诗，通篇对偶，甚至有句中对，却又通篇作对而不嫌其笨……

总之，杜甫的七律有种种高妙，出人意料，已经进入了随心所欲而不逾矩的圣人之境。

老去悲秋强自宽，兴来今日尽君欢。
羞将短发还吹帽，笑倩旁人为正冠。
蓝水远从千涧落，玉山高并两峰寒。
明年此会知谁健，醉把茱萸仔细看。

——《九日蓝田崔氏庄》

“物既老而悲伤”，欧阳修说：“草木无情，有时飘零。人为动物，惟物之灵；百忧感其心，万事劳其形。”人老悲秋，只管悲伤即可，可是诗人略一“悲秋”，却要“强自宽”，却要“笑”，这一起笔，就让人觉得不同寻常。东山吹帽，是古人九月九日登高时必定会想到的魏晋名士风流，王隐《晋书》记载：“孟嘉为桓温参军，九日游龙山，风至，吹嘉帽落，温命孙盛为文嘲之。”而“羞将短发还吹帽，笑倩旁人为正冠”是杜甫现世的悲凉。诗人已到“发苍苍、视茫茫”的“老去”时光，所以风吹帽落时，不需要别人“为文嘲之”，自己先就苦笑着、“羞”

五代・胡瓌・卓歇图（局部）

着请人帮他正冠，除此再无风流可言。当然，这里并不是说此日真正“吹帽”，诗人只是倒转古意，拿“吹帽”说事。

“蓝水远从千涧落，玉山高并两峰寒”一联写山水。人事难知，可是山水无辜，这两句，没有顺着“强自宽”的颓势而下，而是风吹酒醒时的一振。蓝水远来，千涧奔泻，玉山高耸，两峰并峙，用“落”“寒”二字点染，水落山寒，却于冷清中带出一怀“力拔山兮气盖世”的雄风。收笔时，诗人关照同在“崔氏庄”赏菊饮酒的友人，山水自来无恙，生命不过草上霜，所以要“尽君欢”，要把今日“醉”中茱萸看分明，也许明年此时再来，就会“遍插茱萸少一人”。

读杜诗，常觉得他写人情总是寂寞，可是一染指山水，诗人常常猛然就激昂起来。他看山水，通常都是从天上看下来，从万里看过去，对

句工而有力，所以传世名句数不胜数。七律自不待言，如五律中也有“吴楚东南坼，乾坤日夜浮”“会当凌绝顶，一览众山小”“星垂平野阔，月涌大江流”这样的句子。这样大笔写来，在一首落寞的诗里，并非望空挥弦，言而无凭，而是香象渡河、截断众流的先知先觉者说。

九月九日登高雅会，是古人情调，九日诗也写得各有风采。其中王维的“独在异乡为异客，每逢佳节倍思亲。遥知兄弟登高处，遍插茱萸少一人”是九月九日游子思乡的经典。家人的无言顾盼，游子的黯然神伤，人生的聚散无常，永恒的故乡情结，这一切大难题，从一个十七岁的少年口中信口说破，带着少年游子的稚气和率真，读来更觉凄凉。杜牧的“尘世难逢开口笑，菊花须插满头归。但将酩酊酬佳节，不用登临恨落晖”句也是千古不磨的好句子，诗人傲岸放达，掉转古意，洗尽庸

唐·阎立本·历代帝王图（局部）

腔俗调，直逼杜甫。杜甫在这首诗里，俯仰天地人，从天人一体的角度体物抒怀，欲悲而喜，才喜又悲，悲的不是一件事，叹的不是一人之老，而是“百忧感其心，万事劳其形”的人世沧桑，是悲天悯人的普世情怀。山河代代，人世有涯，老则老矣，徒唤奈何，只有珍惜眼前时光，只有怀着哀而不伤的心情“仔细看”，才能不改茱萸颜色，不黯然神伤。

这首诗，是天宝十五年长安沦陷时，杜甫身陷贼中时的作品，时值重阳节。蓝田在陕西渭河平原南缘，长安附近。崔氏，不知先生何许人也，应当是杜甫的朋友。只身陷贼的杜甫，在重阳节得到朋友的邀请，已经是个意外。然而，诗人怀才不遇，不惑之年才以九品的胄曹参军立业，又与家人失散，眼见长安沦陷，国家危亡，百姓涂炭，正不知何时能够脱身，何时能与家人团聚，何时有机会遇见伯乐，一展才干，穷愁潦倒，百感交集，“强自宽”自是有本有源的。在《杜诗详注》中，朱瀚评这首诗说：“通篇伤离、悲秋、叹老，尽欢至醉，特寄托耳。”乱世，异乡，佳节，这个节过得兴观群怨，百般纠结，诗不免写得慷慨缠绵。

西山白雪三城戍，南浦清江万里桥。
海内风尘诸弟隔，天涯涕泪一身遥。
惟将迟暮供多病，未有涓埃答圣朝。
跨马出郊时极目，不堪人事日萧条。

——《野望》

从长安逃出，经过千里转徙，转眼到了公元760年秋冬之交，此

时已是唐肃宗上元元年，改朝换代了。诗人定居在浣花溪畔，出城野望，忧国伤时思亲，一日三省，于是作诗寄慨。

不同于浣花溪畔花飞蝶舞的春天，诗人今日野望，看到的是一片萧条肃杀的冬景。

诗人西望南望，四野望去，只见西山雪，锦江桥，于蜀地薄雾中隐

约在望。时序飞转，天南地北，山高水长，这些比兴，必然引动客愁。再一次感叹兄弟离散，再一次自怜孤身天涯。前四句定下“野望”的调子，是“举头望明月”的比，写念亲怀旧的远虑；后四句写迟暮、多病，是“低头思故乡”的赋，写报国无门的近忧；结句是总结前六句，因为跨马出郊，才得以极目天涯，畅想海内，思亲怀君，自伤流落，而这一切“人事”都不堪回首，不过又是一日虚度，度得一日比一日萧条。

如果说，“天涯涕泪一身遥”这个浓缩了诗人半世辛酸的句子只是让人落泪，那么，我觉得“未有涓埃答圣朝”一句，才是这首诗里的断肠语。都到什么时候了，“迟暮”“多病”，朝不保夕，可是诗人还在为自己无尺寸之功、无涓滴之微有补于“圣朝”而抱愧。苏轼说杜甫“一饭未尝忘君”，诗人涕泣涟涟，而总不能忘情者，至此依然是君，是“报圣朝”。国患家难，两两系心，诗人野望，原不是为流连光景，流泪也不是为一己之悲，而是“穷年忧黎元”“再光中兴业，一洗苍生忧”“不

惜此身颠沛，但期国运中兴”的君子之忧。

“西山白雪三城戍，南浦清江万里桥。”这首诗里，起句即用对偶句，像是把他通常诗作中的第二联前移了一样，这样的对句最见诗人健笔功夫。“三城戍”，是他说的“天下郡国向万城，无有一城无甲兵”的意思，指战火连绵，一波未平，一波又起；“万里桥”不能度人，是

唐·韩滉·五牛图

写思家路远，“万里悲秋常作客”。诗人因情选景，因情绘景，家国之忧，如流水一样自然，全在起笔利落。

花近高楼伤客心，万方多难此登临。

锦江春色来天地，玉垒浮云变古今。

北极朝廷终不改，西山寇盗莫相侵。

可怜后主还祠庙，日暮聊为梁甫吟。

——《登楼》

公元764年春，杜甫客居四川已是第五个年头。

五代南唐·周文矩·明皇会棋图（局部）

这首诗写登楼，诗人居高临下，看到了“安史之乱”后的又一乱象，直至把李唐王朝看透，而不肯改的，仍是忧国忧民之心。

“伤”是这首诗的诗眼，诗人伤心多端。

第一层意思是“伤”。一伤“西山寇盗”。就在公元763年正月，官军终于收复了河南河北，历时八年的“安史之乱”终于平定，诗人为此作了平生第一首快诗：“剑外忽传收蓟北，初闻涕泪满衣裳。却看妻子愁何在，漫卷诗书喜欲狂！”本以为可以“青春作伴好还乡”，甚至都想好了回乡的路线，“即从巴峡穿巫峡，便下襄阳向洛阳”，可是，十月便发生了吐蕃攻陷长安、立傀儡、改年号，代宗奔逃陕州的事件；年底，吐蕃又破四川北部诸州，继而再攻陷剑南、西山诸州，由此，到处都是“野哭千家闻战伐，夷歌数处起渔樵”之声。二伤“万方多难”。万方，可指宦官专权、藩镇割据、朝廷内外交困、灾患重重、民不聊生，开元盛世如一江春水向东流、一去不复返各种意思。

第二层意思是“忠”。一是忠于朝廷，“北极朝廷终不改”，古人常用北极星指代朝廷，朝廷就像北极星一样，不可动摇，即使吐蕃入侵，也终究不能改，这是唐人的正统观念。二是为朝廷尽忠，诗人立志要效法诸葛亮，辅佐朝廷，“致君尧舜上，再使风俗淳”，以重振社稷，澄清天下。

这样写，已经不是站在城楼观山景，而是在写《出师表》。诗人一生仰慕诸葛亮，在多首诗里再三致意，他仰慕孔明先生“三分割据纡筹策，万古云霄一羽毛”的雄才大略，也钦羡诸葛亮有“三顾频烦天下计，两朝开济老臣心”的三顾恩遇。结句“可怜后主还祠庙，日暮聊为梁甫吟”二句，写诗人因登楼而望城南后主荒祠，又念及卧龙鞠躬尽瘁、死而后已的一片孤忠，又伤今日蜀中无人，以致三朝鼎沸，寇盗频仍，乱哄哄你方唱罢我登场，遂彷徨四顾，至于日暮。诗人不明白，像蜀后主那样失国辞庙的无道昏君竟也配享世人香火，诗人对此无语，说自己聊以作此诗，就像古人吟唱葬歌《梁甫吟》一样，其实并不为后主哀，而是别有哀思，他是在哀大唐，还像出山前的诸葛亮常吟此曲时的心情一样，哀自己报国无门的心。

“锦江春色来天地，玉垒浮云变古今”是千古名句。锦江的春水，玉垒山的浮云，天高地迥，忽明忽暗，喻天地古今都在变幻莫测中。古人评这两句，说如“野马氤氲，极目万里”。花开身边，春来人间，可诗人看到的，“自是山河有异”。诗人的心情是复杂的，朝廷是国，有国才有家，他多么希望这个朝廷能够像星辰一样，光耀千古。可是分久必合，合久必分，又是天下大势。万里他乡，高楼落日里，除了悲歌一曲，发发兴废之感，一介儒冠，又能奈何。不是花伤客心，是客心自来有伤矣。

《杜臆》对这首诗有个总评价，写得极好：“此诗妙在突然而起，情理反常，令人错愕；而伤之故，至末始尽发之，时竟不使人知，此作诗者之苦心也……首联写登临所见，意极愤懑，词犹未露，此亦急来缓受，文法固应如是。言锦江春水与天地俱来，而玉垒浮云与古今俱变，俯视宏阔，气笼宇宙，可称奇杰。”评点至此，已经出奇，可是评者却说，此诗佳处还不在此，这几句只是开场白，是借笔，目的在于启下：“‘北极朝廷’如锦江水源远流长，终不为改；而‘西山寇盗’如玉垒浮云，悠起悠灭，莫来相侵。”意思是说，无论世事一时如何颠倒、变换，正气总能长存，而邪不压正，是千古不易的道理。

面对这样的诗，才子纪晓岚也只能一唱三叹：“何等气象！何等寄托！如此种诗，如日月终古常见而光景常新。”而诸如“酸心之语，惊心之笔，落纸自成悲风凄雨之状”“触时感事，一读一悲怆”“造意大，命格高，真可度越诸家”“平实有至理，总是纵横千万里，上下千百年”……这样的点赞声，千古以来，更是如同“惊起蛙声一片”一样，不绝于耳。诗写成这样，我想也是不知有汉，无论魏晋，只有盛唐了。

玉露凋伤枫树林，巫山巫峡气萧森。
江间波浪兼天涌，塞上风云接地阴。
丛菊两开他日泪，孤舟一系故园心。
寒衣处处催刀尺，白帝城高急暮砧。

——《秋兴八首·其一》

公元763年，“安史之乱”甫定，由于吐蕃、回纥乘虚而入，烽烟又起，诗人回乡的路已彻底断绝。公元765年，严武又以四十岁的盛年突然去世，这对诗人来说更是雪上加霜。眼见在成都失去凭依，一家人只好沿江东下，行至四川夔州，即今天重庆市奉节县时，承蒙当地都督关照，

在此滞留了两三年。诗人老病孤愁，流寓他乡，“江湖满地一渔翁”，回想百年世事，不胜悲恨，又感“忽已岁时迁”，于是“卧病数秋天”，在这里写下了著名的《秋兴八首》。

五代·佚名·十一面观菩萨

这组诗，先从夔州望向长安，“夔府孤城落日斜，每依北斗望京华”，又从长安望向夔州，“花萼夹城通御气，芙蓉小苑入边愁”；从现实引起回忆，“一卧沧江惊岁晚，几回青琐点朝班”，又从回忆跌落现实，“彩笔昔曾干气象，白头吟望苦低垂”，将盛衰、聚散、今昔，一一对照写来，梅花三弄，满纸风烟，是诗人一生心血凝结之作。陈继儒说：“云霞满空，回翔万状，天风吹海，怒涛飞涌。可喻老杜《秋兴》诸篇。”

这首诗是组诗的引子。起句先布景，玉露枫林，巫山巫峡，山岚雾气，木叶凋零，是诗人起笔时惯常的紧锣密鼓的布阵法，如《登高》中的“风急天高猿啸哀，渚清沙白鸟飞回”一样，一字一景，一字一情，如千军万马，撒豆成兵，让人的心立刻揪起来。到第二联，“江间波浪兼天涌，塞上风云接地阴”，才陡然云开雾散，见了天日，如“无边落木萧萧下，不尽长江滚滚来”“五更鼓角声悲壮，三峡星河影动摇”这

五代南唐·赵幹·江行初雪图（局部）

些句子一样，是密者宜疏、疏者宜密的顿挫。

通常读来，律诗一过颔联，“起”“承”之后，已到“转”笔之时，笔到此间，大抵前面文情已然达到小小一顿之处，似结非结，含意待申。在此下面，点笔落墨，好像重新再起笔一样，其笔势或如奇峰突起，或如藕断丝连，或者推笔宕开，或者明缓暗紧，手法可以不尽相同，而神理脉络是有转折而又始终贯注的。

这首诗的转笔是“丛菊两开他日泪，孤舟一系故园心”，有如另起一行，是这首诗的主笔。就像《红楼梦》第五回是全书的总纲，“警幻”二字是全书的字眼一样，“两开”也是这八首蝉联之作的眉眼。“两开”是夔州的瞿塘峡口，万里风烟；是长安的王侯宅第，文武衣冠；是昨日的云移雉尾，日绕龙鳞；是今日的泛泛渔人，飞飞燕子；是诗人的黑白人生。尾联用刀尺催寒、暮砧促急的景语收结心情，又是诗人惯常的伤感，将最后的急管繁弦混入一城开阔的暮色中，悠然不尽，渐渐远去……

读杜甫的诗，常常觉得很整齐，很上口。诗人说自己“语不惊人死不休”，可我们仔细读，竟能读出拙拙的感觉。“两开”“一系”，似乎也是顺便成对，并不费力，“他日泪”“故园心”，后面的“泪”和“心”也像是随意补进去的。诗人常用的字，也都是我们在唐诗宋词里常见的字，可就是这样普通的字，经他之手一变化组织，就一篇篇都成了千古绝唱。这其中的种种神奇，真正不可思议。古人说，杜诗“不可以句求，不可以字摘”，又说杜诗“工中有拙，拙中有工”。叶梦得《石林诗话》卷上有这样一段文字：

禅宗论云间有三种语，其一为随波逐浪句，谓随物应机，不主故常；其二为截断众流句，谓超出言外，非情识所致；其三为函盖乾坤句，谓泯然皆契，无间可伺。……老杜诗亦有此三种语。

我想，杜甫语不惊人死不休，这只是他私底下的事情，是写作过程，而我们看到的，是他行云流水般的成品。“无边落木萧萧下，不尽长江滚滚来”，他看到的一定还有草，还有船，他只是选择了落木和长江，有树即有草，有水即有船，他只于大处放眼，悲怆处下笔，而诗中却全然不见斧凿之痕，这不是一件容易的事，非有神助不可为。

重读杜甫，才知道，有的诗人有好诗，有的诗人有好句，而杜甫的诗，每一首都是最好的。这就是一代诗人，这就叫炉火纯青。读杜甫，让人欲罢不能；写杜甫，又让人无处下笔。因为他的一句诗，就可以让我们这些试图解读他的人焚稿断痴情。

“纨绔不饿死，儒冠多误身。”

“随风潜入夜，润物细无声。”

“会当凌绝顶，一览众山小。”

“野径云俱黑，江船火独明。”

“星垂平野阔，月涌大江流。”

“射人先射马，擒贼先擒王。”

“出师未捷身先死，长使英雄泪满襟。”

“此曲只应天上有，人间能得几回闻？”

…………

天下有可废之人，无可废之言。

“文王拘而演《周易》；尼厄而作《春秋》；屈原放逐，乃赋《离骚》；左丘失明，厥有《国语》；孙子膑脚，《兵法》修列；不韦迁蜀，世传《吕览》；韩非囚秦，《说难》《孤愤》；《诗》三百篇，大底圣贤发愤之所为作也……”而这个伫立于大唐顶峰的瘦骨诗人，用他千余首易水悲歌，唱响千秋万代，也足以列秩这一队圣贤行列。

从杜甫的诗中，我们知道，他是一个以“大庇天下寒士俱欢颜”为梦想的谦谦君子，一个一生酷爱文学、以“语不惊人死不休”的态度写诗的天才诗人，一个“终日饥走荒山道”的孤独的精神救赎者。他用他一生的努力，最细微地书写了一个诗人活在盛世与乱世里的悲欢离合，为我们还原了那个风云动荡的年代。在任何一种日子里，他都在歌唱。我们从他身上到底得到了多少安慰，中国文学史因为他增添了多少荣誉，谁也不知道，谁也不能奖赏他！孔子厄于陈而弦歌鼓舞，杜甫语不惊人死不休，都是为了救赎我们这些俗人。当我们聆听杜甫深沉而强烈的诗歌时，我们应该停下手中的一切俗事，去思考，去忏悔！

唐 · 荣阳 · 竹图

如果我们想遇见颜回，就踏着《论语》的节奏徐步缓行；如果我们想看见梦中的蝴蝶，就把自己置身于庄子的世界；如果我们想接近杜甫，就沿着他的诗歌往深处走，杜甫正站在唐朝的历史风烟里，等待着我们的精神归来！

走马西来欲到天

边塞诗是构成盛唐之音的一个重音符，它在中国诗歌史上的地位前无古人，后无来者；而在这种为国立功的荣誉感、诗人的浪漫主义情怀与铁马秋风的军旅生活相和合的社会氛围里，也成就了一代边塞诗人。这其中，岑参就是在边塞飞翔着、歌唱着的一只领头雁。

岑参出身名宦世家，岑家曾经一门三相，父亲两任州刺史。但岑参十岁左右时，父亲猝然离世，家境从此日趋困顿。他从兄就学，九岁属文，十五岁山居嵩颍，遍读经史，二十岁时，孤身到长安干谒求仕，奔走京洛，北游河朔。三十岁举进士，初为率府兵曹参军，天宝年间两度出塞，居边塞六年。

公元 749 年，岑参三十四岁，虽是相门之后，但是而立之年，功业未立，十年京漂，一事无成，“昔一何荣矣，今一何悴矣”，没落贵

族的“朱轮华毂”直如南柯一梦。但他是堂堂须眉男儿，不甘风尘碌碌，钦慕祖宗前德，一心想着“尽忠致君，极武登台。朱门复启，相府重开；川换新楫，羹传旧梅”，想着重振家声，施恩于后人。于是，趁着“王道休明”，在这一年，他洒泪告别了在长安的妻子家人，第一次西出阳关，远赴安西，就是今天新疆维吾尔自治区库车县，任安西节度使高仙芝的幕府书记。一路行来，写诗记行，也是诗人的当行本色。

走马西来欲到天，辞家见月两回圆。

今夜不知何处宿，平沙万里绝人烟。

——《碛中作》

月圆之夜，最动离愁。月已圆了两回，说明人已辞家两月，走马西来，一路西进，似乎要走到天尽头。一、二句交代事由，兼写景。“欲到天”，一喻行远，一喻野旷天低，大路通天。在戈壁滩和沙漠中行走过的人都知道，茫茫沙海中，常常只有一条笔直的、长长的路伸向远方，与远天相接。通常的路都是随山转水转，而此处除了天地黄沙日月之外，一无所有，路也无遮无拦，所以直线是最短的距离。“辞家见月两回圆”一句，是将金戈铁马化作绕指柔的一转。家在哪里？家在长安，此时月近长安远。两回圆，是时间，也是故国不堪回首月明中的意思。“今夜不知何处宿，平沙万里绝人烟”，一轮明月照在万里平沙上，万里无人烟，大队人马还在急行军，不知今夜系马何处。杜甫称赞岑参的诗“篇终接浑茫”，此处果然苍茫无尽。

这是沙漠行军途中野营生活的一个剪影。诗人健笔写来，不动声色，一篇西行漫记已经写成。行旅之艰、新奇之感、思乡之情，全在黄沙月色、悲壮苍凉中融合。

黄沙碛里客行迷，四望云天直下低。

为言地尽天还尽，行到安西更向西。

——《过碛》

这首诗还是写在沙漠中行军。

生活不只是诗和远方，还有旅途中的劳累。“天似穹庐、笼盖四野”的风景看了好几个月，让人越看越心慌。西天取经的路也不过如此，九九八十一难全在纸背，诗写心情，此时的诗人，身体疲惫不堪，心中一片迷茫。东望西望，地尽天不尽，敢问路在何方，路在安西又西。“迷”字是本诗诗眼，迷在黄沙深处，迷在前途茫茫，迷在思乡情切，也迷在自己被驱驱行役的身世里。因为心有所迷，所以更加觉得天远地远，路无止境，进退无凭，如入一片愁地。

读这首诗，想着一队人马在戈壁沙漠中默默行走，人困马乏，当日“红旗半卷出辕门”时的激情被严酷的沙漠风吹荡到四野八荒；在这一行人中，有一个文弱的诗人，且行且思，不堪其苦。这首诗贵在真实。诗人没有用飞扬的笔墨写“黄沙百战穿金甲，不破楼兰终不还”的誓师宣言，也没有用凄恻的笔墨写“年年战骨埋荒外，空见蒲桃入汉家”的战争血腥，他只是有分寸地写“行到安西更向西”的漫漫长途中最真实的感受。这种感受也是每个边防将士共同的感受，他们和诗人一样迷茫。

五代·胡瓌·卓歇图（局部）

虽然不高亢，不豪放，却有悲壮的浪漫。没有走过这样的路，就写不出这样的诗。没有这样的性情，也没有这样忠厚的诗。

故园东望路漫漫，双袖龙钟泪不干。
马上相逢无纸笔，凭君传语报平安。
——《逢入京使》

出得都门，诗人随军西行，心却系向东园。

诗人原以为漫漫长路早已不是归路，可是，这一日行军途中，忽逢

东回长安的使者，他乡遇故知，老乡见老乡，两眼泪汪汪。想着他就要东归长安，回到有家人的地方去，而自己还要继续西行，对照之下，敏感多情的诗人压抑已久的情绪在这一刻爆发了，他不由得掩面而泣，以至泪湿青衫。哭过痛过后，心里有千言万语，却不知从何说起，只是哽咽着说了“平安”二字，说我很好，很平安。交臂而过，没有纸笔是真，既有纸笔，除了平安，又能说些什么呢？

唐代诗人许浑有一首小诗写道：“夜战桑乾北，秦兵半不归。朝来有乡信，犹自寄寒衣。”一个秦国的士兵写信给母亲，因为边地苦寒，让母亲寄件寒衣来。可是母亲收到儿子的信时，儿子已经在“半不归”的阵亡名单里了。这是一首让人泪流满面的诗。士兵死在秦王扫六合的划时代的战场上，到死都在想着母亲为他缝制的寒衣的温暖。而他的母亲，还因为收到了儿子的信而放下了一半的心，她会用一生剩下的时间，为她永远也回不来的儿子密密缝制寒衣，她一辈子都会在想，儿子到底有多冷，到底有多寒。还有，“可怜无定河边骨，犹是春闺梦里人”，这样的悲剧已经不是历史剧，而是诗人眼前的现实。诗人知道什么是战争，什么是冷兵器时代的战争，他知道亲人们在怎样为他担心。他就是缺少寒衣，写下的也会是“平安”二字。平安，平安，这两个字在此刻，就是家人和他的命，是一字一命。

人们多评这首诗是思乡之情与渴望功名之情、亲情与豪情交织的盛唐气象，可是在我看来，却字字是泪。“龙钟”就是涕泪淋漓，“泪不干”还是泪。一个军中的幕府书记，一个三十四岁的成年男人、读书人、诗人，在行军途中，在战马上，在众目睽睽之下，面对一个入京的使者，竟然不顾身份哭成这样。这个双袖掩面、泣不成声的诗人，再不需要泪下沾衣这样的克制。这才是哭，是最痛苦、最淋漓的一种男人的哭，是肝肠寸断的哭。此时，“功名只向马上取”的雄心，不敌故园相思一半！

对于盛唐气象，我的理解是，这是由许多诗人、诗歌形成的一种文学的力量，是相对于六朝和初唐宫廷诗的空洞的八股腔而言的，但是，具体到每一个诗人、每一首诗上，却各不相同。盛唐气象的最大特点就是复杂性，是精神多元化。诗是情感的艺术，写一时一地的情感，这种写作是不自觉的，是潜在的表达，诗人并不知道他们在写一种盛唐精神，

唐・吴道子・送子天王图（局部）

盛唐精神只是后人在比较之后得出的结论。所以，在同一种题材中，同一个诗人笔下，有各种风格变换很正常。

唐代开疆拓土，边疆直达西边的亚细亚西部，是“安西又西”，一条“丝绸之路”接通了长安和西域，商贾、官员、外交使节往来不绝于道。为了巩固胜利成果，唐政府常驻新疆的军队就有十万之众。这是一个时代的最强音，也是诗人渴望建功立业的终南捷径，所以去没去过边塞的人，都能写一两首边塞诗，也是风尚使然。时代是伟大的时代，但在同一个时代里行走，能走在时代潮头的人毕竟是少数。岑参的从军之路是偶然的选择，他的心路历程必然比别人曲折，他能在边塞诗人中占得先枝，是因为他的诗更感性、更真实，也就更具有启示性。

“功名只向马上取，真是英雄一丈夫”“丈夫三十未富贵，安能终日守笔砚”，在第一次出征前，他用这样的诗句明志，将马上功名，一生富贵，都系于这一次从军行中。诗人先看到的是理想的边塞，再看到的是现实的边塞，而他显然不是苏武、李广式的人物，所以西进之路也是一条心路，他用最大的克制调整着自己的心态。这种调整是艰难的，虽然他常以“万里奉王事，一身无所求。也知塞垣苦，岂为妻子谋”自勉，但在某一个脆弱的时刻，也不免“为妻子谋”，所以“双袖龙钟泪不干”是真实的人性。

轮台戍边是岑参一生的壮举，成就了他的仕途，也成就了他“边塞诗人”的殊荣。此后，在安西、北庭、阴山、轮台、瀚海各处鞍马风尘的边塞生活里，他看惯了狂风、酷热、严寒、冰雪、大沙漠和惨烈悲壮的战斗场面，与都护、将军、单于、胡姬、征人、胡儿交往，慢慢适应了边塞生活。在诗中，他给自己画了这样的速写：“侧身佐戎幕，敛衽事边陲。自逐定远侯，亦着短后衣。近来能走马，不弱并州儿。”士别三日，当刮目相看，这个布衣短褐、跃马横戈的人，再不是那个风尘小吏，不是那个动不动就掩面而泣的文弱书生，已经是一个能听着胡笳大碗喝酒、酒后酣歌的汉家大将。

“君不见走马川行雪海边，平沙莽莽黄入天。轮台九月风夜吼，一川碎石大如斗，随风满地石乱走。”

“北风卷地白草折，胡天八月即飞雪。忽如一夜春风来，千树万树梨花开。”

“风头如刀面如割，马毛带雪汗气蒸。”

“上将拥旄西出征，平明吹笛大军行。四边伐鼓雪海涌，三军大呼阴山动。”

“火云满山凝未开，飞鸟千里不敢来。”

“蒸沙烁石燃虏云，沸浪炎波煎汉月。”

看着这些奇情奇句，让人不由得热血沸腾。在岑参笔下，“天命我唐”元气调和，足以“捧尧日以云从，扇舜风而草靡”。而他像一个战地记者一样，认真观察，真实记录，既热情歌颂唐军的勇武，也委婉地揭示战争的残酷，让边塞诗的题材和内容为之一新。雪满天山，清艳若千树万树梨花；“马毛带雪”，奔腾若飘风骤起；“平明吹笛”，如梅花三弄；“四边伐鼓”，是阴山震动；风吼、石走，已经“大如斗”了，竟还是一川“碎石”；还有望不尽的“蒸沙烁石”，渡不过的“沸浪炎波”……火山云，天山雪，热海蒸腾，瀚海奇寒，雪夜风吼，飞沙走石，黄沙入天……这样的奇景幻影，这样响彻云天的慷慨高歌，在古人看来，只有李白能接后劲，后人再学，都是效颦。

岑参一生坎坷，《感旧赋》是他的自传。在这篇赋中，他详述天恩祖德，遍阅人情炎凉，自惭岁月蹉跎，说自己“金尽裘敝，蹇而无成”“嗟世路之其阻，恐岁月之不留”；感叹怀才不遇，于国于家无望，“叹君门兮何深，顾盛时而向隅；揽蕙草以惆怅，步衡门而踟蹰”；说自己一生作诗为文，行走西域巴蜀，就是为了“强学以待知音，不思达人之惠顾，庶有望于亨衢”。

时至今日，我们可以告慰诗人，他当年羡慕的那些“歌钟沸天，鞍马照地”“高馆招其宾朋，重门叠其车骑”的陌上富贵人家早已台倾池平，门可罗雀，而他的“畴日之光荣”，直到今天仍然轩冕而来，有无数达人相恤惠顾，专爱其“羁孤”。杜确在《岑嘉州诗集序》中就说：“每一篇绝笔，则人人传写，虽闾里士庶，戎夷蛮貊，莫不讽诵吟习焉。”陆游更说他的诗“笔力追李杜”。

有了这样高端的后生知音，诗人自可笑傲江湖，驾腾云而游八极了。

浅草才能没马蹄

“安史之乱”后，唐王朝进入中唐阶段，最大的内患就是藩镇割据。在杜甫去世的第二年，即公元 772 年正月，白居易出生在这个乱纷纷的世界里。

白家祖居河南新郑，“世敦儒业”，祖父、父亲一生为官，父亲官至徐州别驾，相当于副市长。和很多天才一样，“聪颖过人”这四个字，是对白居易童年和少年的总评。天才一半来自勤奋，白居易读书十分刻苦，以致少年白头。不过，天下没有白用的功，二十四岁时，他就科举及第，官授今西安周至县尉，即副县长，二十五岁授翰林学士，成为皇帝最亲近的顾问兼秘书官，在上书房行走，这也许是史上最年轻的一个翰林学士了。二十六岁任左拾遗，“拾遗补阙”，有点类似现在的监察官员。二十八岁改任京兆府户部参军，三十二岁授太子左赞善大夫，

四十三岁被贬为江州司马。这次贬官，是他宦途的一次跌落，经此一变，动摇了他早年济世利民的正统三观。四十八岁时，他重被召回长安，任尚书司门员外郎，一度外任杭州、苏州刺史，官从五品升到三品，朝服从红色穿到紫色，终以刑部尚书致仕。他自撰的《醉吟先生墓志铭》中说：“前后历官二十任，食禄四十年。”

看了白居易的简历，我们就知道，他和李白、杜甫是不一样的人。经历了“安史之乱”，在战争带来的后遗症里回望开元盛世，自恨生不逢时的中唐诗人，生来就减了几分心志，诗写得弱不禁风，盛世气象笼罩在一片风花雪月的脂粉气和参禅访道的荒烟逝水中。加之白居易少年得志，早入官场，在最复杂的人际关系里摸着石头过河，浮浮沉沉，深知“吉凶祸福有来由，但要深知不要忧”的道理，早早就看淡了功名，抱着“蜗牛角上争何事，石火光中寄此身”的态度低调从事，得过且过。所以，从他的诗里，我们感受最多的，就是一种混合

唐·佚名·地藏菩萨像

着时代低沉气息的士大夫情调。

白居易一生在入世与出世两条路上行走，取道中庸。其中，忠于政事，直言犯谏，公事之余，和元稹一起倡导新乐府运动，和刘禹锡一起写明白如话的民歌体诗，同情平民，为啼饥号寒的卖炭翁作传，为上阳后宫的白发人叫苦，是他立德、立功、立言的入世情怀；以讽喻的冷眼看天下，以醇酒妇人消遣时光，乐天知命，独善其身，写诗自娱，以此自足，是他功成、名遂、身退的天之道。

在诗，白居易以《长恨歌》和《琵琶行》名世。

在《长恨歌》里，帝王家如何朝喧弦管，暮列笙歌，那个让盛世天子眼看着江山变色却不知道躲一躲的女子如何“回眸一笑百媚生”，让“六宫粉黛无颜色”，让“天子从此不早朝”；又如何“宛转蛾眉马前死”，又如何在老年的玄宗梦里归来，二人于“七月七日长生殿，夜半无人私语时”，如何对月持誓“在天愿作比翼鸟，在地愿为连理枝”，这些都是我们熟悉的唐朝的宫廷剧。且不说这段感情是否能上升到爱情的层面，至少看上去很美。

相比之下，我更喜欢《琵琶行》，因为真实。一句“浔阳江头夜送客，枫叶荻花秋瑟瑟”，就像二胡开场前幽幽的散板一样，把我们拉进了一个人间真实的秋夜。此夜荻花瑟瑟，绕船月明，在这样的夜晚，一个从一帆风顺的宦途上刚刚被贬为江州司马的诗人和一个曾在京城教坊挂头牌的风尘女子在同一条船上相遇了，而人生的每一次相遇，都是命中注定，是值得珍惜的缘分。这个“千呼万唤始出来，犹抱琵琶半遮面”的女子一曲琵琶童子功，像“大珠小珠落玉盘”一样，技惊四座。琴有妙音，皆因妙指，而此时指有妙音，是因为女子心中别有幽愁暗恨，“老大嫁作商人妇”“商人重利轻离别”，这个“暮去朝来颜色改”的女子的家常烦怨，仍是“女之耽兮，不可脱也”的淇水风月。风尘女子是红尘里一面破碎的镜子，在这一夜，照出了江州司马此刻急管繁弦一样华丽、混乱的人生碎片，使他泣下，以致“江州司马青衫湿”。诗可以怨，诗人接着女子的怨声说，“我从去年辞帝京，谪居卧病浔阳城”，我住在“黄芦苦竹绕宅生”的幽僻地方，我每日听见的都是鹃啼猿鸣，我“终岁不闻丝竹声”，我……我和你原本“同是天涯沦落人，相逢何必曾相识”！是啊，同是天涯沦落人，相逢已是缘分，又何必一定要像宝玉初见黛玉时那样惊诧，说“这个妹妹我曾见过的”呢。

在仕，白居易以修整西湖名世，西湖诗也写得格外好。

长庆二年，也就是公元822年，五十一岁的诗人由中书舍人改任杭州刺史，在杭州三年后离任回京。一到任上，他就“浚井供饮”，大搞生态文明建设，这是一心要把杭州建成人间天堂的节奏。明朝张岱的《西湖梦寻》中说：“白乐天守杭州，政平讼简。贫民有犯法者，于西湖种树几株；富民有赎罪者，令于西湖开葑田数亩。历任多年，湖葑尽拓，树木成荫。”这个出自诗人笔下的地方法很有创意，贫民犯法，就来西湖种树，富人犯法，就罪加一等，在西湖开荒种田，这样几年下来，

五代·胡瓌·卓歇图（局部）

不怕西湖不换颜色，也不由得诗人不心下暗喜。所以，每日沿湖或监工，或散步，或“载妓看山，寻花问柳”，一眼望去，满目“烟波澹荡摇空碧，楼殿参差倚夕阳”，高柳长堤、画舫青莲的风景，看在诗人眼里，都是诗情画意。

孤山寺北贾亭西，水面初平云脚低。
几处早莺争暖树，谁家新燕啄春泥。
乱花渐欲迷人眼，浅草才能没马蹄。
最爱湖东行不足，绿杨阴里白沙堤。
——《钱塘湖春行》

山不在高，有仙则名；水不在深，有龙则灵。中国的名山大川，江河湖海，亭台楼阁，多借文人之名而显。在唐以前，西湖还名不见经传，想来不过是渔樵野地，经白居易修整一新后，居民因感于家门口的这方水天原来经一番妆洗后，也能像玉人新浴一样，无边光景一时新，便多于此地立亭立庙；由此，才有了游人买船游湖，四时八节渐渐喧阗如市的名胜效应，想躲几天清静的人，也以此地为宜。至苏轼坐守杭州，筑苏堤，写诗词，又给西湖添了一抹恍若西子远山眉的青黛。南宋偏安东南一隅，北方文人随之南下，与江南士子文章互动，阴阳互补，使西湖成了文人雅士流连光景、曲水流觞的上等去处，而南宋文人的遗民情怀，最适宜蘸着这里“烟笼寒水月笼纱”的水月书写，所以在南宋，没落贵族张炎的西湖词写得最多，最让人低眉顺眼，只选一首《声声慢》读来，就能让人俯仰一夕：

荷衣消翠，蕙带余香，灯前共语生平。苦竹黄芦，都是梦里游情。西湖几番夜雨，怕如今、冷却鸥盟。倩寄远，见故人说道，杜老飘零。

难挽清风飞佩，有相思都在，断柳长汀。此别何如，一笑写入瑶琴。天空水云变色，任惜惜、山鬼愁听。兴未已，更何妨、弹到广陵。

至明末遗民张岱，生在湖边，长在湖边，又眼看着湖山易主，所以一册《西湖梦寻》写得更如痴人说梦，“犹山中人归自海上，盛称海错之美”，一片凄迷，不胜依依：

余之梦西湖也，如家园眷属，梦所故有，其梦也真。今余僦居他氏已二十三载，梦中犹在故居，旧役小溪，今已白头，梦中仍是总角。夙习未除，故态难脱，而今而后，余但向蝶庵岑寂，蘧榻于徐，唯吾旧梦是保，一派西湖景色，犹端然未动也。

由此看，白居易的这首西湖诗，可以说是西湖诗的压卷之作，这里说的“压卷”，就是放在一沓诗卷最上面的那一页红笺。

春风吹面，诗人踏马游湖，散散荡荡行来，从孤山寺北、贾亭以西始，环湖而行，至湖东“绿杨阴里白沙堤”止。人在画中行，画景在人眼里，看到的都是早春景色：早莺争暖树，新燕啄春泥，乱花渐次多起来，浅草才刚刚掩住马蹄。早春季节，万物发乎隐，显乎微，小小的、新新的东西总是让人爱怜，从这些小东西身上，最能让人看到人之初的憧憬。诗人用笔浅浅，是不忍用繁花重蕊的笔墨压住眼前如婴儿般纯净的、娇小的、脆弱的美。二、三联，四句诗，已经收拾起所有早春景物，如果掩住一、二句和七、八句，早春出游时，只吟这四句，走到哪里都够用，不只拘于吟西湖一帘风月。

唐·佚名·普贤菩萨像

人说乐天诗“极深厚可爱，往往以眼前事为见得语，皆他人所未发”，这首诗也是就眼前事白描一番，西湖淡若凌波仙子的美景全在形容词外，诗人不费妆点，只由人自己添减。我想，西湖这样的地方就像是士大夫们的后花园，在这里可以做桃源梦，也是他们的红巾翠袖，最宜揾英雄泪。其梦也真？其梦也幻？能否在断桥上遇到白娘子？全在一个人悟性的深浅、运气的好坏，不可言说。

贯华堂才子金圣叹最会评诗，他给这首诗写的诗评，读起来有一种散文的散淡美，读之不觉心驰神往，不妨录下：

前解先写湖上。横开则为寺北亭西，竖展则为低云平水，浓点则为早莺新燕，轻烘则为暖树春泥。写湖上，真如天开图画也。后解方写春行。花迷，草没，如以戥子称量此日春光之浅深也。“绿杨阴里白沙堤”者，言于如是浅深春光中，幅巾单袷，款段闲行，即此杭州太守白居士也。

——《贯华堂选批唐才子诗》

“幅巾单袷，款段闲行”，正是富贵闲人的风调。

后人多讽白居易诗浅而近俗，不过遇到像这首诗这样好的，他们也会改口。这首诗，把浅深春光，浓淡春色尽收锦囊之中，一段真性情不可埋没，以至被后人评为“最是中唐佳调”，并常用这样的诗让浪说白诗俗的人闭嘴。

湖上春来似画图，乱峰围绕水平铺。
松排山面千重翠，月点波心一颗珠。
碧毯线头抽早稻，青罗裙带展新蒲。
未能抛得杭州去，一半勾留是此湖。
——《春题湖上》

这首诗接着写西湖美景，兼与西湖作别。

第一句本可以不说，第二句从乱峰绕水总起。环滁皆山也，环西湖也多山，如南高峰，北高峰，葛岭，山峦叠起，所以“乱”。春来，乱峰绕湖，直接入题。中间四句都是因山水而来，山上松绿，水中月明，岸边生长着毛茸茸的早稻，湖上浮着像青罗裙带一样施施然的香蒲水草。这首诗绘景有些拥堵，选动词是费了力气的，如“排”“抽”“展”，像是淡彩画上滴下的一滴重墨，由此可以看出与李杜诗的距离。其中，“月点波心一颗珠”是最舒展的一笔。明月一轮，“点”在湖心里，月映三潭，有“一灯之明，传万灯燃”的烘托效果。

在任杭州刺史之前，白居易在长安做官。面对国事日荒、民生益困的现实，屡屡上书言事而不被采纳，眼见时局日危，朋党倾轧加剧，便自求外任，来到杭州。对朝与野、仕与隐，白居易有自己的认识。小隐于野，中隐于市，大隐于朝，他说，“霅溪殊冷僻，茂苑太繁雄。唯此钱塘郡，闲忙恰得中”，林泉太幽僻，长安太烦，二线城市杭州是最适合中隐的地方，不闲不忙，不前不后走中间。这首诗以“未能抛得杭州去，一半勾留是此湖”作结，自有诗人难言之隐。

征途行色惨风烟，祖帐离声咽管弦。
翠黛不须留五马，皇恩只许住三年。
绿藤阴下铺歌席，红藕花中泊妓船。
处处回头尽堪恋，就中难别是湖边。

——《西湖留别》

人与人相处会日久生情，一个人在一个地方住久了，也会日久生情。

白居易在杭州做刺史，三年时间里，因为很接地气，所以政通人和，很有成就感；作为“风流太守”，在“红杏香中箫鼓，绿杨影里秋千”“暖风十里丽人天”的湖畔，他常有“绿藤阴下铺歌席，红藕花中泊妓船”的快活，这比他在朝中“朝乾夕惕”过日子散淡得多，所以，三年杭州任期满后，他从心里是不想走的，而最让他不舍的，就是这一片湖山，满眼云水。可是，此时走不走由不得他做主，因为“皇恩只许住三年”，所以面朝西湖，诗人只好叹一声“翠黛不须留五马”，告别西湖时像告别西子一样难，“征途行色惨风烟，祖帐离声咽管弦”“处处回头尽堪恋，就中难别是湖边”，骊歌惨咽，一步一回头。

别后，又作《杭州回舫》诗，说“自别钱塘山水后，不多饮酒懒吟诗。欲将此意凭回棹，报与西湖风月知”。西湖不再，让诗人诗酒无欢；断桥回望，又是人生一程。诗人像张岱一样，把西湖当成了自己家的“寄园”。然而，梦中桃源，只可于梦中寻得，人事纷扰，也只可以在梦中寄身，实有未曾梦见者在也。苏轼说，“西湖天下景，游者无愚贤。深浅随所得，谁能识其全”。面对西湖，人人有所得，可是所得几何，也常常因人而异。

唐·吴道子·送子天王图（局部）

最喜欢白居易的五言诗，其中“离离原上草，一岁一枯荣。野火烧不尽，春风吹又生。远芳侵古道，晴翠接荒城。又送王孙去，萋萋满别情”“绿蚁新醅酒，红泥小火炉。晚来天欲雪，能饮一杯无”是千古佳声，还有“梧桐上阶影，蟋蟀近床声”“树初黄叶日，人欲白头时”“望湖凭槛久，待月放杯迟”“送春唯有酒，销日不过棋”“江果尝卢橘，山歌听竹枝”“春泥秧稻暖，夜火焙茶香”……这些精致的小诗，是诗人信手拈起的禅机三昧。

“志在兼济，行在独善。奉而始终之则为道，言而发明之则为诗。”这是白居易一生行之有效的座右铭。为诗为文，他建议朝廷“立采诗之官，开讽刺之道，察其得失之政，通其上下之情”，反对宫律高、文字奇、嘲风月、弄花草的艳丽诗风，主张“文章合为时而著，歌诗合为事而作”，倡行比兴美刺传统；为人，他“忠厚好施，刚直尽言，与人有情，于物无着”，以儒家思想为纲，张佛道之目。这种雍容的士大夫行止，深得宋儒青睐，欧阳修号“醉翁”，苏轼号“东坡”，都取自白居易衣钵，是“照花前后镜，花面交相映”的错落风姿。

“人间四月芳菲尽，山寺桃花始盛开。长恨春归无觅处，不知转入此中来。”

诗人用这首诗与我们告别。他想说，不必长恨人间四月天，也不必恨春归尽，寺门开向山，那里风尘少，日月长，山寺桃花接着开。在那里，又是一片我们不知道的芳菲，向人妩媚。

草色遥看近却无

“文起八代之衰，道济天下之溺。”

苏轼这两句人物评点，省略了历代多少人物对韩愈的赞赏文字。在“文”与“道”都渐渐向晚的中唐时期，韩文公的“文起”与“道济”，不仅提升了中唐文人文与道的品极，也在整个中国思想史、教育史、文学史上写下了光辉的一页。刘禹锡在《祭韩吏部文》中说他“手持文柄，高视寰海”“三十余年，声名塞天”，是唐人与后世对韩愈文章道德的共识。

韩愈出身官宦世家，三岁失怙，从兄嫂长大，兄又早亡，与寡嫂和侄儿相依为命。自言“七岁而读书，十三而能文”“前古之兴亡，未尝不经于心也；当世之得失，未尝不留于意也”。十八岁时，韩愈就携一卷诗书出外谋生，二十五岁进士及第，此后辗转步入仕途，立功、立

唐·阎立本·历代帝王图（局部）

德、立言，不忧不惧，以他五十七年的一世短途，成就了一代人中鸾凤。

作为政治家，他累官监察御史、考功郎中知制诰、刑部侍郎、国子监祭酒、吏部侍郎等。其间，被贬官至各地方，所历之处，皆卓有政绩。

作为思想家，他反佛排道，提倡儒学，以继承儒学道统自居，开宋明理学之先声。

作为教育家，他力改耻为人师之风，广招后学，亲授学业，写有《师说》《进学解》《杂说四·马说》诸多文章，论说师道，激励后进。“业精于勤，荒于嬉；行成于思，毁于随。”是他的励志名言；“世有伯乐，然后有千里马。千里马常有，而伯乐不常有”是他举贤、尚贤的人才观。

作为散文家，他终生倡导古文运动，主张继承先秦两汉散文传统，反对专讲声律对仗、华而不实的骈体文，以“文以载道”“文道合一”为宗旨，使古文自唐以后为之一变，被后人尊为“唐宋八大家”之首，与柳宗元并称“韩柳”，与柳宗元、欧阳修、苏轼并称“千古文章四大家”，有“文章巨公”和“百代文宗”之名。作为诗人，他以文为诗，把新的古文语言、章法、技巧引入诗坛，纠正了大历以来的平庸诗风，其诗古体工，近体少，律诗、绝句多有佳篇。

孔子的诗教于“兴观群怨”外，还教导弟子要“多识于草木虫鱼”，从自然中“广大其心，导达其仁”。面对这样一个有大江大河气场的人物，我们只能从他的沧浪之水中，取“草木虫鱼”的小小文字作一瓢饮。

天街小雨润如酥，草色遥看近却无。

最是一年春好处，绝胜烟柳满皇都。

——《早春呈水部张十八员外·其一》

莫道官忙身老大，即无年少逐春心。

凭君先到江头看，柳色如今深未深。

——《早春呈水部张十八员外·其二》

春风又度，看诗人怎么约人“沐乎沂，咏而归”。

张籍和韩愈是同时代诗人，小韩愈两岁，写有“还君明珠双泪垂，恨不相逢未嫁时”的名句，一生迷恋杜甫诗歌，据说曾把杜甫的名诗一首一首地烧掉，烧完的纸灰拌上蜂蜜，每天早上吃三匙，不为养生，只说吃了杜诗，便能写出和杜甫一样的好诗了。这位多情诗痴与韩愈同朝为官，因在同族兄弟中排行第十八，又曾任水部员外郎，所以诗人呈诗时先点明朋友姓名和身份。古人题诗名很有意思，不忘在家中排行，也不忘官身，是以家国两不忘。对那些没有官职的乡贤，一律尊称为“员外”，又足见官本位深入人心。

这是两首明媚清丽的小诗，读来轻松可喜。

诗作于唐穆宗长庆三年，即公元823年早春，当时诗人已经五十六岁，任吏部侍郎。此前不久，河北藩镇叛乱，韩愈奉命前往宣抚，说服叛军，平息了一场叛乱。穆宗大喜，把他从兵部侍郎任上调为吏部侍郎，虽是平调，两个职位的含金量似有不同。此时的诗人，一生文功武略已经成就，虽然年近花甲，却无悲老之叹。一日朝散，从劳形的案牍中起身，走在皇都长安街上，此时有小雨，却不沾衣，远处一片新绿晃眼，近看时，却若有若无，于是想到友人，想约他共赏早春的惊喜。他深知友人是个宅男，常和他一样，以官事冗杂、年纪老大为托词，平日只是上朝回家，两点一线，无情无绪地过日子，所以一再引逗友人出来走走，说曲江头的春色已经很好了，那里的柳色深也不深，你知也不知，难道真的不想知道吗？等到烟柳满皇都的时候，那就已经是辜负春光又一年了。

“天街小雨润如酥，草色遥看近却无”，这两句诗人第一眼看到的风景，第一次拾到的句子，是早春最动人的风景，也是千古名句。写早春的诗，还记得南宋诗僧志南的“沾衣欲湿杏花雨，吹面不寒杨柳风”，白居易的“乱花渐欲迷人眼，浅草才能没马蹄”，把这六句连起来，就是北方从惊蛰到春分的半月谈，是早春之魂。小雨润如“酥”，此处的“酥”是细腻的意思，是说雨细细密密，润物细无声的样子。草色远看成片，近看却只有一一二二。一冬灰暗，余寒犹厉，突然看见春草萌生，一新眼目，又突然惊觉时光忽忽，春光难驻，是人面对早春时的一喜一忧。少年游春，看来都是春色满园关不住；老年游春，看到的只是朱颜改。从一抹青痕、疏疏春雨的淡彩中就开始赏春，直到花团锦簇，落红成阵，还有一段悠长的时光供人流连，也足以抚慰人世的荒促，所以诗人一再提醒我们，一年之计在于春，不可辜负。

草树知春不久归，百般红紫斗芳菲。

杨花榆荚无才思，惟解漫天作雪飞。

——《晚春》

这首写晚春的诗，重点在写杨花。杨花，即柳絮。杨花无根，无知无觉，似花非花，诗人常以杨花状写人无着无落的心绪和人生的虚无缥缈。苏轼写杨花最多，“春色三分，二分尘土，一分流水。细看来，不是杨花，点点是离人泪”最伤感，北周庾信的“新年鸟声千种啭，二月杨花满路飞”写杨花扑面的热闹，宋朝诗人张先的“中庭月色正清明，无数杨花过无影”状杨花轻扬的幻影。

春来时人喜，春去时人惜，写这首诗时，诗人已年近半百。晚春迟暮，知春归去，诗人却尽摹花草灿烂之情状，赏玩晚春满目之风采。草树明明知道春天已经不能挽留，却不减满眼风光。杨花榆荚虽无才思，没有风光过，可也没有惆怅，从一开始就只知道漫天飞舞，到最后时光，还是飞飞若雪，飞出林黛玉说的“柳丝榆荚自芳菲，不管桃飘与李飞”的清高。

诗的新意在于不写人之惜春，而说草木亦知春将不久，能“知”能“解”，因而各“斗”芳菲。谁说草木无情，诗人偏说它们有知，而且还有“才思”高下有无之分。如果从“诗言志”的方面去想，“杨花榆荚无才思”一句，或有劝人勤学的比兴，或是对无才之辈的讽喻。不过我想，面对春天的美景，诗人大可不必这样寄托遥深。看花就看花，惜春就惜春，从《进学解》中那个老夫子的形象看来，韩愈并非时时都在踱着方步教训人，那个被学生笑为“口不绝吟于六艺之文，手不停披于百家之编”，却不仅不恼，还说“吁，子来前”，然后一本正经上课、一本正经自嘲的先生原是很随和的、有点冷幽默的那种人。晚春景象，在他眼里，就像一班渐渐长大的学生一样，有的争强好胜，有的才思平平，却个个努力。

唐·吴道子·八十七神仙卷（局部）

新年都未有芳华，二月初惊见草芽。

白雪却嫌春色晚，故穿庭树作飞花。

——《春雪》

时光不会早也不会迟，可是人们常说春来迟，春去早，全是因为爱春惜春的心情不同往日。诗人用一个“都”字，就把盼春的心情写得十万火急。都已经是二月了，二月春城还不见花，只是偶然能惊见春草，而这也是难得的喜悦。“新年”“二月”是时间，“草芽”是春讯，从这几个字，我们知道，诗人盼春是有盼头的。春姑娘姗姗来迟，犹抱琵

琶半遮面，但毕竟就要来了。第三句是转笔破题，第一次写到“雪”。春不来，不唯人急，春雪也急，故先自飞来，布下绕树飞花的疑阵。

诗人想说，不要说雪不是花，实际上，飞雪迎春，雪就是春天的信使，梅雪争春，雪急急飞来的样子，是让盼望春天的诗人少安毋躁，也为春天平添了一庭欢闹。这里的雪，不是白居易说的“夜深知雪重，时闻折竹声”里那种沉重的夜雪，而是李清照“雪里已知春信至”的春日晴雪，全不见一丝春寒的冷落，或春雪没有自知之明，只顾占得春先的言外之意。

桃溪惆怅不能过，红艳纷纷落地多。

闻道郭西千树雪，欲将君去醉如何。

——《闻梨花发赠刘师命》

听说城西千树万树梨花开，诗人在书斋里坐不住了，于是立即作诗

邀请朋友去城西赏花。何以如此心急呢，是因为“桃溪惆怅不能过，红艳纷纷落地多”。桃花时节已经错过，桃溪里，只见花落水流，一片残春，已经让人惆怅得不忍看，不忍走过；那么，梨花再不能错过。

这首诗的可爱处，不在于对桃花、梨花的爱恋，而在于对赏花人心情的捕捉。想想，一个老先生，整日案牍劳形，哪里还有赏花的闲时间、闲精神，可是，就有这样一个做着经国大事的人，却是这样汲汲于一花一树。有这样的心情，有这样的生活方式，本身就是诗意，就是浪漫。写这种惜春的急切心情的，还有一首小诗，是诗人写给一个官场朋友的一首五绝《柳巷》：“柳巷还飞絮，春余几许时。吏人休报事，公作送春诗。”二十个字，不由分说地表明，老夫今日闭门谢客，暂时不在服务区，一干人众休来打搅。为什么会是这样，因为君不见“柳巷还飞絮”，眼见满眼游丝落絮已如此纷纷，已是清明时节，飞花几何，春又几何，飞絮落花时候还能做什么？只能作诗！所以老夫今日啥也不干，“公作送春诗”，专门伏案磨砚，作一首送春诗是也。从这首诗中看，朝廷大员有时候也是一副没有道理可讲的老顽童的样子。

古人云：“躬被四时之和，道出万物之表。”在岁月交接、春来秋往的季节变换中，能春玩其华，秋赏其实，触景生情，才是一种健全的

唐・吴道子・八十七神仙卷（局部）

人生体验。我想，作为一个大人物，不论韩愈的性格多么刚直不阿——像白居易称赞的，“性方道直，介然有守，不交势利，自致名望”——他的心地也一定如阳春布德泽的春天一样，能给人以温暖和希望。不然，戚戚于一己之得失，眼前无一个好人，失之于和，就不可能成就大事业。韩愈本不以诗名世，他的志向也不在作诗，这种抒情小诗不多，却常取春景为诗，如“曲江水满花千树，有底忙时不肯来”“居邻北郭古寺空，杏花两株能白红”“迷魂乱眼看不得，照耀万树繁如堆”，把春天的深红浅白、鸟语花香写得轻灵细致。由此可见，诗人性格中多有春和景明的一面，他爱赏春天，喜爱春来时一草一木带来的新奇、惊讶，赞赏春归时的坦荡和自足，所以春天在他笔下，才活灵活现，全不是落寞文人的风调。

子曰：“天何言哉！四时行焉，万物生焉，天何言哉！”苍天静穆无言，而四季轮回，万物滋生，其乐融融。苍天需要说什么吗？只要有天空一样的胸怀，厚道为人，何愁君子不来，万物不兴？这就是我们从韩愈咏春诗的“师道”中受到的教诲。

夕贬潮州路八千

韩愈一生两次被贬官地方，都是文章惹的祸。在历史上，文字狱并不少见。一言不合，拔刀相见，这是历代无能的君王对付忠臣的最后一招。

韩愈两次迁谪，共写诗百余首，约占韩诗总数的四分之一。这些迁谪诗不同于韩愈平时的应酬、应景之作，它出自诗人肺腑，化入天地正气，入于我们心灵。我们只选两首韩愈两次贬途中的诗作来读，就知道在最黑暗的日子里，一代君子是怎样炼成的。

山净江空水见沙，哀猿啼处两三家。

筼筜竞长纤纤笋，踯躅闲开艳艳花。

未报恩波知死所，莫令炎瘴送生涯。

吟君诗罢看双鬓，斗觉霜毛一半加。

——《答张十一功曹》

韩愈从十八岁到京师应举，先后三次落第，二十五岁才中进士，有了文凭后，接着参加吏部的博学鸿词科考试，相当于考公务员，不料连考三次未中。三十岁时，终于在汴州的宣武节度使幕府做了个观察推官，才算步入仕途。三十四岁时，任国子监四门博士，成为朝廷官员。第二年，与柳宗元、刘禹锡同为监察御史，专门负责向皇家提意见和建议。公元803年，韩愈时年三十六岁，正在朝中做监察御史。

当年关中大旱，然而，京兆尹李实为邀功取宠，一面欺瞒朝廷，奏曰“今年虽旱，而谷甚好”；一面横征暴敛，使灾情愈演愈烈。时有优人因作语“秦地城池二百年，何期如此贱田园？一顷麦苗五硕米，三间堂屋二千钱”而被老来越发昏聩的唐德宗以“诽谤国政”罪遽令决杀。韩愈对灾情也是忧心如焚，到处反映情况，他在《上李尚书书》中说：“今年已来，不雨者百有余日，种不入土，野无青草。”以期朝中大员能集体呈奏，解民生于倒悬。为了弄清灾情，他约同僚张署等人，下到京城附近的农村去亲自察看。看见灾民流离失所，四处乞讨，饿殍遍地，不仅卖儿卖女，拆房卖地，甚至以人尸充饥的惨状后，韩愈痛心不已，当晚回到署衙，悲愤地写下《御史台上论天旱人饥状》呈给皇上，请求减缓税赋。这篇奏章开门见山，有理有据，尽述灾年民不聊生的凄惨，直呈“京师者，四方之腹心，国家之根本，其百姓实宜倍加忧恤”的政治远见，提出“急之则得少而人伤，缓之则事存而利远”的解决办法，直指“群臣之所未言，陛下之所未知”的弊政，说自己“受恩思效”，所以才“有见辄言”，是职责所在。可是，这篇怎么看都没有瑕疵的为

五代南唐·董源·夏景山口待渡图卷（局部）

民请命、为国分忧的文章，反遭到李实等人谗害，而且还被唐德宗采信了。于是同年十二月，韩愈被贬为连州阳山县令，阳山即现在的广东省清远市阳山县。这是韩愈第一次被贬放地方。

阳山距长安有数千里之遥。在《赴江陵途中寄赠王二十补阙李十一拾遗李二十六员外翰林三学士》诗中，诗人回忆当时启程的情景时说："中使临门遣，顷刻不得留。病妹卧床褥，分知隔明幽。悲啼乞就别，百请不颔头。弱妻抱稚子，出拜忘惭羞。黾勉不回顾，行行诣连州。朝为青云士，暮作白首囚。"时值隆冬腊月，衙役催行如此紧迫，诗人的痛苦自不堪言。

这首题为《答张十一功曹》的诗即作于阳山。

“功曹”是官名，是县令的主要佐吏。这里的张功曹就是张署，与韩愈同案被贬为临武令。韩愈赞扬张署“方质有气，形貌魁硕，长于文词”，是“棘棘不阿”的君子。当初赴贬所时，韩、张二人同行，一起入湖南，经湘水，至郴州西南的九嶷山，一直到张署的贬所临武后才分手。此后二人经常以诗相互赠答，如韩愈的“君歌声酸辞且苦，不能听终泪如雨”“忆昔与君同贬官，夜渡洞庭看斗柄”，把相知相怜之情写得满纸泪痕。当日，张署《赠韩退之》的诗云：“九嶷峰畔二江前，恋阙思乡日抵年。白简趋朝曾并命，苍梧左宦一联翩。鲛人远泛渔舟水，鹏鸟闲飞露里天。涣汗几时流率土，扁舟西下共归田。”诗作文采有余，识见与韩愈比，却下一等。

唐·佚名·天王像

诗人因忠被贬，离开繁华嘈杂、人事纷扰的京城，沿湘江千里行来，一路看“山石荦确行径微，黄昏到寺蝙蝠飞”的奇怪风景，“静思屈原沉，远忆贾谊贬”，感叹“椒兰争妒忌，绛灌共谗谄”，且行且思，因孤忠而罹罪的不平之气，在南国空明朗阔的山水的抚慰下渐渐平息下来，驱驱行役、宦海沉浮已不足畏惧，一日收到友人的诗作，更觉欣慰。

诗前四句总写岭南风光。“篔筜”是一种皮薄节长的高大竹子，通常长在水边。“踯躅”是杜鹃花的别名。读懂这两个名词，这首诗就好读了。山“净”、江“空”，水清得可以见到沉沙，起笔就画出一幅天地肃清的秋冬景色，第二句写哀猿啼处只有两三户人家，是说居处荒僻冷落，每日只能听到猿声，常日无人对话，所以“吟君诗罢”，答诗才答得这样认真。正因为是在岭南，所以尽管是清冷的秋冬时节，竹子也只管长，杜鹃花也只管开。

“未报恩波知死所，莫令炎瘴送生涯”是诗人今天对友人说的最重要的话。诗人说，岭南湿热，多瘴气，北方人不服水土，常常生病而死，我为此忧心。大丈夫死虽不足畏，可是，皇帝的深恩尚未报答。所以，尽管我们只是一介风尘小吏，也但求不要在这里虚度余生。皇帝有何恩于诗人？因为“君让臣死，臣不得不死”，诗人自认为罪已至死，然而蒙圣恩格外垂慈，只是贬官地方，这是不杀之恩。如果这样坐以待毙，心怀怨悱，就是有负皇恩。

诗尽写南国的“净”与“空”，竹竞长，花闲开，可是诗人却不能等闲送生涯。这样对比来看，更觉得诗人内心深处有许多矛盾。这种矛盾的心情，在收到友人的书信时被放大。友人的一纸书信让他的心绪接向自己的身世和宦途，他自小一路求学的艰难、少年梦想、中年蹉跎、建功立业的志向陡然被唤醒，于是一夜憔悴白头，顿觉半世已过。这首诗写得“怨而不怒”，哀伤全在比兴中深掩，就像沉在净水下的沙石一样，沉重而分明。人说韩愈诗类杜甫，应该就是读懂了他这种沉郁中的顿挫之美。

一封朝奏九重天，夕贬潮州路八千。
欲为圣朝除弊事，肯将衰朽惜残年！
云横秦岭家何在？雪拥蓝关马不前。
知汝远来应有意，好收吾骨瘴江边。

——《左迁至蓝关示侄孙湘》

唐诗宋词一路读来，所见多是文人咏怀风月山水之作，虽不失兴观群怨的诗教，但像这首诗这样兼有文采和气骨的金石之声所见真是不多。若可比，岳飞的《满江红》，文天祥的《过零丁洋》可以比肩。

韩愈这首诗的写作背景是这样的：

在凤翔扶风县（今属陕西省宝鸡市）的法门寺里，有一座佛塔，塔内藏有释迦牟尼指骨舍利一节，每隔三十年开一次塔取出舍利，供人瞻敬，据传开塔则岁丰人泰。公元819年又是开塔之年。正月里，宪宗即遣人众三十，持香花迎佛骨于宫内，供养三日。这件事在全国引发了一场狂热的礼佛风潮，社会各阶层趋之若鹜，“焚顶烧指，百十为群，解衣散钱，自朝至暮，转相仿效，惟恐后时，老少奔波，弃其业次”。早在两汉之际，佛教自印度传到中国，开始只在少数百姓中流传。汉亡以后，魏晋南北朝士民惶惶无助，佛教成了一剂灵药，广为传播。至中唐时期，自上而下，佛教大兴，与本土的道教、儒学并称“三教”，成鼎足之势。佛教的盛行，严重影响了唐朝政府的财政收入，“寅年用了卯年的”，也给征兵、劳役诸方面造成严重困难，由此积怨甚多。

韩愈时任刑部侍郎，出于多种考虑，一向反对佞佛，面对这场闹剧，更是一时热血沸腾，忘了前一次的教训，上了一道《谏迎佛骨表》力阻。奏表大意是说，信佛并不能延年益寿，从三皇五帝到周文王均寿过百岁，

唐·佚名·二观音菩萨像

当时天下太平，百姓安居乐业，并无佛祖保佑。自汉明帝时始有佛法后，历代皇帝反倒福薄寿夭，所以“佛不足事，亦可知矣”。还说佛本是夷狄之人，“口不言先王之法言，身不服先王之法服，不知君臣之义，父子之情”。如今，佛已死久，“枯朽之骨，凶秽之余，岂宜令入宫禁”。可是皇上“无故取朽秽之物，亲临观之，巫祝不先，桃茹不用，群臣不言其非，御史不举其失，臣实耻之”，并“乞以此骨付之有司，投诸水火，永绝根本，断天下之疑，绝后代之惑”。最后赌咒发誓说：“佛如有灵，能作祸祟，凡有殃咎，宜加臣身，上天鉴临，臣不怨悔。”

这道奏表尽管写得诚惶诚恐，说上智下愚，皇帝圣明，全是百姓愚顽不知分寸，但由于言辞过激，忠言逆耳，良药苦口，扫了皇帝的龙兴，

时任皇帝唐宪宗瞬间龙颜大怒，当即就要以大不敬罪斩立决，幸有以裴度为首的一班文武大臣冒死求情，说韩愈“内怀至忠”，罪不至死，以免堵塞言路。宪宗碍于众爱卿情面，但余怒未消，总要挽回挽回才好，于是终以死罪免过、活罪难逃发落，最后韩愈被贬为潮州刺史，并严令即刻上道，一日不得停留。这是韩愈第二次被贬官地方，时年五十二岁。

这首诗写得明白如话。朝“奏”夕“贬”，朝夕即如云壤，命运翻覆如惊雷闪电。只读一、二句，就知道诗人骨鲠在喉，不吐不快，所以一提笔就拉黑我们的心情，然后接着说原因，“欲为圣朝除弊事，肯将衰朽惜残年！”原来，又是一个“信而见疑、忠而被谤”的故事，是忠臣与昏君的不对等的叫阵。“一封朝奏九重天，夕贬潮州路八千”，读这句诗，让我们想起“一身去国六千里，万死投荒十二年”“三十功名尘与土，八千里路云和月”这样的壮语，只觉得朗朗乾坤，为之颠倒；是非成败，兴废由人。五、六句并非仅止于写景思家，而是瞻前路，想后路。前路“云横”不见长安，家国何在，后路“雪拥”英雄失路，生死未卜。大难不死，遇到心智弱的人，就会起泛舟五湖、濯足沧浪的念头，可是，诗人却以“好收吾骨瘴江边”的铿锵之声鸣金收兵。收骨江边，就是青山埋骨，就是马革裹尸，是君子不忧不惧、不激不厉的大雅之声，唯日月可鉴。

为一篇《谏迎佛骨表》，韩愈付出了惨痛的代价。潮州州治潮阳，在广东东部，距离长安也有几千里之遥。当他只身行至蓝关时，作为罪臣家属而被随后遣逐的一家老小此时尚不知行至何处，只有侄孙韩湘驰马先到，诗人因此长歌当哭，在风雪中挥泪成诗。后来，诗人在《女挐圹铭》中追述道：“愈既行，有司以罪人家不可留京师，迫遣之。女挐年十二，病在席。既惊痛与其父诀，又舆致走道撼顿，失食饮节，死于商南层峰驿。”祸及家小，与病中小女痛别，小女又道死，殡葬于驿旁山下，由此可知诗人当日朝夕之间何等仓促上路，与家人何等死别一场，又可知他日后回忆时，何等肝肠寸断。韩愈在《祭十二郎文》里尽述侄

唐・吴道子・送子天王图（局部）

亡之痛，呜呼哀哉之声伤及千古。他自幼丧父，叔伯兄长均早亡，人丁衰丧，特别是自侄儿死后，韩氏一门，唯剩他一人。独木难支，所以最怕听丧亡之声。而爱女又死不得其时，葬不得其所，若论皆是他一人之过，这种痛与悔，又更与何人说，只怕是要哭损残年。

《诗境浅说》评这首诗说："昌黎文章气节震铄有唐，即以此诗论，义烈之气，掷地有声，唐贤集中所绝无仅有。"张戒论韩诗说："放之则如长江大河，澜翻汹涌，滚滚不穷；收之则藏形匿影，乍出乍没，姿态横生，变怪百出；可喜可愕，可畏可服也。"南行之初，诗人"颠沉在须臾，忠鲠谁复谅"，也曾想过"誓耕十亩田，不取万乘相"，然而，为除弊事而不惜残年，虽九死而无悔，又是诗人一片丹心；虽未得圆满成就，只得这一腔浩然正气，亦足以惊天地，泣鬼神。

"高山无穷，太华削成。人文无穷，夫子挺生。"刘禹锡在《祭韩吏部文》中的这几句赞语，说尽了历代士人对韩愈的瞻敬之心。

一代冠冕，圣人之徒，卓立乾坤，俯仰万象，以他一生的功业文章，播越千年，已成万世师表。

金陵王气黯然收

吊古伤今的诗词，大多在一个王朝江河日下时为多。

中唐以后，皇帝昏聩，朝纲错乱，皇家强装门面，却没有一个想成就一番功业的中兴之主，“安富尊荣者尽多，运筹谋划者无一”，都抱着过到哪里就到哪里的打算，一朝文武站成了忠奸两班，奸者趁火打劫，谋取富贵，挟天子以令诸侯；忠者勠力补天，无奈才不为用，以致逐臣遍野，驱驱于途。此时，虽然山川依旧，但看在他们眼里的，就只是剩水残山。无处话凄凉时，只能对着古人古事，发发“兴废由人事，山川空地形”的兴衰之叹。

刘禹锡就是这些驱驱行役的逐臣中的一个。

刘禹锡生于公元772年，字梦得，洛阳人，父祖均为小官吏，家中虽然不甚富贵，也是诗礼传家之族，在当地小有名望。诗人“少年负志气”，读书习字，手不释卷，十九岁起漂泊京师，二十一岁与柳宗元同榜进士及第，同年登博学鸿词科，两年后再登吏部取士科。这在当时是很难过的龙门三关，刘禹锡却一一跃过，由此可见他才学过人。为官期间，因为参与永贞革新，“忧国不谋身”，结果被贬谪远郡，历尽坎坷。晚年任太子宾客等闲职，后加检校礼部尚书衔。与白居易并称“刘白”，白居易称他为“诗豪”。

刘禹锡本来是一个乐观开朗的人，在中唐的诗坛上，他的诗素以“开朗流畅，含思宛转”为人称道，从他二游玄都观，写下的“玄都观里桃千树，尽是刘郎去后栽”“种桃道士归何处，前度刘郎今又来”的桃花诗里，可见诗人具有讽刺与幽默的个性特征。但是，由于一生最好的年华都行走在“刘郎去后”的贬谪途中，由一路所见山川，想到人事沧桑、盛衰机遇，所以多有怀古诗作。

刘禹锡的怀古诗，“俯仰古今，声情悲壮”，取一个“真”字作诗骨，一个“意”字为诗魂，情真意切，所得多是佳作。

南国山川旧帝畿，宋台梁馆尚依稀。
马嘶古道行人歇，麦秀空城野雉飞。
风吹落叶填宫井，火入荒陵化宝衣。
徒使词臣庾开府，咸阳终日苦思归。

——《荆门道怀古》

公元805年正月，刘禹锡与王叔文、王伾、柳宗元四君子辅佐唐顺宗李诵实行政治改革，史称“永贞革新”。这是唐王朝后期最有可能

五代后唐·李赞华·秋林群鹿图

力挽大厦于将倾的一次革新。然而，当时的皇帝已是虚名在外，国事尽由奸臣和宦官把持，最终逼迫不听招呼的顺宗禅位。皇帝禅位后，革新派一班人马立时贬的贬，死的死，“云中惊飞四散哀”。这一年九月十三日，刘禹锡被贬为连州刺史，第二天，再追贬为朗州司马，朗州就是今天湖南常德市。

历史上，常有谏臣在贬官途中被再次加贬的事情发生，往往是地越贬越远，官越贬越低。我常常想，当他们在路上接到新的诏书时，不知是怀着怎样的希望来领旨的，又是怀着怎样的失望来谢恩的。这一日，一行人马已经走到江陵荆门地界，诏书追上时，诗人正歇在路边，对着昔日宋台梁馆里的落叶荒冢发呆，此时接旨，更是有万般寒心，因为只能隐忍不言，唯有幽怨成诗。

诗前三联，写南国昔日繁华之地，如今已经破败荒凉的景象。秋冬之际，寒风萧瑟，诗人眼望空城，只见“麦秀渐渐，禾黍油油”，楚国和宋梁旧都江陵的繁华已往，眼前只剩下一片狼藉。宫井已被泥土、枯枝和败叶填塞殆满；陵园被火焚，曾经“只怕没处买去”的棺椁以及贵如金缕玉衣的宝衣也焚烧净尽。人歇于古道旁，马嘶声、风吹落叶声和野鸡的惊飞声，有如空谷传音，是一城死寂中仅余的生机。景依稀，人依稀，一切都如梦如幻，惟恍惟惚。收句一语双关，借庾信思念乡关，叹息故国沦亡，暗喻诗人牵挂长安的心情。

北周的庾信困居于北方而哀江南故里，作《哀江南赋》，而他的江南早已如依稀在望的宋台梁馆，江山易主，便是归去也已不是旧家园，枉费了他的思归之心；世异时殊，人更物换，庾信的故国不堪回首，往事“尚依稀”，而今人不察，眼见如今的长安也已岌岌可危，诗人即使有一怀黍离麦秀之悲，也只能徒然一叹。

汉寿城边野草春，荒祠古墓对荆榛。
田中牧竖烧刍狗，陌上行人看石麟。
华表半空经霹雳，碑文才见满埃尘。
不知何日东瀛变，此地还成要路津。

——《汉寿城春望》

这首诗仍作于贬官朗州司马的途中。诗人千里行来，已经到了春天，走到湖南常德东南的汉寿城时，一日登临古城，又生感兴。

首句点题，明明是写“春望”，却不见一花一鸟，第一眼就望见“野草”，已经布下了野火烧不尽的苍凉背景。第二句更奇，望中苍烟雾霭，本来是一片天地混沌的太初景象，却有荒草乱冈中的荒祠古墓醒人眼目。三、四句继写祠和墓的细景。牧童在隐现于田野中的荒祠里烧化着草扎的刍狗为戏，走在田间小路上的行人淡漠地看着坟墓前石头雕刻的麒麟。五、六句是承上启下句。承上，继写当年繁华的交通要道，如今已经荒冢填道，当年指示路途的华表，如今已经被雷电轰击得残缺不全，断碑蒙尘，碑文也只依稀可辨。这两句明写诗人眼中所见，暗含时光已经久远，一切都在变化中，已经经历了一番梦幻沧桑。启下，暗暗引出诗人心中世事无常之感，说此地虽然荒芜日久，或于某朝某代又会成为人烟辐辏、市井繁华的南北交通要津也未可知；而我虽然此时风尘碌碌，一事无成，或于某年某月也能占得要津，成就一番功业也未可知。

荒祠、古墓、榛莽填道，虽有“牧童”和“行人”出现，却没有一丝春天的生机，而坟山冷落，祭扫无人，田地荒芜，可牧牛羊，华表经火，石碑磨损，这一切都在暗示一场繁华终归是尘归尘，土归土，大唐王朝正在走向没落。诗人自叹无补天济世之才，只将一纸伤感化作风中纸钱，黯然飘落。

渡头轻雨洒寒梅，云际溶溶雪水来。

梦渚草长迷楚望，夷陵土黑有秦灰。

巴人泪应猿声落，蜀客船从鸟道回。

十二碧峰何处所，永安宫外是荒台。

——《松滋渡望峡中》

唐·佚名·那罗延天像

刘禹锡从被贬出京后，在外任上共历二十二个年头。其间移官多处，这首诗是公元821年冬末春初由朗州司马迁夔州刺史时所作。夔州就是现在的四川奉节。

诗人一日行至楚江的松滋渡，因为遇雨，所以在渡口暂停征棹，看风景，想心事，等朋友。前四句主要写望中风景，想秦楚旧事，表达第一层怀古的意思。渡口细雨沾梅，写春动；冰雪初解，写冬尽。云梦泽中的小洲上芳草萋萋，楚国山川在春天的景色中看上去一片迷蒙，远处的一片焦土是楚国先王的陵墓，似乎还残留着秦军焚烧过的灰烬。楚亡于秦的历史，诗人只用“土黑”“秦灰”四字追叙。当时，楚国横跨江汉大地，地域广阔，物产丰饶，但秦人一炬，既毁其先王陵墓，又亡其国。到如今，山川未改，而楚国王霸之业仅余灰烬，虽说天下大势分分合合是自然的道理，可是，楚国自乱阵脚，自毁长城，却是败亡的根本。

后四句写诗人的心事。诗人从望中收回目光，从感王朝旧事回落到怜悯百姓的愁苦上。风中传来几声猿鸣人泣声，一是因为巴蜀之地山川

险阻，鸟飞不过，行路难，或是三峡迂回曲折，船夫拖船一何苦，所以人泣猿愁；二是因为自古以来，这里战事不断，王朝相争，“兴，百姓苦；亡，百姓苦”，这种哭声里有千年哀怨；三是“蜀客船从鸟道回”，是说有朋友从蜀道而来相访，诗人正在贬途，移官之时，不便久留，“巴人泪”中，也有诗人和友人相见时难别亦难的泪水。收句不见巫山巫峡十二峰，不想楚王与神女虚无缥缈的风月故事，却独见白帝城内刘备托孤的永安宫和宫外的荒台，这是最含感慨劝惩的一笔。想当年刘备一介布衣，三分天下有其一，何等威武；到白帝城托孤，到蜀亡后继无人，又是何其悲凉。沧桑多变，而今天的大人先生偏不知以史为鉴，又何其令人感伤。

五代・佚名・持幡观音菩萨立像

王濬楼船下益州，金陵王气黯然收。
千寻铁锁沉江底，一片降幡出石头。
人世几回伤往事，山形依旧枕寒流。
今逢四海为家日，故垒萧萧芦荻秋。
——《西塞山怀古》

公元824年，刘禹锡又由夔州刺史移官和州刺史，和州就是现在

安徽和县，在沿江东下赴任途中，经过西塞山时，触景生情，抚今追昔，写下了这首怀古名作。

西塞山在今湖北省黄石市东面的长江边上，山体突出，伸入长江，因而形成长江弯道，站在山顶犹如身临江中。因为这种山锁洪流的险峻地势，西塞山自古就是军事要塞。此时诗人站在山上，如同在中军帐中坐定一样，西望巴蜀，东望金陵，就将几百年前的一部西晋灭吴的历史大片尽收眼底。

西晋伐吴的战争大体如此：当年，晋武帝谋伐吴，“诏濬修舟舰。濬乃作大船连舫”；船大到“方百二十步，受两千余人。以木为城，起楼橹，开四出门，其上皆得驰马来往”；随后大军“楼船”先出巴蜀，再下益州（即现在的成都），益州一败，吴国元气大伤，王濬乘胜率船队从武昌顺流而下，直逼吴国都城金陵；东吴的亡国之君孙皓凭借长江天险，在江中暗置铁锥，再加以千寻铁链横锁江面，自以为是万全之计，谁知王濬用数十大筏冲走铁锥，以火炬烧毁铁链，结果顺流鼓棹，径造三山，直取金陵；城破之日，孙皓“乃备亡国之礼”到营门投降，吴国就此灰飞烟灭。

诗题为《西塞山怀古》，前四句写“怀古”，只暗含一个“速”字。从“王濬楼船下益州”到“金陵王气黯然收”，从益州杀到金陵，千里之遥，大军压境，席卷而来，只写一个“下”字，极状发兵之速。西晋楼船一到，金陵王气顿“收”，只写一个“收”字，已见朝代更替之速。所谓的“王气”，长江天堑，都经不起这一“下”一“沉”。我们从中不仅看到胜利者摧枯拉朽的气势、战场的烈烈火焰，也看到了失败者降幡遮面的狼狈相。“千寻铁锁沉江底，一片降幡出石头”，对这两句，金圣叹取笑说，“写前日锁江锁得尽情，此日降晋又降得尽情”。读这几句，于电光火石之间，看锦屏乍裂，金声震天，确有“尽情”一说。后人评价：“‘王濬楼船’四语，虽少陵动笔，不过如是。”说一个人笔力可追杜甫，这就是极评了。

诗后四句写“西塞山”，暗含一个“渐”字。“人世几回伤往事”，几回，就不是一回，从吴到此后的东晋、宋、齐、梁、陈，六朝金粉，都在此纷纷伤亡，其间，几百年渐渐过去，如何不伤；而“山形依旧枕寒流”，西塞山依旧是西塞山，长江依旧是长江，春夏秋冬，不知几度炎凉。“今逢四海为家日，故垒萧萧芦荻秋”，尾联承上面的意思而来，自然收结在感慨时事上。如今四海一统，却不见秋水共长天一色的舒朗开阔，眼前依然是故垒萧萧，芦花瑟瑟的惨淡秋光。这里，一在暗喻国事空虚，前景不容乐观；一在说自己四海为家，年华老去，也是零落一身秋。

对这首诗，历代评价极高。薛雪在《一瓢诗话》中评曰：“似议非议，有论无论，笔着纸上，神来天际，气魄法律，无不精到，洵是此老一生杰作，自然压倒元白。”“笔着纸上，神来天际”，这样的诗，就是神来之笔。诗人用一只神笔指挥文字，就像大将一声号令，声东击西，水上陆上，调动百万雄兵，所向披靡，如入无人之阵一样，五十六个字严阵以待，一段史事、今事、心事，就全部收入麾下。这种运笔的声势在天地间不多见，这样的诗，和我们读到的那些伤感的、沉静的、含浑的怀古诗大不一样。

诗人通常在面对大山大川的时刻，或是喜极悲极不吐不快时，才会口不择言，肆口说出。

怀古词全在“意境”二字上说话，这是因为我们面对一片前朝遗迹时，就像走到了历史深处，心中的苍茫感只是无端萦回，却说不清楚。比如，诗人贬官后期作的《乌衣巷》诗：“朱雀桥边野草花，乌衣巷口夕阳斜。旧时王谢堂前燕，飞入寻常百姓家。”不写当年的豪门如何盛衰，只让一只燕子在几经易主的房梁间飞来飞去，燕子飞得便宜，诗人写得工稳，言浅意深，沉着冷静，不刻意营造悲凉却悲凉已深。另一首名诗《石头城》写道：“山围故国周遭在，潮打空城寂寞回。淮水东边旧时月，夜深还过女墙来。”“潮打空城”，潮来潮去，一下一下拍打着故国城池的寂寞；月过女墙，今月曾经照古人，当年市列珠玑、户盈罗绮的六朝繁华今已消失殆尽，当年的舞榭歌台、巍峨宫阙已是断垣残壁，唯余冷月，无情空照。诗意凝重而有神韵，于诗外致远，看不见的意思全在诗外。

刘禹锡的诗常以明快著称，写景诗如“自古逢秋悲寂寥，我言秋日胜春朝”“暑退九霄净，秋澄万景清”“水底远山云似雪，桥边平岸草如烟”“野草芳菲红锦地，游丝缭乱碧罗天”，写来一片秋高气爽、春光澹荡的明媚；言志诗如“莫道桑榆晚，为霞尚满天”“千淘万漉虽辛苦，吹尽狂沙始到金”，都是诗言志的正声；竹枝词“花红易衰似郎意，水流无限似侬愁”“东边日出西边雨，道是无情却有情”，如照水西施、陌上罗敷一样轻盈，传之人口，声声在耳；而在怀古诗

五代后梁·关仝·溪山幽居图

里，诗人走的却是杜甫“沉郁顿挫”的路子，他总是于荒烟、逝水、野田、荒冢、荆榛、野草、尘埃中布下苍凉的迷阵，然后再暗度陈仓，在下游不动声色地说出“万户千门成野草，只缘一曲《后庭花》”的潜台词，给人以适当的警示。

清人吴乔说，“古人咏史，但叙事而不出己意，则史也，非诗也；出己意，发议论，而斧凿铮铮，又落宋人之病”，唯“用意隐然，最为得体”。怀古诗多有寄托，怀古是为了喻今，看似离题万里，模棱两可，其实含有诗人明确的态度。写诗不是喊口号，如果生怕人看不懂，那就难免直率。如果用典过多，晦涩难懂，句句要加注解，又难免有刻意曲折之嫌。所以，怀古诗写到恰到好处最难，如果能写到“看尽风光花不语，却是多情”，就是好诗。刘禹锡就常常能写到恰到好处，不一语道尽，既省笔墨，又以“意”见长，是对诗人自己总结的“片言可以明百意，坐驰可以役万景”的诗论的践行。在《秋日过鸿举法师寺院便送归江陵诗引》中，诗人曾说：“能离欲则方寸地虚，虚而万景入；入必有所泄，乃形于词。……因定而得境，故翛然以清；由慧而遣词，故粹然以丽。”这是诗人的作诗秘诀。看灯须在灯外，看山须在山外，只有“方寸地虚”，才能入乎其内，出乎其外，然后“由慧而遣词”。“由慧而遣词”是说才情只是一半，另一半，应于书中求助。如此，才是入智慧之门的方便。

刘禹锡的怀古诗大多写在贬谪路上。这样的诗，出自他笔下，既有个人的孤愤，也有唐朝由盛而衰时一代读书人自觉的社会担当，所以满纸忧患，尽显处江湖之远而忧天下的君子襟怀。

诗人说：“目览千载事，心交上古人。”我们虽然不是治国理政之材，然而，事虽大小不同，理则一也，治理我们平凡的一世人生也同样需要以史为鉴，所以不可不慎思而明察。

落尽闲花不见人

在元曲《西厢记》里，张生一出场就这样自报家门：

“小生姓张，名珙，字君瑞，本贯西洛人也。先人拜礼部尚书，不幸五旬之上，因病身亡。后一年丧母。小生书剑飘零，功名未遂，游于四方。即今贞元十七年二月上旬，唐德宗即位，欲往上朝取应，路经河中府……”

如果用这样的语气道来，元稹的简历就该这样写：

小生姓元，名稹，字微之，本贯洛阳人氏。唐代宗睿文孝武皇帝大历十四年（公元 779 年）生人，北魏宗室之后，祖上世代为官，不幸八岁那年，父亲去世，家道中落。所幸母亲“治家严肃，有冰霜之操”，小生“萤窗雪案，刮垢磨光，学成满腹文章”，自十五岁起即辗转京城各种科场，二十四岁时终与白居易同登才识茂明体用科，登第者十八人，

小生忝列第一。入仕后，从一介校书郎做起，本以为可以“投至得云路鹏程九万里”，却因为“才高难入俗人机，时乖不遂男儿愿”，一生四出长安，其间入相罢相，宦游四方，不胜坎坷……

之所以以张生比元稹，是因为坊间纷传他就是《西厢记》里男一号张生的原型，这起因于元稹晚年写的一篇传奇小说《莺莺传》。小说讲述的是一个贫寒书生张生与没落贵族女子崔莺莺偷香窃玉的风月故事。情节大体是这样的：张生进京赶考途中，旅居蒲州普救寺，当时发生兵乱，张生出力救护了同寓寺中的远房姨母郑氏一家。在郑氏的答谢宴上，张生见表妹莺莺“颜色艳异，光辉动人”，于是“一席间，几不自持”，后经婢女红娘暗中传书，几经反复，两人终于在后花园里“待月西厢下，迎风户半开”，私订盟约，成就一番好事。缠绵一月后，张生赴京应试，滞留京师，与莺莺情书来往，互赠信物，以示永以为好。然而，或是久居长安行乐之地，张生因此见异思迁，或是别有隐衷，后来竟以莺莺为天下“尤物”“妖孽”“不妖其身，必妖于人”，自己“德不足以胜妖孽”为托词而始乱终弃。此后莺莺另嫁，张生另娶，使君有妇，罗敷有夫，不欢而散。后来张生似有悔意，求见莺莺，莺莺作诗坚拒：“自从消瘦减容光，万转千回懒下床。不为旁人羞不起，为郎憔悴却羞郎。”又赋一诗送别：“弃置今何道，当时且自亲。还将旧时意，怜取眼前人。”这是两首难得的好诗，可见元稹于绣阁烟霞中用心之良苦。时人杨巨源以“风流才子多春思，肠断萧娘一纸书”为之唏嘘。这个故事被后人改编成鼓子词、话本、杂剧广为流传，以元代王实甫的《西厢记》杂剧最为著名，明清时还有很多文人“余兴满山川”，续貂之作有《续西厢》《翻西厢》等诸多版本。

看过这个故事，我们无论贤愚不肖，只要知道，“儿女之心，自不能固”“儿女之情，悲喜交集”，所以必须慎之又慎即可。至于元稹是不是张生，学界至今尚无定论，我们也不必细思量。传说他与唐朝一代才女、发明薛涛笺的薛涛还有过一段姐弟恋，与江南某名妓也似乎有

染。在这些风言风语中，元稹和秦观一样，是“赢得薄幸名存”的那种人，可是在他的婚姻大事上，元稹却一点也不马虎。元稹的正室是太子少保韦夏卿的幼女，二十岁时下嫁元稹。据说这场婚姻的目的性也很强，说元稹本意是想以娶妻的低成本方式最快完成阶层提升的，可是婚后二人却伉俪情深，由此或可证明，元稹常常是“被冤成薄幸”的。可惜恩爱夫妻不到头，韦氏在七年之后中道而去。妻子早逝，让诗人对死亡和感情有了最切身的体会和悔悟，在“闲坐悲君亦自悲”的同时，写下了三十三首诗哀哀以悼，自说“悼亡诗满旧屏风”。最有名的《遣悲怀》三首中，有“衣裳已施行看尽，针线犹存未忍开”“诚知此恨人人有，贫贱夫妻百事哀”这样感物惊心的句子；《离思》诗中的“曾经沧海难为水，除却巫山不是云”更是千古名句。云与水是女子的幻影，云水不驻，诗人对空明誓，也是伤情一时不能回转时的决绝。悼亡诗自《诗经·邶风·绿衣》发端，到西晋有潘岳赋《悼亡》诗三首名世，此后历代虽多有诗人涉笔，却只有元稹把阴阳两隔、前世今生的繁华与荒芜写进了最幽深处。这种又绝望又忠贞的情感，感动了天下无数未亡人，后人公认悼亡诗写至此，再无出其右者。

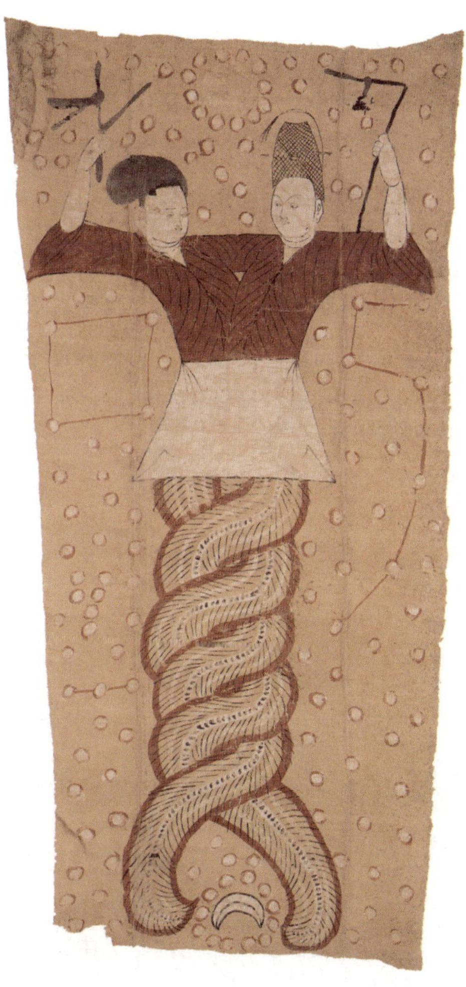
唐·佚名·伏羲女娲像

我想，元稹颜值高，“性温茂，美风容”“大凡物之尤者，未尝不留连于心”。多情自是多沾惹，又聪明又老实的人找不到，才子多情，个人生活被人说短论长原也平常，人们茶余饭后八卦一下也无伤大雅，我们是来读诗的，就只知道诗的好处，其余充耳不闻。

与他的悼亡诗相比，我更喜欢他那些在恹恹无绪时不经意间写下的“辞质而径”的小诗，与他游走于官场和情场的热闹相比，这些小诗一花一叶写来，遍布空与静的世外烟痕，净色可比僧佛。

桃花浅深处，似匀深浅妆。

春风助肠断，吹落白衣裳。

——《桃花》

诗人都爱花，尤其是风中吹落的薄命桃花。桃花深红，桃花浅红，桃花有深有浅，风吹花落，落满白衣裳。这是字面上的意思，可是我们从中看到的，却是“落花人独立”的断肠时刻。

入诗还入画，结愁还结怨，桃花就是这样一种花。春天里，桃花本来是准备好了要认真开花的，可是一场风雨后，通常都是落红满地，乱红如雨，殷红片片，助人断肠。如果在这样的落花里，再有一个一身缟素衣裳的女子手把花锄出绣帘，那就仿佛遇到了林黛玉。桃花吹落在衣袖间，断肠人看断肠花，想着诗人的丧妻之痛，我想，他也许是在借这一场落花悼亡，那个让他发誓从此波澜不惊的女子，此时正在落花风里，着一袭白衣，远远地幽怨地望向人间。

元稹善写白衣女子，有一首七绝名曰《白衣裳》：“雨湿轻尘隔院香，玉人初著白衣裳。半含惆怅闲看绣，一朵梨花压象床。”雨湿轻尘，梨花似雪，玉人如花，一个在窗下针线闲拈的闺阁闲人，看花看得有一半惆怅，绣花绣得也就只有一半安心，在这种看似一丝不乱的情态里，因为暗含“惆怅”，自有一种风流婉转的情态，令人销魂。

日暮嘉陵江水东，梨花万片逐江风。

江花何处最肠断，半落江流半在空。

——《使东川·江花落》

花是没有哀乐的，只有人心与花接通，花才有了哀乐。从花的心到人的心，要比从人的心到花的心远得多。

又是一个花开花落的季节，嘉陵江一江蓝色静水正笼罩在暮烟里。诗人寄身千里，宦途迢迢，此时逢春看花，看到的只是断肠，故问“江花何处最肠断”，自知是临水处，是花一半已落在水里，一半正在落水的时候。诗人就是在说“落花”这两个俗字，可是他选择的花是那种生来就落落寡欢的梨花。梨花“笼月”“欺雪”，“梨”，离也。花落在地上，还有锦囊可收；花落在水里，只能随波逐流。梨花万片，半落江流，半悬空中，动人全在“半”字上。这一半一半落着的花，红尘一半，天堂一半，悲伤一半，流光一半，落又落不下，开时又蹉跎，是“拂水流花千万点”的物华，也一定有“半为修道半缘君”的伤情。

李密庵的《半半歌》里说，“花开半时偏妍”。读了这首诗，我们知道，花落半时，最看不得。诗人在另一首《南家桃》诗里写道：“树小花狂风易吹，一夜风吹满墙北。离人自有经时别，眼前落花心叹息。”春来花多，春来风雨也偏多，树小花繁不经一夜风吹，再眼见乱红过墙，不能不让一夜思乡到天明的人叹息未应闲。

昼静帘疏燕语频，双双斗雀动阶尘。

柴扉日暮随风掩，落尽闲花不见人。

——《晚春》

如果是路过，这样静的一户柴扉，外人只能隔墙望进去。如果是主人，这样静的院落，只是隔窗望出去。不论行看坐看，能看见的，都是一院空寂。

诗收结在“落尽闲花不见人”七字上，所以诸般色相，都是在“不见人”的意境中渲染。大白天里，院里燕语频频不惊，竹帘疏垂不开，是无人；雀斗扬起阶尘，尘上空留雀痕，是无人久矣。直到一日向晚，只听见风吹门户空响，不见牛羊下来，还是没有人间烟火。闲花落尽，春已归尽，诗人此处或写孤独，或写怀人，或惜流光，或写“此心湛不起，六尘过空门”的禅静。这样的落花随处可见，这样的一院空静，万种思量，若非才子从落花中拾得，我们几人得见？

落魄闲行不著家，遍寻春寺赏年华。

野僧偶向花前定，满树狂风满树花。

——《定僧》

静的最高境界，就是不知道什么是静，什么是不静。

我正存在于无时无刻，我正消失于无所不在，我不知道有我无我，我只知一切如常，这就是老子“归根曰静，静曰复命。复命曰常，知常曰明”的道理。

看一僧坐于花下，诗人写“定僧”如何坐定时，不说满树狂风满“身”花，而只说满树狂风时，花还是“满树花”，“野僧”还是野僧，落花不沾衣，八风吹不动，俨然是莲花端坐水中央的样子。花满树，是花正

唐·尉迟乙僧·释迦牟尼像轴

开在“年华”里，刚开的花，风是吹不落的。僧定，是因为僧已在三千烦恼之外。而我们像诗人一样，落魄闲行、遍赏春华不能解脱时，只有遇到这样一个落花僧人，才忽然知道什么是静观、归根、复命，才会知道人生如逆旅，身在狂风花下，只应落花不惊，足踏泥途深处，只能深入浅出，在下一站等。

诗人还有“满山残雪满山风，野寺无门院院空”的句子。相比之下，“满树狂风满树花”是我心如如，乱中取静，“满山残雪满山风”是雪已残、风不止，故接向“野寺无门院院空”的槛外。因为无门，风可入，人也可借此处空舍，修一身六根清净的方便法门。诗人惯会用这样的句子写不同的境界，然而万缘识破后，我们最终领会的，还是院院空，是无花亦无僧的抱神以静。

莫愁已去无穷事，漫苦如今有限身。

二百年来城里宅，一家知换几多人。

——《和乐天高相宅》

顺逆穷通，在我们的一世红尘里，经常是不期而至、难以捉摸的风景。

诗人说，二百年风云变幻，二百年前的相府，如今已经不知换了几代主人。依稀王谢堂前燕子，也不知于何年何月飞出飞进寻常巷陌人家几回，富贵荣华一刹那间，聚散盛衰只是相对说说。而静观我们一生，去日如水，来日如水，水声风声之中，我们不过是渡河的人，从此岸到彼岸，不过是一段人生短途，又何必“漫苦”何必愁。

这首诗里，“知”字最醒目，诗人明明知道，只是用提问的语气说出，是知，是不知，知就是了悟，不知就是不通。而红尘中人，有多少人因为不知相府与柴门终有兴替，才被名牵利扰，昼夜苦辛无歇，蹉跎了“有限身”。“陋室空堂，当年笏满床；衰草枯杨，曾为歌舞场；蛛丝儿结满雕梁，绿纱今又糊在篷窗上。”“盛衰”二字，曹雪芹披阅十载、增删五次才写成，诗人只用“二百年来城里宅，一家知换几多人”十四字，就让我们大梦初醒。

五代南唐·巨然·秋山问道图

寥落古行宫，宫花寂寞红。
白头宫女在，闲坐说玄宗。
——《行宫》

如果说前面几首诗在说空寂，那么这首诗就是在说死寂。

古人说，读《出师表》不哭者不忠，读《陈情表》不哭者不孝，读《祭十二郎文》不哭者不慈。“白头宫女在，闲坐说玄宗”，读到这两句诗还哀而不伤的人，我以为也不要再读了。

“闲坐说玄宗”，这句诗不知道是什么时候记下的，我常常用来写失恋和绝望，还有很多不

唐·张萱·捣练图·传为宋徽宗赵佶摹本（局部）

值，就像常用“草盛豆苗稀”来自嘲一样。寂寞行宫里，有多少佳丽曾经“一肌一容，尽态极妍，缦立远视，而望幸焉”，然而直到白头，或有“不得见者，三十六年”，有多少女子“玄宗末岁初选入，入时十六今六十”，可是她们不说玄宗还能说谁？这种明晃晃的绝望，能穿透千年后宫的高墙，穿透千万女人冰冷的身体，让一座座贞节牌坊倒塌，让偶尔读到的人崩溃。读这首诗，只要心里有一点点悲伤的事，都会被放大十倍。诗人低估了我们的理解力，高估了我们的承受力，不然他不会这样写的。

贾元春省亲时，哭着进门，哭着出门，在烈火烹油、鲜花着锦的大热闹里，哭得那么萧条，没有人理解这种哭声，谁也听不懂她说的“那见不得人的去处”是什么去处。可是从这首诗里，我们知道了。在这个去处，空空荡荡的，一院宫花正明晃晃地开着，明晃晃地落着，一院白头宫女坐在风中，就这样眼看着花开花落。花落了可以再开，可是她们如花的生命开给谁看，落给谁怜？“闲坐说玄宗”，闲吗？没有任何希望和抚慰，就这样闲坐着，说着，说了一千遍，说了一辈子，都是风里听来的故事。食色，性也？不懂。说完了，一天就过完了，就散了，哭都没处哭去。

这样的故事，连悲剧都算不上，因为根本就没有剧情，这只是一院白发宫女和一个影子的故事。这个影子就是大唐的背影。大唐的盛世风流已经在玄宗朝里化烟化灰，留下的白发宫女就像被遗忘的祭品一样，正在活着化烟化灰。

能把人间寂寞写得这样透骨冰凉，不论元稹有多少绯闻，我都原谅他。

《二十四诗品》中，写到“冲淡”时说：“素处以默，妙机其微。饮之太和，独鹤与飞。犹之惠风，荏苒在衣。阅音修篁，美曰载归。遇之匪深，即之愈希。脱有形似，握手已违。”司空图品茗论诗，给诗歌定了二十四种品位，是诗歌最贴心的解人。我理解的冲淡，就是“素”“默”“妙”“微”四个字。一首小诗，要在很“微”小的篇幅里，有规矩地、尽量多地表达自己的意思，这是不容易的。特别是五绝七绝，一字一个意象，整整齐齐列成小小的方阵，看上去既没有长长短短的宋词那样参差婉曲，也不能像五律七律那样起承转合，只能“妙”笔写来；心如涌泉时，只能用意象说话，只说一半的话，而其中不尽的用意，只能“默”化其中，收敛在诗的背面，让我们自己读出许多意思来，就像冲和澹荡的清风，轻轻掀动佳人的衣襟，隐隐约约地拂过萧萧竹林，惹得行路之人空余怀念那样。元稹就是用这种若即若离、淡然无极的冲淡笔意，在这些小诗里，为我们描绘着空与寂的境界。空寂是很难修到的境界，空寂也很难写出来。诗人写空寂，不是像画画那样留白即可，而是要用文字比兴出来，让我们感觉到。这是很难得的功夫。这样的功夫，元稹有。

元稹说：“莫笑风尘满病颜，此生元在有无间。卷舒莲叶终难湿，去住云心一种闲。”

我们不笑诗人一脸风尘、满身毛病，他的人生和我们的人生一样，不过是在有无之间去住行止。在这个过程中，有人修成莲花，有人修成云水，而他在迷与悟的尘网中拂袖而去的背影，也占尽人间风流。

天若有情天亦老

“骚之苗裔。”

“论长吉每道是鬼才，而其为仙语，乃李白所不及。”

这是古人对李贺的评价。

李贺有“诗鬼”之称，这不是一个很好的称呼。我宁愿他不与“诗佛”“诗圣”“诗仙”并列而成“诗鬼”，只与李白、李商隐并称为“唐代三李”就很好。如果说他是继屈原、李白之后，中国文学史上又一位浪漫主义诗人，这也许让他有点受宠若惊，但也是很好的评语。我只把他想象成一个孤独的年轻人，因为有李唐王室的血统，他自小有一种不同于渔樵之辈的骄傲和使命感；又因为年未弱冠即遭父丧，家道中落，以及后来的怀才不遇，他隐沦世间，对命运的不确定性充满了焦虑，用一双敏感的、忧郁的、怯懦的眼睛看世界，用一个多愁多病的身体行走

在人世的泥泞中，回避着别人热闹的人生，永远是随时准备不辞而别的样子。他孤独地从中唐走到晚唐，只走了二十七年的路，就给我们留下了二百多首不朽的诗，他当然是我们不能错过的才子。

零落栖迟一杯酒，主人奉觞客长寿。
主父西游困不归，家人折断门前柳。
吾闻马周昔作新丰客，天荒地老无人识。
空将笺上两行书，直犯龙颜请恩泽。
我有迷魂招不得，雄鸡一声天下白。
少年心事当拿云，谁念幽寒坐呜呃。

——《致酒行》

这首诗作于唐宪宗元和四年（公元809年）的冬至日。

元和初年，诗人带着刚刚踏进社会的少年的热情，满怀希望打算迎接进士科举考试，不料竟被妒才小人以犯他父亲“晋肃”的名讳为理由，剥夺了考试资格。虽然韩愈专门写了篇文章为他申辩，但年轻的诗人最终还是负气放弃了应试。在科举受阻后，诗人困守长安，借酒浇愁。

这是一首祝酒歌，用古乐府诗中“行”歌的形式写来。酒宴上，主客相互敬酒。显然诗人是客。起笔先写自己潦倒栖居长安，主人祝他长寿。李贺终年二十七岁，公元791年出生，此时只有十八岁，祝一个十八岁的人长寿，如果不是过生日，这样的祝词显然是有所指。史说李贺生来多愁多病，在他很多诗里都有对自己病容的描写，如“壮年抱羁

恨，梦泣生白头”“泻酒木兰椒叶盖，病容扶起种菱丝”“咽咽学楚吟，病骨伤幽素。秋姿白发生，木叶啼风雨”。因为先天不足，已经注定李贺一生戚戚无欢，对世事皆生悲想。接着，诗里用了汉武帝时的主父偃和唐初马周两个人先困顿淹没、后被皇帝恩遇的故事做铺垫，再于“我有迷魂招不得，雄鸡一声天下白”二句转为慷慨，表达他虽然备受挫折，却仍旧不改凌云之志，以期像这二位古贤一样，有恩泽加身的一天。

冬至春来，游子久滞难归，无颜见母亲家人是一方面，更有凌云志不得伸舒的不甘心。诗人借主父偃家人折断门前柳而不见其归，实是说家人在倚门望归，和王维的“遍插茱萸少一人”是同一运笔法。在家千日好，出门一日难，年轻的诗人在长安的秋风塬上，在干谒豪门的日子

唐·阎立本·孔子弟子像（局部）

里，体会着自己和这个世界的距离。告诉家人自己想家，也知道家人在想自己。想家不说自己想，而说家人想自己，这就像送别诗中，不说送的人如何看孤帆远影碧空尽，而是写走的人回头望一样。回头望时，送的人和走的人都在画面中，是“一枕秋风两处凉”的双面观照。

少年情怀总是诗。读这首诗，能看到在酒席上，一个身单体弱、面色苍白的少年，先是一脸泪痕，三杯之后，猛然用襟袖擦干眼泪，再抬头时，突然又是另一片天空的矜持的情态。没有门第背景，没有父亲护持，只身漂泊在外，而且连一个好身体都没有，这样一个少年，凭什么和红尘较量？而他这种无望、无力又不认命，“我有迷魂招不得”的样子，读来让人更有说不出的悲伤。

茂陵刘郎秋风客，夜闻马嘶晓无迹。
画栏桂树悬秋香，三十六宫土花碧。
魏官牵车指千里，东关酸风射眸子。
空将汉月出宫门，忆君清泪如铅水。
衰兰送客咸阳道，天若有情天亦老。
携盘独出月荒凉，渭城已远波声小。

——《金铜仙人辞汉歌》

这首诗前有个小序云：“魏明帝青龙元年八月，诏宫官牵车，西取汉孝武捧露盘仙人，欲立致前殿。宫官既拆盘，仙人临载，乃潸然泪下。唐诸王孙李长吉，遂作《金铜仙人辞汉歌》。”

五代后梁・荆浩・匡庐图

“欢乐极兮哀情多，少壮几时兮奈老何”，诗从汉武帝刘彻的茂陵写起，话外音就是刘彻这一声浩叹。第二句有些诡异，何以夜闻马嘶而晓无蹄痕？传说汉武帝的魂魄常常出入汉宫，有人曾在夜间听到他坐骑的嘶鸣声。从序中“唐诸王孙”几个字看，小小的诗人自认是皇亲国戚，因此把唐朝的江山当成自家江山。面对唐王朝没落的趋势，诗人恨自己不能重振国威，同时光耀门楣，恢复宗室的地位，此时含愤离去，所以想到金铜仙人临去时“潸然泪下”的故事，一系亡国之恸，再感身世之悲。

诗从金铜仙人眼中看见的一场衰败写出。仙人在被迫移宫途中，所见万象俱变，一代帝王早已是秋风落叶，眼前只余茂陵荒冢而已。尽管荒冢主人生前身后夜夜悬心，到晓来也是“无迹”可寻。当年的车马喧阗，画栏桂树，三十六宫，此时更是物是人非。“衰兰送客咸阳道，天若有情天亦老”，幽兰比君子，君子花的衰枯我们都已习见，然而，大行健，日出月没原本光景常新，可此时诗人说，天若有情，天也一样会愁老。

在天之上，还有哪一位神灵在替我们解释人生？在历史的尘埃、流动的时光、诗人的梦境、苦痛的羁旅中，又有谁在不变中坚守？世界会变，自负而悲伤的诗人，只用一句“天若有情天亦老”告诉我们，终是无一人能替我们减轻痛苦，天也不能。诗人怀抱着书写历史的使命而来，可是在想到金铜仙人的泪水时，他不知道该用怎样的心情记录下这一场繁华的凋落，也不知道在这场凋落中，此时走在回家的路上，他的处境是不是也很难堪。在外人看来，这个世界还是安稳的样子，而他在荆棘泥途中蹒跚行走在这个世界的边缘，看见的是衰兰送客，是渭城已远，是铜仙泪下，是天地无情，只留下一片荒凉的月色空照大地，只有越来越小的渭水的流淌声随人远去，远得渺然无迹，远在传说之外，远在他的梦幻之外。

黑云压城城欲摧，甲光向日金鳞开。

角声满天秋色里，塞上燕脂凝夜紫。

半卷红旗临易水，霜重鼓寒声不起。

报君黄金台上意，提携玉龙为君死！

——《雁门太守行》

李贺辞官回洛阳老家不久，曾去潞州（今山西省长治市）从军。当时，藩镇叛乱此伏彼起。据说，这首诗作于公元814年，当年唐宪宗以张煦为节度使，领兵前往征讨雁门郡之乱，诗人赋诗，以此记录战争的惨烈和将士的勇敢。

这是发生在一个血色黄昏里的战斗故事。只见敌军兵马远远地压地而来，扬起的尘土像滚动的黑云一样，这一切都在悄悄进行，一座城池正处在危险之中。终于，兵临城下，我军早已临阵以待，两军交战，厮杀在一起，只见无数将士像鱼一样翻腾跳跃，密集的铠甲像鱼鳞一样，反射出破碎而混乱的寒光。号角声、喊杀声遍布塞野，敌我双方都已损伤大半，空气中布满血液的味道。时间在这被血光吞噬的时刻缓慢流淌，夜色降临，阵亡士卒的血在月光下凝结成了暗紫色的凝脂。在将旗的指引下，剩余将士一路浴血奋战，一直杀到易水河边，直到霜重鼓寒、兵亡阵散、天地一片死寂为止。

从昏昏的落日到夜深露重，一场战斗从交战厮杀到偃旗息鼓，最后剩下一片被鲜血凝固的荒原的记忆，这就是上演了几千年的、由人类的无知造成的冷兵器时代的战争。这首诗读起来满目血腥和悲凉。从诗题看，《雁门太守行》是乐府《相和歌·瑟调曲》三十八曲旧题之一，六朝和唐人都以此题咏叹征戍之苦。唐朝诗人张祜就有《相和歌辞·雁门太守行》诗，写一个即将上战场的年轻士兵与妻子告别，其中有“城头月没霜如水，趚趚踏沙人似鬼”“前头嗹血心不回”“雁门山边骨成灰”这样泣血的句子。诗人取这样的题目，一是喻战争有可能发生在雁门关，一是为写“征戍之苦”。“黑云压城城欲摧”，第一句就是不祥之兆，暗示着一场血雨腥风的恶战就要来临；再从甲光相射、血脂凝夜、鼓声不扬这些远、近、视、听等角度的推进中，我们看到的是一场壮士一去不复还的惨烈的战役，听到的是一曲易水悲歌。收句“报君黄金台上意，提携玉龙为君死”，一是报答君王千金纳贤的恩德，一是在祭奠这些血洒疆场的将士。

从这首诗里，我们能读到诗人对战争的复杂思考，其中有个人英雄主义情结，有对战争残酷场面的惊恐，有对脆弱生命的怜悯，有对是非成败的迷惘。这就是战争的真相，其中有因有果，不可言说。

桐风惊心壮士苦，衰灯络纬啼寒素。
谁看青简一编书，不遣花虫粉空蠹。
思牵今夜肠应直，雨冷香魂吊书客。
秋坟鬼唱鲍家诗，恨血千年土中碧。

——《秋来》

这是一首挽诗，是一个才子最后的画影。

在诗里，秋残灯暗，诗人已远，他托梦给人间，告诉我们，他和那

五代・佚名・十一面观音像

种叫纺织娘的虫子一样，一生都坐在秋风里、落叶中、昏灯下，苦苦写诗。在他即将离开的时候，他希望有人能读懂这一卷卷青简上写的都是什么，他告诉我们，不要让花虫把他的诗稿蛀蚀成粉。此时，夜已深沉，桐叶在风雨中萧萧落下，透过闪烁的烛影，诗人看见了一个平生没有看到过的人，这个人是两百多年前的诗人鲍照，他一生“傲岸平生中，不为物所裁”，曾作《蒿里行》诗，自挽“赍我长恨意，归为狐兔尘”。此时，他正笑吟吟地从屏风后来到香案前，为诗人燃起一炷香。

读这首诗的悲伤处，在于我们知道，这个诗人终其一生，只活了二十七岁；他的悲伤不是一个老年人的悲伤，这种悲伤不能从容道来，他只能借另一个鬼魂来为自己唱安魂曲，用“恨血千年土中碧”把自己一世“日月掷人去，有志不获骋”的恨埋进土里，把他的才华写进诗里。

人生是仓促的，可是，对李贺来说，这一夜，这一生，不仅是仓促的，而且是仓皇的、突发的。桐风、衰灯、寒素、冷香、秋坟、恨血，他用这些阴森料峭、鬼魅飘忽的词把自己放在阴阳两界的中间。他喜欢这样幽暗的、秋坟鬼唱的时刻，因为这样的幽暗掩饰了他内心的恐慌，在这个他看见的鬼魂里，他的痛苦和绝望有了形而上的解脱。世无知音，他只能在冥界寻求同调。

这样写鬼魂，似乎不近情理，实在又是大有情理。世间不必有鬼魂，但不可无此诗。

《昌谷集注》的作者姚文燮在读到这首诗时，一定也是戚然变容，他把这首诗评成了一首悼亡歌：

衰梧飒飒，促织鸣空。壮士感时，能无激烈！乃世之浮华干禄者滥致青紫。即缃帙满架，仅能饱蠹。安知苦吟之士，文思精细，肠为之直？凄风苦雨，感吊悲歌。因思古来才人怀才不遇，抱恨泉壤，土中碧血，千载难消，此悲秋所由来也！

诗人自说：“吾不识青天高，黄地厚，惟见月寒日暖，来煎人寿。”

李贺死后，人们因为对这个韶华不永的天才诗人怀着深深的同情，所以在民间口耳相传的故事中，说他并不是寻常死去，而是在弥留之际被玉帝召去天宫，因为“帝成白玉楼”，故“立召君为记”。李商隐为此在《李贺小传》里这样感叹：

鸣呼，天苍苍而高也，上果有帝耶？帝果有苑囿、宫室、观阁之玩耶？苟信然，则天之高邈，帝之尊严，亦宜有人物文采愈此世者，何独眷眷于长吉而使其不寿耶？噫，又岂世所谓才而奇者，不独地上少，即天上亦不多耶？长吉生二十七年，位不过奉礼太常，时人亦多排摈毁斥之，又岂才而奇者，帝独重之，而人反不重耶？又岂人见会胜帝耶？

李商隐说，天上未必有帝，帝未必有宫苑，如果有，也一定不少一个李贺为之作赋。可是，对这样一个“才而奇者”，天帝却“独重之”，“独眷眷于长吉”，而“人反不重”“多排摈毁斥之”，是人之过大于帝之过。

“不见年年辽海上，文章何处哭秋风！”

我们不知道，纷至沓来的人间岁月，对有些人何其长，长得没有用处；对有些人，又为什么这样吝啬。王勃是，李贺也是。他就像刚刚走上人生疆场的一匹小马，他的很多梦想才刚刚在天地间画成草图，可是，在他还不想和这个世界挥手告别的时候，他和他的梦想就一起回归到另一片土地，搁浅在人世彼岸。这是我们无论如何也不愿接受的事情。天若有情，何至于如此？天若无情，也不必这样诅咒一个年轻的生命，一个世间少有的才子？我们不知道。没有一个能猜透的人生，没有一个可持续的人生，就像没有一个可以永远讲下去的悲伤的故事。

悲伤人人都有，有些人是一时之伤，有些人为一件事伤情一生，李贺是伤在每一个瞬间里。读他的诗，只有骨感，没有风花雪月。他从坟

唐·阎立本·历代帝王图（局部）

墓间回头看人生，从死亡中看到梦境。杜牧说，“梗莽邱陇，不足为其怨恨悲愁也”“牛鬼蛇神，不足为其虚荒诞幻也”。他的诗里，多用衰老和死亡的意象，翻开他的诗集，绝望的落日，荒郊的月亮，坟间的荆棘，这类荒凉的意象触目皆是；苦、老、死、衰、残、断、堕、瘦、古、鬼、枯、颓、病、败、朽、暮、弊、破、哭、愁、幽、折、荒、血、寒、泣、悲、凄，这些冷艳的字随处可见，如“南山何其悲，鬼雨洒空草”“漆炬迎新人，幽圹萤扰扰”“百年老鸮成木魅，笑声碧火巢中起”，这是他得“鬼才”“鬼仙”之名的由来。

我想，年命不永，情深不寿，是李贺早就知道的宿命。在他笔下，令人恐惧的鬼魅世界是现实的反影，二者在他的诗里高度统一。他笔下的鬼魂或者是历史的记忆，或者是将来的虚无，他站在过去与将来之间的现在，对着他注定是虚晃的、短暂的生命呓语。或许，在这些鬼火明灭、鬼魂出没的阴森的画面里，有他对死亡的认可。或者说，只有这样吓人地写，才能让他放松，减轻他对死亡的恐惧。就像我们听恐怖故事，听多了，就不怕了一样；就像有一个看不清的影子会让人越想越可怕，看清楚了，也就不过如此一样。或者，正因为生命短暂，他希望灵魂不灭。这是一个年轻人看待生命和死亡的方式，他没有活到能坦然和自足地面对死亡的年龄。

李贺诗的题材和风格都惊世骇俗，他的诗或长或短，或讽或叹，灵活多变，用词奇特，“下笔从无庸俗之病”，对后世产生了很大影响。在唐代，李商隐、温庭筠的古诗里，都有李贺的影子。宋人贺铸、周邦彦、刘克庄、文天祥，元人萨都剌、杨维桢，明人汤显祖以至曹雪芹等，也都受到李贺诗的影响。从这方面看，一个只活了二十七岁的人，他又是长寿的，他已经化身成许多人，就像水融进水里一样。

“寻章摘句老雕虫，晓月当帘挂玉弓”，这是诗人自况。一个灰色的诗人，命运的阴错阳差让他的人生故事有些另类，有些伤感。他一生沉静在自己的世界里，有人说，他就是唐朝的林黛玉，一生青灯照壁，与诗书为伴，孤标傲世，幽怨难诉。也许，正是天帝不忍心让他在人间受太多的苦，才早早召回了他。也许他就是星星的孩子，他的心里一定隐藏着我们不知道的天机。一切存在的都是合理的，一个孤独的灵魂，最终以他不朽的诗篇，“以声情动今古”，完成了与这个世界的和谐相生。

李贺说：“几回天上葬神仙，漏声相将无断绝。”

几回天上葬神仙？

诗人质本洁来还洁去，愿他的在天之灵，乘明月清风，入无穷之门，继续与天地精神独往来。

多少楼台烟雨中

“俊爽峭健，雄姿英发”，古人用这八个字为杜牧绘影。

公元803年，在“昌明隆盛之地”长安，“诗礼簪缨之族”五世侯门，杜牧衔玉而生。他的祖父杜佑是前朝宰相，敕封岐国公。岐国公府“旧第开朱门，长安城中央”，和“敕造荣国府”一样，一定也占去了大半条街。诗人说自己家里“第中无一物，万卷书满堂”。“第中无一物”是钟鸣鼎食之家子弟的骄矜，而家藏万卷，却可知岐国公会管教子侄，知道以诗书传家是这样的富贵人家应有的长远打算。有赖天恩祖德，所以杜牧自幼阅读方便，“经书括根本，史书阅兴亡。高摘屈宋艳，浓薰班马香。李杜泛浩浩，韩柳摩苍苍”，遍览了经史子集、历代诗文。杜家门第既高，杜牧聪俊灵秀，又爱读书，才情学问都好，二十三岁时，即作得一篇锦绣文章《阿房宫赋》，二十六岁于千万人中进士及第，官

从弘文馆校书郎做起，其间曾被权贵排挤出京，在扬州为官十年。后复入朝，官最高做到中书舍人。

虽然和怡红公子一样，五内天生郁结着一段缠绵不尽之意，不同的是，诗人杜牧还有一腔感时伤逝的才子不平之气。他以诗文赋为这个恍惚的时代续写梦境，思前想后。在他眼里，大唐风流不堪回首，都是应了“福祸无门，唯人自招”这句话。

长安回望绣成堆，山顶千门次第开。
一骑红尘妃子笑，无人知是荔枝来。
——《过华清宫绝句·其一》

新丰绿树起黄埃，数骑渔阳探使回。
霓裳一曲千峰上，舞破中原始下来。
——《过华清宫绝句·其二》

万国笙歌醉太平，倚天楼殿月分明。
云中乱拍禄山舞，风过重峦下笑声。
——《过华清宫绝句·其三》

西北望长安，可怜无数山。

这一次，诗人“长安回望”，看见山上驿门大开，一路绿灯，一马狂奔，惊尘障目，似有十万火急的军情要直接奏报到金銮殿上。可是，谁知道

五代后梁·荆浩·雪景山水图

呢？“无人知是荔枝来。”传说杨贵妃“嗜荔枝，必欲生致之，乃置骑传送，走数千里，味未变已至京师”。传说是否属实暂且不论，民间既有此传说，说明已经有怨刺之声，诗人拿“无人知”的荔枝说事，其实是想让人知道，这六百里加急速度传送的奢华，也让大唐盛世以同样的速度化成了“黄埃”。

这三首诗，有如手挥三弦，从热闹处着笔，从锦绣处敷色，奏出的却是一曲浑然成章的亡国之声。在遥远的古代，周幽王的宠妃褒姒在骊山上一笑倾国的故事一点都不好笑。现在，这一骑骄傲的驿马，也直接践踏了率土之滨所有王臣和百姓对唐王朝的情商。诗从鲜花着锦写到风里传来零乱的笑声，一场乱象尘埃落定后，我们看到的，是烽火戏诸侯闹剧的续集。长安巷陌，万国笙歌，霓裳曲，胡旋舞，新丰绿树，渔阳烽火，云中风里，千峰千门，长生殿上，中原大地，这些都是舞台布景；嫣笑的妃子，手舞足蹈的安禄山，暗中受贿的探使，不知为谁辛苦为谁忙的驿卒，还有不明真相的吃瓜群众，这些都是配角。所有的配角都披挂上阵了，唯独不见主角出场，这又是“春秋笔法”。读这几首诗，就觉得《长恨歌》太费词，盛唐的衰落史太仓促，太明白。

含不尽之意于言外，于不动声色中矫时骂俗，这种套路的咏史笔法，起坐自不与人同，也是最得怡红公子“虽怒时而似笑，即嗔视而有情”的风调。

千里莺啼绿映红，水村山郭酒旗风。
南朝四百八十寺，多少楼台烟雨中。
——《江南春绝句》

这是一扇晚唐的双面画屏。一半是春雨江南的今世，另一半是六朝金粉的前身。

五代南唐·徐熙·雪竹图

千里江南，到处莺歌燕舞，有绿树红花、临水村庄、依山城郭、水岸街巷、酒旗旌幡，貌似眼前太平的唐朝；而在暗暗的烟雨中，又不知暗去了六朝多少楼台寺院，多少江山风月。诗人想说，六朝何在？六朝既已不在，晚唐又将何继？ 一个被江南山水淘养了十年的才子，最能从这些一明一暗的风景中看到历史和现实，由此生出的末世体验便不是记忆的残片，而是历历在绘的细节的

对照。

时值唐文宗大和七年（公元833年）春，杜牧奉幕主沈传师之命，正行走在由宣州经江宁往扬州访淮南节度使牛僧孺的途中。此时唐王朝风雨飘摇，藩镇割据，宦官专权，牛李党争，朝纲大乱。自宪宗当政后，疏于政事，整日做着长生不老的云水大梦，一心事佛，把大唐命运和自己的身家系于佛门三宝，“佛狸祠下，一片神鸦社鼓”。为此，忧心忡忡的韩愈曾上《谏迎佛骨表》，为此险些丢了性命。宪宗被太监杀死后，后继的穆宗、敬宗、文宗萧规曹随，僧尼之数继续上升，寺院消费报账单不仅掏空了政府的财力，也加重了百姓的负担。

面对水墨江南，诗人遥想南朝君主虔诚事佛幻梦成空，正不知眼中有多少琳宫梵宇，心中就有多少忧愁国事，所以直把一篇莺啼燕语写成了韩愈的奏本，惊人眼目。

扬州十年是杜牧一生最任性纵情的时期。“扬州尘土试回首，不惜千金借与君”“十年一觉扬州梦，赢得青楼薄幸名”，这样的行止，在别人看来，是富贵不知乐业；而在他看来，这是“落魄江湖载酒行”。他在扬州的舞榭歌台里留下的“谁家唱水调，明月满扬州”“谁知竹西路，歌吹是扬州”“二十四桥明月夜，玉人何处教吹箫”“春风十里扬州路，卷上珠帘总不如”诸句，这样的才子笔墨，是历代吟咏扬州诗词的压卷之作。

和善写扬州一样，杜牧亦善写寺院僧道。《早春题真上人院》诗也是一首不可多得的好诗：“清羸已近百年身，古寺风烟又一春。寰海自成戎马地，唯师曾是太平人。”写诗人于早春时节前往一座古寺，寻访一位年近百岁的真上人，感慨唐王朝的百年沧桑全在这位老人的慧眼中明灭。诗人用“古寺风烟又一春”为老人祈福，在“唯师曾是太平人”一句里，忆开元灯火，伤眼前烽烟，把生命的故事和历史的风烟重叠在一起，书写了他在不同的时间里对历史相同的看法。

烟笼寒水月笼沙，夜泊秦淮近酒家。

商女不知亡国恨，隔江犹唱后庭花。

——《泊秦淮》

我们知道，中国画画鱼，常常是“画了鱼儿不画水”，鱼掉尾鼓鳍游于虚拟的水塘之间，便可无中生有，生起满纸烟波。从哲学上说，这就叫“君子务本，本立而道生”。

六朝金粉之地金陵，就是今天的南京，坐落在秦淮河两岸，历来是“烟柳繁华地，温柔富贵乡”，是歌儿舞女、达官贵人、才子佳人的集散地。诗人偶然夜泊于此，眼见灯红酒绿，耳闻淫歌艳曲，再次想到六朝不再，南朝陈后主早已是荒烟逝水，可是他作的宫廷软语《玉树后庭花》还在醉生梦死间绕梁不绝，不由写下这篇“商女不知亡国恨，隔江犹唱后庭花”的警世箴言。

亡秦者秦也，可是秦人不知；南朝风樯寂寞，诗人也只说商女不知；只说《玉树后庭花》，不说《霓裳羽衣曲》，只说金陵，不说长安，也是只画鱼儿不画水的笔法。话说在这边，心系在那边，是因为弦断有谁听，没什么好说的了。

诗平平写起，初读还以为又是一篇桨声灯影、秦淮风月的浅斟低唱，可是第三句一个“远上寒山石径斜”的拾级而上，就像绝境自救一样，直接就把一曲下里巴人提升到了阳春白雪的高度。“商女”不仅不知是“亡国恨”，而且“隔江犹唱”，而且是在“烟笼寒水月笼纱”的荒凉夜里，在客舟独泊的孤独时刻隔水唱来，此时再听不出黍离之悲、兴亡之感，就不是晚唐忠厚的风尘大吏了。

《诗境浅说续编》评这首诗，评出了一篇诗意文章：“《后庭》一

曲，在当日琼枝璧月之场，狎客传笺，纤儿按拍，无愁之天子，何等繁荣！乃同此珠喉清唱，付与秦淮寒夜，商女重唱，可胜沧桑之感？……独有孤舟行客，俯仰兴亡，不堪重听耳。”

还有古人评这首诗说：“后之咏秦淮者，更从何处措词？”

我想，有了这样的绝唱，即使“余词尽废”也不足为惜。

清时有味是无能，闲爱孤云静爱僧。

欲把一麾江海去，乐游原上望昭陵。

——《将赴吴兴登乐游原一绝》

在社会动乱、世事无常中，晚唐诗人普遍感受到生存幻灭的悲哀，在三教并存，尤其是晚唐佛道兴盛、儒学衰微的文化氛围里，“闲爱孤云静爱僧”成了许多诗人明哲保身的常态。

这首诗里，诗人自叹无能，在朝廷做最底层的官，清闲时无所事事，忙又无从忙起，到白首时还是无能，所以，也唯见孤云可爱，僧佛俱闲可羡。

此时是唐宣宗大中四年，即公元850年，将近晚年的诗人“将赴吴兴”，即去今浙江省湖州市做地方官，虽然不免失落，但想到能逃离朝廷这个是非多发之地，所赴之地又是江南好去处，如果想得大自在，最好的办法，就是今日挥别半世红尘，明日浮槎而去，像《南华经》里说的那样，“巧者劳而智者忧，无能者无所求，饱食而遨游，泛若不系之舟”，从此了无挂碍。可是，临别时，登上乐游原一望，老祖宗唐太宗李世民的昭陵赫然就在眼前，正幽怨地回望着大唐的苍烟落照和这些

不肖子孙，诗人由此心生留恋，难过地想，就这么走吗？国怎么办，家怎么办，大唐基业自贞观隆盛一时，至此忽忽二百余年，如今眼看江河日下，怎么能忍心抛下不管？

杜牧出身于官宦世家，五世望族，祖父杜佑更是中唐时期卓越的政治家和史学家，历任德宗、顺宗、宪宗三朝宰相，父亲杜从郁也官至驾部员外郎。杜牧初入官场时也颇有志向，可是二十多年薄宦生涯，流水光阴，带走的不仅是青春，更是渐行渐远的心志和抱负。然而，于国于家，他都不想这样碌碌无为，坐视年华老去。这种情绪自来有之，所以一日即将远宦，不免像曹植那样“顾瞻恋城阙，引领情内伤”，而于一片原野上，独望昭陵，只追怀文治武功、知人善任、唯贤是举的一代英主唐太宗，也是才士在仕途淹蹇与国运危亡之际，只能望向昭陵一哭的无奈之举，就和焦大说“我要往祠堂里哭太爷去”一样。

胜败兵家事不期，包羞忍耻是男儿。
江东子弟多才俊，卷土重来未可知。
——《题乌江亭》

诗人于公元841年赴任池州刺史时，路过乌江亭，写下这首咏史诗。

诗从常识说起，先说胜败乃兵家常事，能屈能伸才是成大事者的胸襟。再说项羽，当年四面楚歌、兵困垓下时，

唐・佚名・观音文殊普贤图

为何眼界不及一个乌江亭长，为何不听人劝，“江东虽小，地方千里，众数十万人，亦足王也”，凭着项王“力拔山兮气盖世”的雄风，如果当时急渡过江，何至于上演一曲霸王别姬的悲情剧。当年能率八千子弟渡江而来，几年时间横扫天下，占地为王，为何不能再集合八千江东才俊卷土重来，东山再起？如果能背水再战，江山姓楚还是姓汉，有何不能商量？惜哉项王，先是不识韩信，错失范增，鸿门宴上关键时刻掉链子，行妇人之仁；楚歌声中又不听老人言，落得个八千子弟兵无一生还、自刎乌江的了局，终是刚愎自用，未有远见卓识，不能“包羞忍耻”之过。

杜牧写有多首咏史诗，能和“江东子弟多才俊，卷土重来未可知”比肩的还有“东风不与周郎便，铜雀春深锁二乔”句，是说周瑜赔了夫人又折兵。这首诗写项羽虽然不如写周瑜含蓄，却也事理、声色俱全。诗人一介书生，于晚唐暮气沉沉中能出此壮语，也是古人评杜牧诗有“铜丸走坂，骏马注坡”“圆快奋争”之象的本源。

清明时节雨纷纷，路上行人欲断魂。
借问酒家何处有？牧童遥指杏花村。
——《清明》

清明是我国二十四节气之一。古书上说：“万物生长此时，皆清洁而明净，故谓之清明。”清明是一个春天的

节气，也是一个寄托哀思的日子。自古以来，人们在清明节祭扫祖宗，借香火纸钱，让思念穿越阴阳两界，让死者得到供养，替生者寄托哀思，以此安抚两世露水人生的孤独。

白居易诗云：“风光烟火清明日，歌哭悲欢城市间。”一面是万象更新的“歌”，一面是阴阳两隔的“哭”，这种强烈的对照，总是让人感慨莫名。在这首诗里，诗人不写野田荒冢、草长莺飞、纸灰化蝶的场景，也不写清明祭扫者曲折的悲伤和祈求，而只写“清明时节雨纷纷”，走在这条连接生死的路上时，“路上行人欲断魂”的样子。如此天气，如此日子，天上人间，两无消息。祭扫归来，一怀愁绪自然唯有杜康可解，于是借问酒家何在。牧童“遥”指，可见杏花村遥不可及，杳不可寻，喻忧愁一时不得解脱，也喻南北山头纸灰飞飞处，已远非人间，同时画出一幅辽阔春景图。

生是生的幸运，死是天地间的常理，畏者不可以苟免，贪者也不可以苟得，人世最后一步就是野田荒烟。可是，时值晚唐，连年战乱，谁家野田无哭声，所以雨纷纷，泪纷纷。纷纷的雨，听起来就不是大雨如注，而是冷雨绵绵，像隐隐的痛一样，无休无止，所以才不思量，自难忘，才让人“欲断魂”，才不能以平常心看待。

杜牧以七绝名世。贺裳《载酒园诗话又编》云：“杜紫微诗，惟绝句最多风调，味永趣长，有明月孤映，高霞独举之象。”沈德潜认为，杜牧绝句“远神远韵”“托兴幽微”，可称盛唐绝句之“嗣响”。

诗不像宋词那样摇曳多姿，下一句解释上一句，上一句引起下一句，容易看明白。诗因为有章法规范，排得整整齐齐的，一字一个意思，看多了，有时候会觉得哪首都似曾相识，产生审美疲劳。其实，好诗各有各的好，每个诗人都有自己擅长的写法。读这几首诗，我们似乎发现，诗人的独门绝技就是善于从一个典型的细节切入，就像于万军之中取对方上将首级一样，他于二十八字短阵内，不作全景式拼杀，而是只用赋笔，挑一个大将来战。这个大将，或是一个典型的意象，或是一个动作，

唐・男侍从图・杨訚、杨瑾

或是一件事，赋写的同时，也就下了结论。

诗不是白话文，一眼就能看明白的不是诗。看花要看“露花倒影”才好，明月初升，要说“月上柳梢头”才好，因为有水有树一隔，花月才绰约生姿。这也是“牧童遥指杏花村”的笔法，诗人远远指去，只是个方向，杏花村要自己去找。这样写，就像书法里的藏锋一样，虽然看不见锋芒，却是在锋芒中取势，在虚和中取韵，“如锥画沙”，提得起，按得下，开合有度，走在刚健与优游的中间，最终归于不离世俗却又空幻深邃的韵味。这种笔墨，再以怡红公子比，就是“入水不濡，入火不热”的风调，半人半神，半雅半俗，只可意会，不可言传。

落日楼台一笛风

古人说，“拗峭”是杜牧律诗的特点。

所谓“拗峭”，就是说作诗不依律体格律，而是根据抒情需要加以变化，造成陡直峻拔的气势。杜牧的律诗之所以“拗峭”，或者说他有意识地要“拗峭”一下，原因就在于自中唐以来，杜甫声名鹊起，七律盛行，人们以杜诗为教科书，“竞讲声病”。杜甫可学，却不是人人都能学好的，所以效颦之作多有音律工而“气格卑弱”之嫌，比如许浑的诗。许浑一生专攻律诗，人云“许浑千首诗，杜甫一生愁”，七律写得似乎几与杜甫争席，名句有“溪云初起日沉阁，山雨欲来风满楼”“水声东去市朝变，山势北来宫殿高”“马上折残江北柳，舟中开尽岭南花”等。可是细读起来，却“格甚凝炼，气未深厚”，与杜甫比，仙凡立判。针对这种流俗，杜牧才“特创豪宕波峭一派，以力矫其弊”。

在这种理论指导下，杜牧的律诗写得就像古风一样，“坐啸行歌亦自如”，豪而艳，宕而丽。特别是七律，或为遣愁，或为吊古，或为感怀，多用率真的词语写来，正说反说，夹叙夹议，或“掉尾一波”，或“设问深入”，语法句式随心颠倒，不走寻常路，诗作于豪宕缠绵中，另有一种古朴冲淡的风神。

六朝文物草连空，天淡云闲今古同。

鸟去鸟来山色里，人歌人哭水声中。

深秋帘幕千家雨，落日楼台一笛风。

惆怅无日见范蠡，参差烟树五湖东。

——《题宣州开元寺水阁》

这首诗写于公元 838 年，诗人时任安徽宣城团练判官。宣城是个好地方，城东有宛溪流过，东北有李白曾经相看两不厌的敬亭山，城里有东晋时建的开元寺，寺里有临溪而建的楼阁，两岸人家临水而居，歌于斯，哭于斯，已历百代。杜牧两次在宣州供职，第一次来这里时二十八岁，那时的诗人“头脑钐利筋骨轻”，此时三十六岁，“重游鬓白事皆改”，数年之内，盛衰在目，此日吊古赋诗，写来自是一纸蹉跎岁月、今不如昔的百年之感。

起笔不说寺，不说阁，只说六朝繁华如今成空，只与荒草为邻，而天淡云闲，依旧是一副茫然不知世事变化的闲淡。文脉已断，山水不知，从这两句起，就知道今天诗人不独是来看风景的，其意在吊古。佛门香火最能移人性情，诗人既已立于尘外一寺一阁，又在秋雨落日中看山听水，所以立地成佛，只看得台不是台，明镜不是明镜；古今兴废，本不是兴，也不是废，不值得为生者歌，为死者哭。“去”“来”不由人，“歌”“哭”是庸人自扰，由此蓄势待发，想步范蠡后尘，“乘扁舟，出三江，入五湖”了。“惆怅无日”是真实的处境，泛舟五湖想想是很过瘾，只是不知日复一日、年复一年，何日才能挂却尘冠，所以只能徒劳地望向五湖方向，于一片参差烟树中心向往之，美则美矣，只是了则未了。

这首诗读起来节奏轻快，语调流动，韵律不用说是好的。特别是二、三联，对得极工，而且用语最妙。“水声”点“水”，“落日楼台”点“阁”，已为诗题正名；再用“鸟来鸟去”对“人歌人哭”，“千家雨”对“一笛风”，意在写深秋与落日，红尘与槛外。潇潇的雨声与远处传来的呜咽的笛声相和，在这个落日楼台，越发让人觉得天空地广，颓败凄楚。人与鸟并提，又可知自然与人事同理，生必有死；无论事大事小，盛必有衰；因此劝一切众生，不必哭之笑之。

云光岚彩四面合，柔柔垂柳十余家。
雉飞鹿过芳草远，牛巷鸡埘春日斜。
秀眉老父对樽酒，蒨袖女儿簪野花。
征车自念尘土计，惆怅溪边书细沙。
——《商山麻涧》

与杜牧同时代的诗人许浑有诗云：“帝乡明日到，犹自梦渔樵。”

唐·佚名·百马图（局部）

这句诗，可用来给杜牧这首诗作注解。

杜牧在宣城过了十年，如他诗中所言，“潇洒江湖十过秋，酒杯无日不淹留。谢公城畔溪惊梦，苏小门前柳拂头”。十年的团练判官，虽然官职不大，但显然诗人不是为五斗米发愁的人，所以他无日不饮，或与曾在此地做过太守的谢朓神交，或于名媛苏小小故居前吊古，只顾潇洒度日月。此时，诗人要升官了，官授左补阙、史馆修撰，正走在赴京途中。诗人已经被外放十年，十年里，也没少发牢骚，所以这次升迁，在他的仕途上是一件正经大事，应该高兴才是。可是年近四十的诗人似乎对这次回京做官并不以为意，而且心生“惆怅”。一日，峰回路转，车行至商山麻涧一个小村庄时，或许是想到商山四皓，或许是想到桃花源，诗人在溪边以手画沙，写下的这首诗里，还是临渊羡鱼、散淡江湖这些不要紧的空话。

这首诗的可爱在于“字字古朴，字字新颖，又字字美丽”。

春天的傍晚，山村的景象就是《诗经》时代的景象，鸡栖于埘，牛羊下来，呦呦鹿鸣，远处山岚四合，近处溪柳如画。小山村里只有十余

唐·阎立本·历代帝王图（局部）

户人家，此时一日劳作后，家家炊烟中，有长眉老翁安于一樽，有红袖女娃簪花一笑，老老少少都是“甘其食，美其服，安其居，乐其俗”，全然不知有汉，无论魏晋的样子。再看自己，舟车劳顿，尘满面，鬓如霜，不免相形见绌，“惟觉樽前笑不成”。痛苦来自比较，说不出来的委屈才是真委屈。诗人流连十年潇洒江湖的生活，羡慕农户清闲度日；可是他也知道，不知有多少贫穷农户正在羡慕他这个走过路过的官人，以为他富贵荣华，事事称心，如果跟他们说自己有多少不顺心的事、有多少解不开的心结，他们肯定是不肯信的；所以，为避免别人取笑自己得陇望蜀，诗人只有独自画沙溪边，一边消遣这个黄昏，一边吞声自怜，自求多福。

金河秋半虏弦开，云外惊飞四散哀。

仙掌月明孤影过，长门灯暗数声来。

须知胡骑纷纷在，岂逐春风一一回？

莫厌潇湘少人处，水多菰米岸莓苔。

——《早雁》

唐武宗会昌二年（公元842年）八月，北方回鹘族乌介可汗率兵南侵，引起边民纷纷逃亡。杜牧时任黄州刺史，闻说后思家忧国，写诗寄慨。

这是一首咏雁诗，也是一首政治讽喻诗。诗人一言不及朝廷，议论的却是一场大祸事。首联写祸起。边地金河两岸，正是八月秋高气爽之时，然而，一声虏弦的呼啸声，顿时惊起一片边雁，哀哀四散。颔联写祸根。诗人以汉喻唐，在汉代建章宫里有铜铸仙人，仙人手掌里托着一个承露盘，这是赵飞燕舞过的盘子，现在，这个金盘承接的不再是歌舞升平，而是缥缈孤鸿影；在废后阿娇长年幽居的长门宫里，也传来几声孤雁的哀鸣。宫中一日不传歌舞便一日不欢，女子争宠，男人争权，时而万千宠爱在一身，时而长门灯暗，乱纷纷你方唱罢我登场，这就是祸根。诗人一怨胡人来犯，二怨自家祸起萧墙。三、四联是祸乱引起的后果。虏弦过处，举国震动，据记载，朝廷曾诏发全国，指示各路兵马屯兵太原等地，拟于来年春天发兵驱逐回鹘犯贼。然而，诗人担心，即使全民总动员，因为“胡骑纷纷在”，敌强我弱，来去于衡阳路上的“北雁”能否追逐着来年的春风一一回去，此时全不由天定，而在人为。诗人说，时方艰难，如不能谋归，他希望这些大雁暂住潇湘，这里水米尚丰，或可避秦。

人说杜牧一生不拘细行，意气闲逸，胸中眼底常有晋人风味，我想这只是他的人生一面。唐末大乱，诗人即使闭门家中坐，也会时闻国运倒悬、民生艰难的苦声，这一切不能不让他忧心忡忡。又自知百无一用

是书生，他也只能借惊雁四散而伤时，借悯“雁”而“替人垂泪到天明”，把担忧、悲悯、讽谏全部隐藏在心中诗中。这是他人生的另一面。我想，我们从一个人不刻意而为之的事情里，从不经意间得到的哀乐里，最能看出一个人的心地和真性情，而一个被各种心思困扰的人，才会成为诗人。

江涵秋影雁初飞，与客携壶上翠微。
尘世难逢开口笑，菊花须插满头归。
但将酩酊酬佳节，不用登临恨落晖。
古往今来只如此，牛山何必独沾衣？

——《九日齐山登高》

岁岁重阳，今又重阳。

公元845年的重阳节，诗人正在安徽省贵池县任刺史，恰逢朋友张祜来访。张祜也是当时的诗坛明星，留有“斜拔玉钗灯影畔，剔开红焰救飞蛾”这样的细笔墨，说红焰影中，寂寞人独与飞蛾相伴相怜。能写这种精致的寂寞的人，其枯索、惋伤之态可知。所以，看着张祜一脸忧愁、不说不笑的样子，诗人多有不忍，为了给客人解忧，诗人约了几位朋友，牛车载酒，一起来到郊外的齐山，在尘外设席，与菊花同醉。

起笔用“江涵秋影雁初飞”谋篇布局。仰见新雁，秋影在水，读这一句，就觉得神清气爽，可知诗人一行走出衙门后畅快的心情。在这样的日子，这样的才子一来，此日的齐山就成了首阳山，此日的诗人与客就是伯夷叔齐。酒喝到落霞满山时，众宾欢也，个个披发佯狂，白发

上黄花乱插，再分不出刺史是谁，客是谁；此时在诗人看来，在牛山上忽然生起人生无常之感而临风落泪的齐景公也不过一俗人耳。酒后吐真言，诗人此时已经把自己喝成了李白，他劝朋友“将进酒，杯莫停”，说“古往今来只如此”，古来圣贤如此，渔樵之辈如此，大家不过彼此，

唐·阎立本·锁谏图

笑也一天，恨也一天，“但将酩酊酬佳节”，何必独自向隅，独自沾衣。

东山雅会，虽是一日之偶兴，却成就了这首千古佳篇。其中“尘世难逢开口笑，菊花须插满头归”一联是警句，写活了诗人醉后的清狂之态。九月九日登高，诗人总会想到菊花，想到陶渊明。据史书记载，陶渊明因为家贫，常常少酒钱，“九月九日无酒，独自在宅边菊丛中摘菊盈把，坐其侧，久望，见白衣至，乃王弘送酒也。即便就酌，醉而后归”。这个故事读来心酸，如果“久望”，又不见“白衣至”，陶公在菊丛中又将如何坐，如何消遣这一日？所以说，这个世界常常对有的人荒凉到寸草不生，对有的人热闹到繁花似锦，更多的人，是悲欣交集、喜忧参半。

这一日，杜牧与客人就是悲喜各半。时已至九月九日，一年已经是

下半场，诗人时年四十三岁，人到中年，景色虽不艳丽，但气度自是风雅，就像一盘杀到中场的棋，江山已定，只有攻防得当，才能保全。人到中年，忙碌是常态，唯闲暇难逢，所以置酒会友，于山中秋色、梦中菊花里，虽然消耗的是时光，感悟的却是人生。所以这首诗写得张弛有度，其中有诗人认清时代、人生，认识自己之后的自我宽解，也有一个时代的文人在落晖中的无可奈何的叹息。

如果说，中唐是“无可奈何花落去”，却还盼着“似曾相识燕归来”的时代，那么，从公元875年开始，到公元907年，就是从“山雨欲来风满楼”到“东风无力百花残”的晚唐。这个时期，唐王朝气数将尽，这些明眼人都看得见，所以这个时期的诗人大多以文章唱挽，为大唐江

唐・李思训・洛阳楼图

山送行。与唐和北宋诗人相比，南宋的诗人情绪激烈，是因为亡宋者金，亡国之痛可以鼓与呼，所以诗人动不动就要杀上抗金前线，踏破贺兰山缺。对唐而言，没有前线，前线就是朝廷。此时诗人与朝廷的关系，就像两个曾经相爱的人进入了冷战时期一样。诗人已经不痛苦了，在他们心里，只剩下回忆和伤感，再就是如何自尊，如何自保。既写不成明白的奏章，有话又不敢直说，所以他们就写怀古诗，把对朝廷的敬意和信心回溯到开元盛世，把对朝廷的失望和怨怼涂抹在六朝伤亡的背影里，所以这一时期的怀古诗特别多。这其中，大多数诗人都是在登山临水时，伤时感旧一下，想想六朝背影，晋代衣冠不过如此，然后就会随遇而安，继续做自己的末世诗人，以此自终。而杜牧之所以在晚唐别具风采，则是因为他还没有彻底死心。他的怀古诗，并非只是“发思古之幽情”、无故寻愁觅恨的无病呻吟之作，而是托古述怀，把忧国忧民的壮怀、感时伤世的温情，用天才的笔墨调和成诗，所以我们读到的，才是一曲曲末世绝响，俊朗而飘逸，如同长空鹤舞，风中鸣笛。

记得《红楼梦》里说，人分三等，一等大仁；三等大恶；介于大仁大恶之间的，是天地间“所余之秀气”，这种秀气漫无所归，“遂为甘露，为和风，洽然溉及四海”。如果将这种人置于千万人中，他们的聪俊灵秀之气就在千万人之上。

杜牧就是这样的人。

“繁华事散逐香尘，流水无情草自春”，用杜牧这两句诗，送一代才子转身。

相见时难别亦难

“夕阳无限好，只是近黄昏。”

日落总是令人不安，在唐朝的日落时分，李商隐是最后一抹晚霞，他带着告别的忧伤，独自在诗歌里做无主题漫游。

李商隐祖籍沁阳，出生在一个小官僚家庭，父亲一生辗转南北，只做着一个七品县官。因为懂得教育改变命运的道理，这样的人家最重教育，所以李家虽然是薄祚寒门，却曾经“一门三进士”，这让他们在当地备受关注。李商隐继承了家族好学的传统，“五岁诵经书，七岁弄笔砚”。不幸的是，在他十岁时，父亲去世，作为长子，他不得不过早地走出书斋，替母亲分担家务。因为写得一手工整的楷书，所以他常常“佣书贩舂”，靠给人抄书换米。十七岁时，与母亲移家洛阳。在这里，无依无靠的诗人凭借才华和人品，遇到了一个影响他一生的大人物令狐

楚。令狐楚时任河阳节度使，后官至宰相，是那场著名的“牛李党争”中牛党的重要成员。十七岁的少年李商隐寄身令狐楚门下，笔墨侍候，受其恩擢，在他的帮助下进士及第，走上仕途，同时也无意中蹚入了这浑水，并随之浮沉一生。

在李商隐生活的时代，大唐王朝的末日气息使整个社会迅速降温。和同时期的很多诗人一样，他在泥途中艰难前行，找不到一条适合自己走的仕进之路，加上天生敏感多情的性格，让他在与世道人情的碰撞中很快消沉下来。在他“情深调苦”的诗里，表达伤感和排解伤感，是他与这个世界最后的对话方式。

我们爱李商隐，就是因为爱他的伤感。

昨夜星辰昨夜风，画楼西畔桂堂东。

身无彩凤双飞翼，心有灵犀一点通。

隔座送钩春酒暖，分曹射覆蜡灯红。

嗟余听鼓应官去，走马兰台类转蓬。

——《无题二首·其一》

诗到李商隐，始以“无题”为题。他的无题诗，用《红楼梦》里的话说，“不但是作者不知，抄者不知，并阅者也不知”。人们猜，也许这是作者将真事隐去，只以假语村言道来的美人香草式的比兴手法，书写诗人握瑾怀瑜而不遇伯乐的身世之感，或者是比喻君臣遇合之作，或者竟是托兴国祚兴衰之作，说李商隐曾自言“楚雨含情俱有托”。清人薛雪的

唐·佚名·百马图（局部）

《一瓢诗话》里，即以李商隐的《无题·何处哀筝随急管》一诗为例，说“永巷樱花，哀弦急管，白日当天，青春将半。老女不售，少女同墙”这种让“梁燕闻之，亦为长叹”的诗，是“一副不遇血泪，双手掬出，何尝是艳作”。也有人说，这些诗写的仅仅是男女之间的艳情，而且“其格不高，时有太纤太靡之病”。有会说话的人说：“可以言情，可以喻道。”各家所言，都是在可知不可知间自问自答。我们格调不高，对这类诗，只和大多数读者一样，以情诗来解，只说是在写两个人的故事。

“少年人往往奇遇”，这是柳永常说的话，常有的艳遇，李商隐在这首诗里，给这句词作了注解。诗里写的是一个年轻的校书郎，在昨夜里，去参加了一次富人家的宴会，在席间偶遇一位绝色女子，于是心动神摇，几不自持的故事。我们知道，李商隐显然不是李白，他天生就喜散不喜聚，别人越热闹他越寂寞，所以，在席上人声鼎沸、酒暖烛红的虚张声势的热闹里，在“送钩”“射覆”这种庸俗的游戏里，诗人一定是心不在焉的，之所以能坐住，是因为席上有一位女子，不过是初次相见，诗人却有前世今生断断续续的恍惚之感，于是隔座相望，眉间心上，一时放不下，恨不能即刻与女子身化彩凤，比翼双飞。直到晨鼓响起，酒阑人散，诗人不得不应官走马上班去时，这一场游园惊梦方才醒

过来。

有时近在咫尺，怎知不是远在天涯，失之交臂，可望而不可即的各种事情并不新鲜。乍合乍离，追求的热切与失落的伤感，本来是普通的红尘情事，难在诗人能用“身无彩凤双飞翼，心有灵犀一点通”十四个精致富丽的字一语道破，这种炼句设色的功夫，也让我们惊为天工。

“昨夜星辰昨夜风”，昨夜的故事在昨夜结束，昨夜的星辰明于昨夜，也暗于昨夜，像一场来去无影的风一样，是梦中人生里又一场不期而遇的梦。诗人说一遍昨夜，再说一遍昨夜，是因为这样强调，我们才会懂得，我们和诗人一样，在昨夜已是旧星辰时，我们还在因为昨夜的星辰而在今夜黯淡，在今夜续着昨夜的遭遇，在心里反复思量着虽然“身无”，只要“心有”就会如何如何，这一切，不过是为昨夜文过饰非而已。这样的红尘情事，也许离爱情尚远，只是一场误会。爱情就是一棵可怜的草，如果我们没有春风育物的情怀，走过路过时，绕过去就可以了，千万不要伤害它。

来是空言去绝踪，月斜楼上五更钟。
梦为远别啼难唤，书被催成墨未浓。
蜡照半笼金翡翠，麝熏微度绣芙蓉。
刘郎已恨蓬山远，更隔蓬山一万重。

——《无题四首·其一》

诗从闺阁之地写起，室宇精美，铺陈华丽，只见烛光映照着饰有金

唐・佚名・游骑图

翡翠的帷幕，兰麝的香气熏染了被褥上刺绣的芙蓉，虽然没有秦可卿的卧室那么香艳，却也是适合做梦的地方，可怜诗人却独坐独卧还独醒。因为别离日久，相距遥遥，有人说要来也是空说。月残五更，诗人勉强入梦，梦里和泪与那人相见，然而被五更钟强行唤醒后，顿觉梦影杳然，于是又急急地裁纸研墨，想寄一纸相思过去，心里却恨两人相隔比蓬莱仙境还远而又远，一场红尘旧梦在另一个太虚幻境里，已然变化得无影无踪，只剩一枕凄凉，十分憔悴。

梦耶？真耶？人间情事，一帘幽梦，常常是梦里一场繁华，梦外一场凋零。在梦里，在最恐怖的时候我们立刻就会惊醒，而且庆幸自己能在最短的时间清醒过来，然后像什么都没有发生过一样。在现实中，我们不如梦中清醒，所以有时候，人生不如梦，醒着不如梦着。

有人说，不要把爱情和天长地久这两个词放在一起使用，因为一到天长地久，便会有“求全之毁，不虞之隙”。这首诗就是告诉我们，爱情如梦，一来一去便是杨柳依依和雨雪霏霏两种样子。如果诗里说的梦是夫妻间的两地相思，那么这样的相思就让人感动；如果是相爱不能相守，则需要有“两情若是久长时，又岂在朝朝暮暮”的忍耐；如果只是一次“幽期”，是露水之约，是一场欢喜一场空，那也不必见月而叹，闻钟而惊，神魂恍惚，索笔仓皇，因为想问也问不明白，还是一别两宽、各生欢喜的好。

飒飒东风细雨来，芙蓉塘外有轻雷。

金蟾啮锁烧香入，玉虎牵丝汲井回。

贾氏窥帘韩掾少，宓妃留枕魏王才。

春心莫共花争发，一寸相思一寸灰。

——《无题四首·其二》

这首诗里，“贾氏窥帘韩掾少，宓妃留枕魏王才”一联是在说两个传说。

传说一：西晋贾充的小女贾氏，曾在帘后窥见韩寿，爱悦他年少俊美，于是二人暗通款曲。情热时，贾氏把皇帝赐给父亲的西域异香私赠韩寿，被贾充发觉，遂以女嫁给韩寿。

传说二：相传三国时，曹丕的皇后甄氏曾为曹丕的弟弟曹植所爱，可是曹操却将她错嫁给曹丕。甄氏抑郁而死后，曹丕意味深长地把她的玉带和金缕枕送给曹植。魏王曹植离京途经洛水时，梦见甄后来相会，并把玉枕留给他作纪念。曹植醒后，遂洒泪作《感甄赋》，后被改为《洛神赋》。

这两个传说让人一喜一悲。喜的是在古代还有那么大胆相爱的男女，有那么开明的父亲贾充，他的做法，既成就了一对儿女的现世情缘，也保全了大人和孩子的脸面。悲的是，在古代，还有那么一位糊涂的英雄父亲，那么一位无耻的兄长，那么一位痴情的、一生在父兄的权杖下如履薄冰的才子曹植。由此可见，爱情并非全是悲剧，红尘中也有些乐事，虽然不能永远依恃，而诗人竟发出“春心莫共花争发，一寸相思一寸灰”的惩戒语，万境归空，不留一点余地，这就是李商隐式的入骨伤感。

“东风”就是“春风”，“芙蓉塘”即“莲塘”，是南朝乐府诗里女子“开门郎不至，出门采红莲”时要去的那种莲塘。一个唐朝的女子，斜倚在花窗前，剪一炷燃香的光阴，看一眼汲水人的身影，心里默思前朝的风雅，也情愿为那个人燃一世迷香，于弱水三千中，只取一瓢饮。

诗里的“香”“丝”就是“相”“思”。从窥帘留枕，写到香消梦断，再到相思成灰，前因后果，起伏始终，写来字字安稳，读时字字泪痕。向来缘浅，奈何情深？面对这样的悲剧，这样写悲剧的人，我们只能长叹一声，“子兮子兮，如此良人何”。

相见时难别亦难，东风无力百花残。
春蚕到死丝方尽，蜡炬成灰泪始干。
晓镜但愁云鬓改，夜吟应觉月光寒。
蓬山此去无多路，青鸟殷勤为探看。

——《无题·相见时难别亦难》

黯然神伤者，唯别而已矣。“别”这个字，在诗人心里，到底应该怎么安排才合适，这让古代的诗人词人费尽了心思。“到今犹恨轻离别”“人间别久不成悲”“一别音容两渺茫”“多情自古伤离别”……

唐·李思训·春山行旅图

一别两去，再会难期，“离别”牵动了万千诗人和万千读者的心弦。李白说，“请君试问东流水，别意与之谁短长”，水长还是别离长，这是一道难题。李煜说，“别时容易见时难”，是给人生网开了一面，毕竟要有个仿佛若有光的出口，然后才能让在迷宫里苦渡的人怀有希望。可是李商隐把入口和出口都堵死了，他开口就说，“相见时难别亦难”，这样，接下来，必然是“东风无力百花残”。伤感到东风无力、残红满地，细品起来，确有“太纤太靡之病”。

“春蚕到死丝方尽，蜡炬成灰泪始干”是千古正声。此时的春蚕已经不是一只普通的虫子，它是做了一个春天的梦，此刻，它将大梦归去，它已经近于一个神祇，一个永远会被无数人接着做下去的梦。蜡炬是我们生命中不可缺少的光与热，支撑着我们和诗人所余不多的力气。在这

样的烛光里，有我们一世的相思和伤感，还有忠诚的光焰；在这种烛光里，我们会看到另一张面容，和我们一同在寻找，在流泪，一直到红消香断。

我们不知道诗人是否有过一场足以改变他生活和信仰的爱情，我们也不为那些传说中的琐碎事情分心，我只想说，如果没有爱过，就没有这样痛过。春蚕到死，蜡炬成灰，这是最后告别时说的话，就像我年轻时写的那样，如果你想让我死，就请再补我一箭，让我在最后的时刻，明明白白地走，并且知道，为了你，我曾经这样痛过。有多少人，把自己燃成了一支唐朝的蜡烛，很细致、很认真地燃过了一生。有多少人，把自己活成了一只春蚕，作蚕成蛹，然后化成蛾子飞去，不知去向。他们就这样百转千回、千回百转地活着、死着，已经几千年。“蓬山此去无多路，青鸟殷勤为探看”，我们就是青鸟，在这一条无多路的路上，这样无望的感伤，是我们常常能探看到的绿窗风月。

这首诗，是李商隐无题诗中的压卷之作。有情春蚕，无私蜡烛，梦里流年，月下低吟，诗有多迷惘，人生就有多混乱。古人评议曰：“言情至此，真可以惊天地而泣鬼神！”“深情丽藻，千古无双，读之但觉魂摇心死，亦不能名言其所以佳也！”“镂心刻骨之词，千秋情语，无出其右！”呜呼！

在感叹之后，最后有点评者这样总评，说这首诗道出了诗人一生的功夫学问，后人再怎么摹仿，也绝无此奇句。信矣。

锦瑟无端五十弦，一弦一柱思华年。

庄生晓梦迷蝴蝶，望帝春心托杜鹃。

沧海月明珠有泪，蓝田日暖玉生烟。

此情可待成追忆，只是当时已惘然。

——《锦瑟》

五十弦，是诗人半世华年。五十弦，是诗人弹拨一世的《广陵散》。五十弦急管繁弦，是大唐最后一个才子的挽歌。

一弦一柱，是庄子梦中迷茫的蝴蝶。“庄周梦为蝴蝶，栩栩然蝴蝶也；自喻适志与！不知周也。俄然觉，则蘧蘧然周也。不知周之梦为蝴蝶与？蝴蝶之梦为周与？”这里是说，庄周梦见自己身化为蝶，栩栩然而飞，浑忘自家是“庄周”，直至梦醒，看见自己仍然是庄周，而不知蝴蝶何往。庄子化蝶是一个著名的梦，有没有人想过，他于万物中，为什么只化蝶，而不化鸟？我想，蝶的前身是虫子，从虫子化成蝶，需要脱胎换骨的过程，而他相信他已经或者终有可能从一个可怕的虫子的梦里醒来，变成彩色的蝴蝶翩翩起舞。往事如烟，人生如梦。诗人不知道蝴蝶是庄子的梦，还是庄子就是蝴蝶，只知道过去是做过的梦，最远的将来无梦，现在是正在做的梦。这些多重的梦在这个时候同时出现了，可是他分不清自己是在梦里还是梦外。也许梦里就是梦外，也许梦里的蝴蝶才是真实的庄子，也许在回忆之后，在最后的时刻，诗人自己也会化身蝴蝶，飞舞在明媚的春天。这虽然不能确定，却有可能。

一弦一柱，是望帝西山上啼血的杜鹃。“杜宇称帝，号曰望帝。……其相开明，决玉垒山以除水害，帝遂委以政事，法尧舜禅授之义，遂禅位于开明。帝升西山隐焉。时适二月，子鹃鸟鸣，故蜀人悲子鹃鸟鸣也。”这是说，“望帝”是周朝末年蜀地的君主，名叫杜宇。后来禅位退隐，不幸国亡身死，死后魂化为鸟，暮春啼苦，至于口中流血，其声哀怨凄悲，名为杜鹃。诗人敬慕望帝，愿化身杜鹃，泣血而鸣，向死而生，或

为一国，或为一己，或为一人。沧海珠泪，良玉生烟，是他一生中的大寂寞与小温暖。诗人说，我有锦瑟繁弦，我有哀音怨曲，我有迷魂招不得，我还有如如君子之心，小小人间欢乐，你若不知，它就只能是一段回忆，你若知道，它就不是惘然。

一把辛酸泪，满纸荒唐言。难言之痛，至苦之情，只可比兴，到最后，也不能畅所欲言。诗是什么，晚唐是什么，在整个世界只剩下一个象征时，诗人说，我只为“你”流泪，在你身边取暖，为你燃成一片轻烟。我肯定，没有比记忆更长久的东西，对你的记忆，对我的记忆，将与我的生命相始终，直到我死了，一生的“追忆”和当时的“惘然”就都了了，你也就死了。“你”是谁？你就是我无端的“华年”，是我一弦一柱思量的一生。

薛雪《一瓢诗话》评这首诗评得最好：

此诗全在起句“无端”二字，通体妙处，俱从此出。意云：锦瑟一弦一柱，已足令人怅望年华，不知何故有此许多弦柱，令人怅望不尽；全似埋怨锦瑟无端有此弦柱，遂使无端有此怅望。即达若庄生，亦迷晓梦；魂为杜宇，犹托春心。沧海珠光，无非是泪；蓝田玉气，恍若生烟。触此情怀，垂垂追溯，当时种种，尽付惘然。对锦瑟而兴悲，叹无端而感切。如此体会，则诗神诗旨，跃然纸上。

锦瑟无端，曲终弦断，万境归空，只剩惘然。在“万叶秋声里，千家落照时”的晚唐，在唱响最后一曲锦瑟后，诗人于四十五岁时，草草

了结了半世尘缘，走进了“凡是情思缠绵的，那结果就不可问了”的悲剧宿命。

君问归期未有期，巴山夜雨涨秋池。

何当共剪西窗烛，却话巴山夜雨时。

——《夜雨寄北》

独听一池巴山夜雨，共剪一夜西窗烛花。这一幅剪烛西窗的画影，是平凡的人间夫妻最缠绵的情话，是安慰我们一世尘劳、两地相思的最温存的解语。何当共剪西窗烛？让我们一遍遍这样问自己，且不可辜负这个西窗烛，这种记忆。因为这样的蜡烛终将会像我们头上的青丝一样变得苍白稀少，像春蚕一样死去，最后化作一钵红泪。

晚唐是李商隐的世界。

他以文字为奴，用文字回念昔日风流，暗伤今日蹉跎，编织最后的梦想，让一曲曲婉丽的乐章在一个王朝的最后时刻流动成一天锦瑟，织成一个朝代的锦屏记忆。至于曲调是不是太过伤感，他不太在意。他哀婉忧伤的风格，在唐诗和宋词之间搭起了一座桥梁，感动了后世无数失意文人。

让我们记住，在雨夕烛窗之下，在巴山夜雨中，在晚唐，有一个才子，他总是对着一支燃烧的蜡烛在歌唱。那是一个人对于一段瞬息繁华的记忆，在整个世界都剩下断垣残壁，许多的诗人都不再这样抒情时，他把冰凉的心放在烛光下温暖，让这场不知其期的人间苦役在巴山的夜雨中暂时被遗忘。在路的两头都是雨的时候，只有中间，是那一段有蜡

唐·李昭道·龙池竞渡图

烛的时光。蜡烛给了诗人一个明亮的夜晚，却给我们留下了一千年的感动，在这个爱情半昏半明的时代，点亮了我们对爱情的信心。因为这个夜晚的西窗，因为这支流泪的蜡烛，诗人也拥有了永恒，一种低微的、个人的永恒。

在蜡炬燃烧的过程中，在锦瑟的回声中，让我们陪着李商隐燃烧到地老天荒。在他摇曳的烛光里，唐朝已经安然入睡，在做完一个个梦之后，所有的诗人也走了，他们进入了另一个梦里。只剩下我们，在回味他们梦中华丽的片段，在瞻望他们照亮一切的盛世之光，一直到永远。

让唐朝的春风大雅，借我们一叶扁舟，划过人间的五湖烟浪，江船火独明；
让诗人的秋水文章，唤我们一日清醒，重新回望梦里流年，思发在花前。

后记　当时只记入山深

“当时只记入山深，青溪几度到云林。春来遍是桃花水，不辨仙源何处寻。”

这是王维的诗。王维是通灵的诗人，他知道桃花源是仙源，他已经走入一座春山，看见桃花面面。

唐诗就是一座春山。我们读唐诗，其实就是在寻找我们梦中的桃花源。

对于我们平凡的人生而言，一生所遇，无非先浓烈，后平淡。不论事如春梦，还是风雨故人，聚少离多，爱恨消磨，而我们一步一步，不知不觉中已经把人生的重量重重叠叠背于一身。被感动，被牵挂，又被遗忘，一切都难以确定。久而久之，觉得这就是生命的过程和意义，一心只想随波逐流，草草了之。可是，寻常的日子过久了，总有一天是不寻常的，也许有一天，我们就会被一首唐诗感动，从而有所警觉。我们不知道诗人为什么在那一天、那一个时辰突然就会写下那样一首诗，这里面其实有很多的背景故事，这个背景就是人生。人生和诗人在某一天相遇，所以产生了诗，所以读诗也是读人生，读诗人。

既然诗与人生相关，我想就像人有品位一样，一首好诗，首先要有品位。我一向以为，诗是文学中的上品。如果以画比之，诗应该是在画圆无数鸡蛋、认清万紫千红之后，画出的那看似平淡、却用意深细的一幅画，有乱石流水、春树飞禽，有一两笔点睛的红色，背景是远天远地，在书房里挂着，让人看过了，就不能忘记。诗如果是故事，它就像一段城南旧事，有那么几个人，质朴、谦逊、诚恳地生活在红尘一隅，有一点克制的情态，有一段悲伤的经历，最终会消失于云淡风轻的远方。诗也像和尚手中的木鱼、更夫手中的梆子，常常在寂静中一下一下响起来，没有市声，没有回音，却句句都是对人、对时间的提醒，不容我们有一点点迟疑。

诗是文学中的上品，诗人是文人中的文人。诗人有不同的格局和性情，有不同的语言表达方式。能写“长风破浪会有时，直挂云帆济沧海”的人，必然有“天生我材必有用”的底气，他不用说就是李白。同样是站在水边，“无边落木萧萧下，不尽长江滚滚来”是杜甫对时空的思考，“江流天地外， 山色有无中”是王维的禅心，而“日暮乡关何处是，烟波江上使人愁”只局限于普通书生的伤感。由此我们知道，一个诗人心胸不同，眼界不同，关心的事大小不同，在思考中写作中必然带出来。心中无我的人，看见的是这个世界；心中有我的人，看见的是我和这个世界的关系；心中唯我的人，眼里只有自己的悲哀。诗人有不同的性情，这决定着诗的艺术风格。就像写字，性格飞扬没有羁绊的人，下笔必重，字大而疏散，于潦草之中，透出“明月出天山，苍茫云海间”那样不拘不泥的天地豪气。生性内敛温厚的人，字也拘谨纤丽，一笔一画之间流动着“日暮天欲雪，能饮一杯无”的书斋味道。格局和性情合成一种诗的风格，是诗与诗的区别，也是诗人与诗人的区别，是一棵树在树林里和而不同的姿态。

诗人的存在，本身就是人间一首好诗。生活通常是平庸而重复的，一千年来不过如此，变化的，只是生活的形式，而不是本质。诗人让我们最形象地知道，我们每个人的心是相通的。只要我们愿意，我们完全能和古代的诗人一样，保持一种古典的、冲淡的情怀，或者享受“独坐幽篁里，弹琴复长啸”的自在，或者追求“两句三年得，一吟双泪流”的精致，或者就像陶渊明一样，闲静少言地写下去。写诗是加工生活的过程。苏轼说，愚可以补，唯俗不可救药。而写诗正可以医俗。

五代南唐・董源・夏景山口待渡图（局部）

孔子说，诗可以兴观群怨，可以“迩之事父，远之事君”，可以“多识于鸟兽草木之名”。圣人教导我们，读诗、阅世、做人，三教合一，都得之于诗教。我们在这个世上活一世人，每个人都有自己的形象，由

容和静，衣服恬静，有书卷气，这是最好的姿态。这样的人，从不虚张声势，自己舒服，别人看着也舒服，能这样当户理红妆，这些人就是从诗书中受益的人。不要笑一个怕花开花落的人，那个“看见燕子，就和燕子说话；河里看见了鱼，就和鱼说话；见了星星月亮，不是长吁短叹，就是咕咕哝哝”的怡红公子或许没有我们这些俗人聪明，不懂得仕途经济，可是他就是个诗人，就是因为“多识于鸟兽草木之名”，所以衣袖

唐・杨升・蓬莱飞雪图

间才沾染着唐风遗韵，所以才能在似与不似间做人，在成与不成间做事，在“有”与“没有”间取舍，在苦与不苦间品尝世味，于有用无用之间，享用人生的丰富与诗意。

当我们走过一条喧哗的大街之后，回到自己小小的书房里，点一炷香，沏一壶碧螺春，翻一翻我们的历史，读一首唐诗，给自己营造一个美丽的黄昏，这样，就会觉得有一种营造诗意人生的价值与优越感。如果我们在被唐诗感动的同时，在被前人的梦想感动的同时，再能努力用写书法的淡定的笔墨，一笔一笔地把我们的梦想用诗情画意眷印出来，在天长地久的淘养之后，我们的梦想也许就会变成现实。如果我们也能留一首好诗在人间，就像名医留下一帖传世药方一样，此生就应当知足。即使我们“杨花榆荚无才思”，做不了诗人，往这方面想想也是好的。不必每天，只要有时候，让自己忧伤一点，就是好的，就还有希望，而自己也会多有自在。

唐诗就是一座春山，我们和王维一样，“当时只记入山深”，既已记得山深，就让我们于云、树、花、竹、鸡犬、桃花源之间多留意，才不会“入宝山而空回”。

让唐朝的春风大雅，借我们一叶扁舟，划过人间的五湖烟浪，江船火独明；让诗人的秋水文章，唤我们一日清醒，重新回望梦里流年，思发在花前。

是为后记。

栗子 2017. 秋

图书在版编目（CIP）数据

唐朝的春风大雅 / 栗子著 . -- 桂林：漓江出版社，2018.5（2024.8 重印）
ISBN 978-7-5407-8428-7

Ⅰ . ①唐… Ⅱ . ①栗… Ⅲ . ①随笔—作品集—中国—当代 Ⅳ . ① I267.1

中国版本图书馆 CIP 数据核字 (2018) 第 049163 号

唐朝的春风大雅

作　　者：栗　子
策划统筹：符红霞
责任编辑：符红霞
助理编辑：赵卫平
责任校对：王成成
装帧设计：7 拾 3 号工作室
责任监印：周　萍

出 版 人：刘迪才
出版发行：漓江出版社
社　　址：广西桂林市南环路 22 号
邮　　编：541002
发行电话：010-85893190　0773-2583322
传　　真：010-85893190-814　0773-2582200
电子邮箱：ljcbs@163.com
网　　址：http://www.lijiangbook.com
印　　制：天津画中画印刷有限公司
开　　本：710 × 1000　1/16　印　张：23.5　字　数：300 千字
版　　次：2018 年 5 月第 1 版　印　次：2024 年 8 月第 2 次印刷
书　　号：ISBN 978-7-5407-8428-7
定　　价：78.00 元